Emma Donogue

〔爱尔兰〕**爱玛·多诺霍** 著

李玉瑶 杨懿晶 译

著作权合同登记号　图字 01-2016-4658

Emma Donoghue
ROOM
Copyright © Emma Donoghue, 2010
This edition published by arrangement with
Little, Brown and Company, New York, New York, USA.
Simplified Chinese edition copyright ©
Shanghai 99 Readers' Culture Co., Ltd., 2017
All rights reserved.

图书在版编目(CIP)数据

房间/(爱尔兰)多诺霍著;李玉瑶,杨懿晶译.
—北京:人民文学出版社,2016
　ISBN 978-7-02-011521-1

Ⅰ.①房…　Ⅱ.①多…　②李…　③杨…　Ⅲ.①长篇小说
-爱尔兰-现代　Ⅳ.①I562.45

中国版本图书馆 CIP 数据核字(2016)第 065274 号

责任编辑　陈　旻
特约策划　张玉贞
封面设计　汪佳诗
封面插图　© Gaopinimages/Everett

出版发行　人民文学出版社
社　　址　北京市朝内大街 166 号
邮政编码　100705
网　　址　http://www.rw-cn.com

印　　制　上海利丰雅高印刷有限公司
经　　销　全国新华书店等

字　　数　250 千字
开　　本　890 毫米×1240 毫米　1/32
印　　张　10.5
版　　次　2012 年 3 月北京第 1 版
印　　次　2017 年 8 月第 1 次印刷

书　　号　978-7-02-011521-1
定　　价　45.00 元

如有印装质量问题,请与本社图书销售中心调换。电话:010-65233595

献给芬恩和尤纳,他们是我最好的"作品"。

我的孩子，
我的烦恼这么沉重；
而你睡了，你心宁静；
你在愁苦的木箱里做梦；
在铜钉封死的暗夜里，
在深蓝黝黑中静静躺卧、发光。

——西摩尼德斯《达娜厄》①

---

① 西摩尼德斯（Simonides）为古希腊诗人，约生存于公元前五五六至四六八年。达娜厄（Danaë）是希腊神话中的公主，预言说她的孩子会杀死她的父亲，因此国王阿克里西奥斯将她囚禁在高塔里。不料天神宙斯化身一阵金雨与她交合，生下珀尔修斯。阿克里西奥斯不敢伤害神的儿子，就把达娜厄与珀尔修斯一起装进木箱里，抛入海中。此处引用的诗句就是达娜厄孤独无依，面对茫茫大海时的哀歌。后来这对母子被小岛上的渔夫搭救，珀尔修斯长大后杀死蛇发女妖美杜莎，屡建奇功，也在一场意外事故中误杀外公，应验了预言。此处依照拉提摩尔（Richmond Lattimore）之英译版本翻译。

目录

1	礼物
53	辟谎
103	死去
159	后来
253	活着
324	致谢
325	故事是另一种真实 / 李玉瑶

礼物

今天我五岁了。昨天晚上我在衣柜里睡着的时候还是四岁，但当我在黑黢黢的夜里从床上醒来时就变成五岁了，一派胡言嘛。在此之前，我三岁，两岁，然后一岁，零岁。"我负岁过吗？"

"嗯？"妈伸了个大大的懒腰。

"在天堂里。我有没有负一岁、负两岁、负三岁……"

"没有，在你从天而降之前是不算岁数的。"

"穿过天窗。我凑巧来到了你的肚子里，你就不再忧伤了。"

"你说得对。"妈伸出手打开了台灯，他总能嗖地一下让所有东西都亮起来。

我刚好来得及闭上眼，然后睁开一只眼，接着两只眼都睁开了。

"我哭到再也流不出一滴眼泪，"她告诉我，"我就躺在这里数秒。"

"数了多少秒？"我问她。

"成百万上亿。"

"不，可到底有多少秒呢？"

"我数糊涂了。"妈说。

"然后你就不停地祈求一个宝宝，直到肚子变大。"

她咧嘴一笑，"我能感到你在踢。"

"我在踢什么？"

"当然是我了。"

对此我总是大笑。

"从里面，砰砰。"妈撩起她的T恤睡衣，鼓起肚子，"我想着，杰克就快出生了。第二天一早，你滑出来滑到地毯上，眼睛睁得大大的。"

我低头看着地毯，那上面红、褐、黑三色交错纠缠，还有我出生时不小心溅到的污渍。"你剪断了脐带,我获得了自由,"我对妈说,"接着我变成了一个男孩。"

"实际上,当时你已经是一个男孩了。"她起床走向恒温器,打开他取暖。

我觉得昨晚九点之后他没来过,如果他来过的话,空气总会有点不同。因为她不喜欢谈论他,所以我从来不问。

"说吧,五岁先生,你是现在就要你的礼物还是早餐后?"

"礼物是什么,是什么啊?"

"我知道你很兴奋,"她说,"但记住不要咬手指头,细菌会悄悄从咬破的地方钻进去。"

"那会让我生病,就像我三岁时那样上吐下泻。"

"甚至比那更糟,"妈说,"细菌还可能要了你的命。"

"早早地回到天堂去?"

"你还在咬。"她把我的手拉开。

"对不起。"我坐到那只不听话的手上,"再叫我一次'五岁先生'。"

"那么,五岁先生,"她说,"现在还是晚一点儿?"

我跳上摇椅看看手表,他说七点十四分。我可以在摇椅上撒手滑行,然后滑回羽绒被上"滑雪"。"礼物应该什么时候打开?"

"随便哪个时间都会很有趣。要我为你决定吗?"妈问。

"我现在五岁了,我得自己拿主意。"我的手指又伸进了嘴里,我把它放到腋窝下,夹紧。"我决定——现在。"

她从枕头下面掏出一样东西,我想它整晚都不见天日地藏着。是一卷格子纸,用紫色缎带缠绕着。这些缎带是圣诞节时我们收到的无数盒巧克力上的。"打开它,"她告诉我,"要轻轻的。"

我想方设法解开了花结,把纸展平,是一幅画,就用铅笔画的,没上颜料。我没看明白画的是什么,接着我把画掉了个个。"我!"就像是照镜子,但画面更丰富,我的头、胳膊和罩在 T 恤睡衣里的肩膀。"为什么这个我眼睛闭着?"

"你在睡觉。"妈说。

"你怎么能在睡觉的时候画画呢？"

"不，我是醒着的。昨天早晨，前天，还有大前天，我开着台灯画你。"她敛起笑容，"怎么啦，杰克？你不喜欢这画吗？"

"不是——你在忙活的时候我却啥都没干。"

"噢，你醒着时我没法画你，不然这就不是一个惊喜了，对吗？"妈顿了一下，"我还以为你喜欢惊喜。"

"我想要惊喜，也想无所不知。"

她大笑起来。

我跳上摇椅，从架子上的工具盒里拿了一枚大头针，又减少一枚意味着现在一枚也没剩下，五枚都用掉了。本来有六枚的，但有一枚不见了。一枚用来固定摇椅后面的《西方艺术的伟大杰作 作品三号：圣母子与圣安妮、施洗者圣约翰》[1]，一枚用来固定浴缸旁边的《西方艺术的伟大杰作 作品八号：日出印象》[2]，一枚用来固定蓝色章鱼，一枚用来固定那幅疯马的画，名为《西方艺术的伟大杰作 作品十一号：格尔尼卡》[3]。这些杰作是跟着麦片一起来的，但章鱼是我做的。浴缸上面的水蒸气把他弄得有点翘了。我把妈的惊喜之作别在床头软木砖的正中央。

她摇摇头，"不要放在那儿。"

她不想让老尼克看见。"要么衣柜的后面？"我问。

"好主意。"

衣柜是木制的，所以我不得不非常用力地按大头针。我关上她那可笑的门，尽管我们已经给铰链抹过了玉米油，他们还总是嘎吱作响。我从板条间隙看过去，可太暗了。我把衣柜打开一道缝偷偷看，那幅秘密之作除了灰色的细线条外白成一片。妈蓝色的裙子挂在我熟睡的眼前，我指的是画里的眼睛，而裙子却是真的挂在衣柜里的裙子。

---

1 《圣母子与圣安妮、施洗者圣约翰》为达·芬奇著名的炭笔素描。
2 《日出印象》是克劳德·莫奈的名作之一，作于 1872 年，描绘的是法国阿弗里港口日出的景色。印象派运动因为此画而得名。
3 《格尔尼卡》是毕加索著名的反战绘画作品，画面中有濒死长嘶的马匹形象。

我能闻到妈在我身边,家里我的嗅觉数第一。"哦,我睡醒的时候忘记吃点奶了。"

"没事。也许我们可以偶尔略过一次,现在你都五岁了,不是吗?"

"没门。"

于是她在白色的羽绒被上躺下,我也躺了下来,我吃了很多。

我数了一百颗麦片,再倒入牛奶,牛奶几乎跟碗一样白,一滴也没有溅出来。我们感谢了耶稣宝宝。我选择了融勺[1],融勺的柄上满是白色滴状斑点,那是有一次,他不小心被放在一锅沸腾的意大利面边上溅到的。妈不喜欢融勺,但他却是我的最爱,因为他与众不同。

我轻轻抚摸着桌子上的刮痕,想让它们不那么明显。她是一张纯白的圆桌,就有点儿切食物时意外留下的灰色刮痕。吃饭的时候,我们玩起了哼歌猜名的游戏,因为哼不需要用嘴。我猜对了《马卡丽娜》[2]跟《她绕山而来》[3],但把《迎接飓风》[4]听成了《摇荡缓兮,仁惠之车》[5]。所以我的分数是两分,我得到了两个吻。

我哼起了《划船曲》[6],妈立刻猜了出来。接着,我又哼了《足球流氓之歌》[7],妈扮了个鬼脸,说:"哈,我知道它,这是一首关于被撞倒了再爬起来的歌,叫什么来着?"最后关头,她还是想起来了。第三次轮到我时,我哼了《无法忘记你》[8],这下,妈没了主意。

---

[1] 是指专给婴儿使用的会随着食物温度发生颜色变化的边缘柔软的勺子,杰克称之为融勺。
[2] 西班牙河边人二重唱的代表歌曲,拉丁舞曲风格,曾经连续占据美国公告牌排行榜首十三周之久。
[3] 著名的英语儿歌。
[4] 一首被广为传唱演绎的爵士乐曲。
[5] 黑人灵歌,是美国教会福音音乐中极具代表性的一首。
[6] 著名的英语儿歌。
[7] 一首广为流传的足球歌曲,正是依靠着这首在 1998 年法国世界杯期间的《足球流氓之歌》歌曲,成立于英国利兹的 Chumbawamba 乐队在十多年后才为世界所知。
[8] 澳大利亚性感歌后凯莉·米洛演唱的著名歌曲。

"你选了这样一首歌,真狡猾……是在电视上听到的吗?"

"不是,是听你唱的。"我忍不住唱起了副歌部分,妈说她真是个傻瓜。

"傻瓜,来。"我亲了她两下。

我把我的椅子搬到水槽边开始刷洗。洗碗时,我必须轻点,但是洗勺子时,我就可以丁零当啷了。我对着镜子吐出舌头。妈在我身后,我看得到我的脸贴在她的脸上,就像万圣节时我们做的面具。"我希望那幅画能画得更好些,"她说,"不过至少它画出了你长什么样。"

"我长什么样?"

她轻叩着镜子里我的额头,用手指画了个圈,"跟我是一个模子里刻出来的。"

"为什么说跟你是一个模子里刻出来的?"圈圈消失了。

"意思就是你长得跟我很像。我猜那是因为你是我造出来的,是我身上的一块肉。一样的褐色眼睛,一样的大嘴巴,一样的尖下巴……"

与此同时,我瞪着镜子中的我们,镜子中的我们瞪了回来。"不一样的鼻子。"

"呃,你目前还长着个小孩的鼻子。"

我捏住它,"它会不会掉下来,再长一个大人的鼻子出来?"

"不,不,它只会变大。一样的褐色头发——"

"但是我的头发一直长到了腰,而你的刚刚到肩膀。"

"没错,"妈说着伸手去够牙膏,"你所有的细胞都比我的要活一倍。"

我不理解东西可以只活一半。我又看了看镜子。我们睡觉穿的T恤也不一样,内衣也是,她的没有小熊。

等妈吐出第二口水时,就轮到我用牙刷了,我上下左右刷了每一颗牙齿。妈吐在水槽里的水一点儿也不像我的,我的也不像她的。我把它们都冲掉,然后露出了一个吸血鬼般的微笑。

"啊,"妈捂住了眼睛,"你的牙太干净了,闪到我的眼睛了。"

她的牙蛀得非常厉害，因为以前她总忘了刷牙，她很遗憾，之后再也没忘了刷，但它们还是蛀掉了。

我把椅子折好，把它们放到门边，靠着晒衣架。他总是咕哝，抱怨说没地方了，但如果他站得笔挺的话，还是有很多空间的。我可以站直，但无法那么笔挺，因为我是活生生的血肉之躯呀。门是用一种闪亮的神奇金属做成的，九点之后会发出哗哗的声音，那意味着我应该躲进衣柜了。

上帝的黄灿灿的脸今天没有出现，妈说因为光线很难穿透雪。

"什么雪？"

"看。"她说着向上指了指。

在天窗上方，只有一点点亮光，其他部分都是黑的。电视机里的雪是白色的，但现实中的却不是，太诡异了。"为什么这个雪不会掉落在我们身上呢？"

"因为那是在外面。"

"在外太空？我希望它下在里面，这样我就可以玩雪了。"

"嗯，可那样的话它就会融化，因为这里太暖太舒适了。"她开始哼起歌来，我立马猜出那是《下雪吧》[1]，我唱了第二小节。接着我还唱了《冬季奇园》，妈和声了高潮部分。

每天早上，我们有数不清的事情要做，比如把植物放进水槽，给她浇一杯水——这样就不会漏得到处是——再把她放回矮柜上的茶碟里。植物以前住在桌子上，可是上帝那黄灿灿的脸把她的一片叶子烤焦了。那片叶子掉了，不过她还剩九片，这些叶子跟我的手一样宽，整片都毛茸茸的，如果我闭上眼睛，感觉就像那是只小狗。我不喜欢九这个数字。我发现有一片很小的叶子正在长出来，这样就有十片了。

蜘蛛是真的。我见过她两次。我在桌子底下寻找她，但只看到了桌脚和桌面间的一张蜘蛛网。桌子摆得很稳，很厉害的，我用一条腿可以站很久——很多年前我就会了——但最后都会摔下来。我

---

1 世界最著名的圣诞歌曲之一，下文的《冬季奇园》亦是。

本来想告诉妈那张网的事,可最后还是没有,因为她会把蜘蛛网扫掉,她说它们很脏,但在我看来,它们只是特别特别细的银线罢了。妈喜欢野生动物星球上互相追逐、撕咬的动物,但不喜欢现实中的。我四岁时有一次正在观察蚂蚁沿着炉子一步步往上爬,妈跑过来把它们全都拍死了,这样它们就不会吃我们的食物了。上一秒还是活的,下一秒就变成了尘。我哭啊哭,快把眼睛哭化了。还有一次,在夜里,有个东西嗡嗡嗡地在叮我,妈一巴掌把他打死在门墙上,就在架子下边一点的地方,他是一只蚊子。尽管她洗刷过,痕迹还留在软木砖上,那是蚊子偷走的我的血,就像一个很小很小的吸血鬼那样。那是唯一一次我流血了。

妈吃了那个有二十八只小宇宙飞船的银色袋子里的药丸。我从瓶身印有倒立男孩的瓶子里拿了一粒维生素吃下,妈吃的是印着网球女子的大瓶子里的。维生素是防止我们生病,回到天堂里去的药。我从没想过回那里,我不喜欢死掉,但妈说,等我们都一百岁了,厌倦了玩耍时,死亡还是不错的。她还吃了一片止痛药。有时她会吃两片,但从不超过这个数,因为有些东西对我们很好,可是一旦过了量马上就会产生坏作用。

"是坏牙吗?"我问。他长在她嘴巴上排靠后的地方,是蛀得最厉害的一颗。

妈点点头。

"你为什么不每天每次都吃两片止痛药呢?"

她做了个鬼脸,"那样我就会上瘾了。"

"什么是——"

"就像,被一个钩子勾住,因为我会一直依赖它们。确切地说,我也许会需要越来越多的止痛药。"

"这种需要有什么问题吗?"

"这很难解释。"

妈知道所有的事情,除了那些她记不清的,有时她也会说我还太小了,有的东西即使解释了我也不明白。

"如果我不去想我的牙,它们就会感觉稍微好一点。"她告诉我。

"怎么会这样呢？"

"这叫意志战胜一切。如果我们不在乎，那就不重要了。"

我受了一点小伤时，总是会很在乎的。妈揉揉我的肩膀，那儿并没有受伤，不过不管怎样，我喜欢她这样。

我还是没有告诉妈蜘蛛网的事。有个我知她不知的秘密，这种感觉有些奇特。其他所有的一切都是我们共有的。我想我的身体是自己的，我的思维也产生在自己的脑海中，但我的细胞是由她的细胞制造出来的，所以我从某种程度上来说是她的。另外，当我告诉她我所想、她也告诉我她所想时，我们各自的思想就跑到了另一个人的脑袋，就好像蓝色蜡笔涂在黄色上变成了绿色。

八点半，我打开电视机，在三个频道间切换。我找到了《爱探险的朵拉》[1]，耶！妈非常缓慢地转动着天线兔的耳朵和脑袋，来把画面调得更清楚。我四岁的一天，电视机坏了，我大哭起来，但是晚上，老尼克带来了神奇的信号转换机盒，让电视机起死回生。除了这三个以外，其他的频道都模糊不清，那会伤害我们的眼睛，所以我们不看。只有当这些频道放音乐时，我们把毛毯盖到电视机上，透过灰色的毛毯听听音乐跳跳舞。

今天，我把手指放到朵拉的头上拥抱了她，告诉她我已经五岁了，能力超群，朵拉笑了。她长着浓密的头发，那可真像一顶翘着尖角的棕色头盔，这顶头盔看上去和她的身体一样大。我坐回床上，窝到妈的膝盖上看动画片，我扭来扭去，直到不再是坐在她那突起的骨头上。妈身上柔软的地方不多，可有些地方却是超级柔软。

朵拉说的话不是我们正在用的那些，她说的是西班牙语，比如"*lo hicimos*"[2]。她一直背着她的百宝囊背包，里面藏着她需要的一切，比如梯子，以及跳舞时、踢足球时、吹笛子时、和她最好的

---

[1] 美国儿童动画片，2000 年开播。
[2] 西班牙语，意为"我们成功了"。

朋友猴子布茨探险时穿的各种太空服。朵拉总是说她需要我的帮忙，比如让我找一件有魔法的东西，她等着我说"好"。我大声喊："在棕榈树后面。"接着蓝色箭头就指到棕榈树后面。她说："谢谢你。"电视机里所有其他人都不会听我说话。每次地图都会显示三个地方，我们必须先去第一个地方，然后去第二个地方，最后才能去第三个地方。我和朵拉和布茨一起走，牵着他们的手，每首歌我都唱，特别是"翻跟斗"、"击掌歌"和"滑稽小鸡舞"。我们还要当心偷偷摸摸的捣蛋鬼狐狸。我们一起大喊三次"捣蛋鬼别捣蛋"，他气坏了，叫着"噢，讨厌！"然后逃走了。记得有一次，捣蛋鬼做了一只遥控的机器蝴蝶，但是出了些差错，蝴蝶反过来拍掉了他的面具和手套，这把我们乐坏了。

　　有时候，我们摘下星星放进百宝囊背包里，我选择了可以吵醒所有东西的吵闹星和能够变成任何形状的闪烁星。

　　大多数时候，其他星球上的人能同时几百个人出现在屏幕上，除非有一个变得又大又近，这种情况常常发生。他们穿着衣服，而不是裸露着皮肤。他们的脸有粉色的、黄色的、棕色的，或是长斑，或是长毛；血红的嘴巴和描着黑圈的大眼睛。他们总是欢声笑语。我很想一直看电视，但电视会腐蚀我们的大脑。在我从天而降前，妈成天开着电视机，后来，她就变得跟僵尸一样，就是那种一跳一跳前进的妖怪。所以现在，她总是看完一个节目就会把电视机关掉，让脑细胞在白天的时候再次长出来，这样我们晚上睡觉前就可以再看另一个节目，然后在睡觉时继续让大脑恢复。

　　"让我再看一会儿吧，看在今天是我的生日的份上，求求你了。"

　　妈张了张嘴，又闭上了。接着，她说了句："为什么不呢？"她把广告时间调成静音，因为广告会更迅速地侵蚀我们的大脑，所以我们要尽量避免它们进入我们的耳朵。

　　我看着那些玩具，一辆很棒的卡车、一张蹦床和生化战士。两个小男孩手里握着变形金刚在打架，不过是很友好的那种，不像坏孩子那样。

接下来,节目开始了,是《海绵宝宝》[1]。我跑过去轻轻摸着他和派大星,我不敢碰章鱼哥,他有点可怕。这一集是个关于巨型铅笔的恐怖故事,我透过妈的手指缝看,她的手指有我的两倍那么长。

妈天不怕地不怕。也许只怕老尼克。她从来只称他为"他",我甚至不知道他到底叫什么,直到我看了一部动画片,是关于一个晚上才会出现的家伙的,他叫老尼克。于是我把我们这里的这位也叫做老尼克,因为他也只在晚上来。不过他不像电视里的那个家伙,没有大胡子和犄角什么的。我曾经问过妈他老吗,她说他的年龄大概是她的两倍,那就确实很老了。

片尾字幕一出来,妈就起身关掉了电视机。

因为吃了维生素,我的尿尿是黄色的。我坐下拉巴巴,念叨着:"拜拜,去大海吧。"冲完水,我看着水箱汩汩地再次盛满。接着,我洗手,直到感觉皮快被搓掉了,这样才能说明我已经把手洗干净了。

"桌子下面有张蜘蛛网,"我不假思索,脱口而出,"之前就看到了,但我没说。"

妈笑了,但不是由衷的。

"你不会把它扫走的,是吧?因为蜘蛛现在甚至不在家,但她或许会回来的。"

妈跪下来朝桌子下面望去。我看不见她的脸,直到她把头发捋到耳后。"听我说,我会把它留到大扫除,怎样?"

那就是星期二,还有三天。"行。"

"你知道吗?"她站了起来,"我们应该量一下你有多高了,现在你五岁啦。"

我一跳半空高。

平时,在房间或家具的任何角落涂涂画画都是不允许的。两岁的时候,我在靠近衣柜的那个床脚上乱涂,现在每次打扫时,妈都

---

[1] 美国最受欢迎的电视系列动画之一,在 2003—2009 年期间,曾经七次当选美国儿童选择奖最受欢迎的动画片。

会拍着那些印记说："你看，我们得永远跟这生活在一起。"不过，我生日时的身高标记是个例外，那些小小的数字写在门边上，一个黑色的"4"，下面是一个黑色的"3"，一个红色的"2"——那是原来那支已经用完的红笔写下的——最底下是个红色的"1"。

"站直了，"妈边说边拿笔在我脑袋上方拂过。

等我走开，一个黑色的"5"出现在"4"稍微上面一点的地方。我最喜欢五这个数字了，我每只手都有五根手指，每只脚都有五根脚趾，妈也一样，我们是一个模子里刻出来的。而九是我最不喜欢的数字。"我有多高？"

"你的身高。嗯，确切的我也不知道，"她说，"也许我们可以讨一把卷尺，作为周日优待。"

我以为卷尺就是电视。[1]"呐，我们还是要点巧克力吧。"我把手指放在"4"上，然后脸贴着墙站着，另一根手指放在头发上，"今年我没有长高多少。"

"这很正常。"

"什么叫'正常'？"

"就是——"妈撇了下嘴，"就是说一切都好。没有问题。"

"可是看看我的力气有多大。"我在床上跳来跳去，我是穿着七里格[2]靴子的巨人杀手杰克[3]。

"大的。"妈说。

"很大的。"

"巨大的。"

"庞大的。"

"超级大的。"妈说。

"超级巨大的。"这是个组合词，我们笑着挤作一团。

"好词。"

"你知道吗？"我告诉她，"十岁的时候我会长大成人。"

---

1 卷尺英文原文用的是："measuring tape"，"tape"一词也有录音带的意思，小杰克故有此说。
2 里格，旧时长度单位，约为三英里、五公里或三海里。
3 英国民间故事，传说在亚瑟王时代有一个农夫的儿子叫杰克，他既勇敢又聪明，因杀死巨人而扬名。

"哦,是吗?"

"我会越长越大,越长越大,直到变成人类。"

"事实上,你已经是人类了,"妈说,"人类就是我们俩现在这样的。"

我认为"人类"这个词用来说我们是名副其实的,而电视上的那些"人"都是颜色编织出来的。

"你是指变成个女人吗,女的人?"

"对,"我说,"变成个女人,然后肚子里有个男娃娃,他也是名副其实的人类。或者我会长成一个巨人,不过是好看的那种,有这么高。"我跳起来去碰床墙,他高高的,几乎接到了斜面房顶的最低处。

"听上去很棒。"妈说。

她板起了脸,这意味着我说错话了,但我不知道错在哪里。

"我将冲破天窗,去到外太空,在各个星球间遨游,"我跟她说,"我要拜访朵拉和海绵宝宝,以及我所有的朋友。我还要养一条小狗,起名叫拉奇[1]。"

妈端出一张笑脸。她把笔整齐地放回架子上。

我问她:"你过生日时就几岁啦?"

"二十七。"

"哇。"

我觉得她并没有因此而高兴。

洗澡水哗哗地流淌时,妈把迷宫和碉堡从衣柜顶上拿了下来。从我两岁起,我们就开始制作这个迷宫了,她是由卫生纸卷筒粘连拼结出来的隧道,七扭八拐的。弹力球喜欢在迷宫里滚来滚去地躲起来,每次我要叫他出来都得上下左右晃着迷宫好让他滚出来。然后,我会把其他东西放入迷宫,比如一粒花生、一小截蓝色蜡笔和一小段生的意大利面。他们在隧道里互相追逐,偷偷前进,大叫着"嘘"。我看不见他们,但可以通过他们撞击迷宫壁的声响来猜

---

[1] 原文为"Lucky",意思是好运的。

出他们的位置。牙刷也想进去玩，但我只能跟他说抱歉，因为他太长了。于是他跳进了碉堡，去守卫塔楼了。碉堡是由罐头和装维生素的瓶子搭起来的，一旦我们有了空罐头或是空瓶子，就为他添砖加瓦。从碉堡上能看清四周的情况，他可以向敌人喷射出热油，哈哈，这是敌人们不知道的秘密武器。我很想把碉堡放在浴缸里当做一个小岛，但妈说水会让碉堡的胶带松脱的。

我们散开了马尾辫，让头发漂在水面上。我躺在妈身上，一句话也不说，我喜欢听着她的心跳声。她呼吸的时候，我们一起一伏的。小鸡鸡也漂浮着。

因为今天是我生日，所以我可以决定我们两人穿什么。妈的衣服在矮柜上面的抽屉里，我的则在下面那个抽屉里。我帮妈选了她最喜欢的那条带红线的蓝色牛仔裤，这条牛仔裤她只在特殊场合才穿，因为裤子的膝盖处已经有点拉丝了。我自己选了黄色连帽运动套装。虽然我开抽屉很小心，但右边的侧板还是掉了出来，妈不得不使劲把它推回去。我们俩一起用力往下扯套头衫，领口卡着我的脸，不过终于还是穿上了。

"我把V字领再开大一点怎么样？"妈说。

"没门。"

做运动时，我们先不穿袜子，因为光脚不太会打滑。今天我先选了跑步。我们把桌子翻到床上，再把摇椅堆上去，最后盖上地毯。跑道是这样的，从衣柜到台灯绕着床跑，地板上的形状是一个黑色的大写的C。"嘿，看呀，我可以在十六步里打个来回。"

"哇，你四岁的时候要跑十八步呢，不是吗？"妈说，"今天你准备跑几个来回？"

"五个。"

"不如五乘以五吧？那可是你最喜欢的平方数了。"

我们掰着手指算，我得出二十六，但妈说应该是二十五，我又算了一遍，也算出是二十五。妈用手表帮我计时。"十二，"她大叫，"十七。跑得不错。"

我呼哧呼哧地喘着气。

"快多了——"

我跑起来甚至有超人飞行时那么快。

轮到妈跑时,我必须在横线拍纸簿上记下她开始和结束的时间,然后我们一起计算她用的时间。今天,她比我多用了九秒,就是说我赢了。我高兴得上蹿下跳,还发出嘲笑的啧啧声。"我们同时跑,来次比赛吧。"

"听上去很有意思,对吧,"她说,"但是还记得吗?有一次我们这么干过,结果我的肩膀撞到了矮柜上。"

有时候我会忘记一些事情,妈提醒我之后,我就会记起来。

我们把所有家具从床上搬下来,把地毯铺回原位,遮住那条跑道,这样老尼克就看不见那个脏兮兮的 C 了。

妈选择了蹦床,但只能是我在床上蹦跳,如果妈也上来的话,床会塌的。她只能在一旁评论:"这个三月的早晨,年轻的美国冠军做出了一个大胆的半空扭转……"

接下来,我选择玩"西蒙说"[1],然后妈说要穿上袜子玩木头人,就是我们躺在地上,像海星一样,放松脚趾头,放松肚皮,放松舌头,甚至是放松大脑。后来,妈的膝盖后面痒痒的,于是她动了一下,所以,我又赢了。

十二点十三分了,午饭时间到。我最喜欢的餐前祷告是祈求每天都有面包。我是游戏的老大,但妈是三餐的老大。比方说,为了防止我们生病,她不许我们早、中、晚三顿都吃麦片;好吧,其实是为了不让麦片太快吃完。从我出生到一岁,妈总是把食物剁碎嚼烂后再喂给我吃,不过后来我长齐了二十颗牙,能咬碎所有东西。今天的午饭是脆饼夹金枪鱼,我的任务是把鱼罐头的盖子旋紧,因为妈的手腕办不到。

我有点坐不住,于是妈提议我们玩管弦乐队,这个游戏就是要

---

[1] 这是一个英国传统的儿童游戏。一般由三个或更多的人参加(多数是儿童)。其中一个人充当"西蒙",其他人必须根据情况对充当"西蒙"的人宣布的命令做出不同反应。如果充当"西蒙"的人以"西蒙说"开头来宣布命令,则其他人必须按照命令做出相应动作。如:充当"西蒙"的人说:"西蒙说跳。"其他人就必须马上跳起;而如果充当"西蒙"的人没有说"西蒙说"而直接宣布命令,如:充当"西蒙"的人说"跳",则其他人不准有动作,如果有动作则做动作的人被淘汰出游戏。

看看我们利用能找到的各种物品能够制造出怎样的声音。我在桌子上打起了鼓,妈敲击床脚,接着又拍打着枕头发出扑哧扑哧的声音;我拿起叉子和勺子,在门上击打,叮叮作响,脚趾则在炉子上笃笃地踢着。不过我最喜欢的还是踩垃圾桶的踏板,他的盖子会"砰"地一下弹开。我最棒的乐器是用麦片盒子做成的弦乐器,上面拼贴着从旧邮购目录上剪下来的五颜六色的腿、鞋子、外套和头像,当中箍着三根橡皮筋。老尼克后来再也没有捎来过邮购目录供我们挑选衣服,妈说他越来越吝啬了。

我爬上摇椅,从架子上拿书。然后在地毯上搭了一幢十层高的摩天大楼。"十层楼,"[1]妈哈哈大笑。这一点都不好笑。

我们本来有九本书,但其中只有四本是有图片的:

《童谣集锦》
《挖掘机丹尼》
《逃家小兔》[2]
《立体飞机场》

还有五本只有封面上有图片:

《棚屋》[3]
《暮色》[4]
《守护者》[5]
《苦乐爱恋》[6]
《达·芬奇密码》[7]

---

1 原文为"Ten stories",也有"十个故事"的意思,是个双关语,杰克太小没有理解。
2 作者玛格丽特·布朗,1942年出版的童书。
3 加拿大作家威廉·保罗·扬出版于2007年的小说。《纽约时报》给予其崇高赞誉:"没有媒体的狂轰滥炸,没有奥普拉的推荐,全凭民间的口口相传,《棚屋》创造了销量超过1000万册的奇迹。"
4 美国畅销书作家斯蒂芬妮·梅尔创作的《暮光之城》系列作品的第一部。
5 美国"纯爱小说教父"尼古拉斯·斯帕克斯的作品,2003年出版。
6 非洲裔美国女作家罗谢勒·阿勒斯的作品,2009年出版。
7 美国畅销作家丹·布朗的代表作品,出版后成为有史以来最为畅销的小说之一。

妈很少读那些没有图片的书，除非她很绝望。我四岁的时候，我们讨过一本有图片的书作为周日优待，然后《爱丽丝漫游奇境》就被送来了。我喜欢这本书，但是她的字有点多，而且都是很旧的词了。

今天，我想看《挖掘机丹尼》，他差不多在最底下，摩天大楼轰隆隆地倒了下来。

"又是丹尼。"妈做了个鬼脸，然后用最大的声音朗读起来：

> 这里这里是丹尼，强壮的挖掘机！
> 他挖出来的土越来越多。
> 看他长长的手臂铲进土地里，
> 没有哪台挖掘机比他更爱吃土。
> 巨大有力的耘锄在工地挥舞穿梭，
> 没日没夜地挖挖搬挪。

第二张图上有一只小猫，第三张图里小猫到了一堆岩石上。岩石就是石头，就是更重一点，和做成浴缸、水槽和马桶的陶瓷差不多，但没那么光滑。猫和岩石只在电视里才有。第五张图里，小猫掉了下来，不过猫有九条命，不像我和妈，每人只有一条命。

妈几乎总是选《逃家小兔》，因为最后兔妈妈总能找到兔宝宝，然后对他说"来根胡萝卜吧"。兔子是电视里的，但胡萝卜是真实的，我喜欢它们咬起来的声音。我最爱的那张图片是兔宝宝变成了山上的一块岩石，而兔妈妈不得不爬呀爬地爬上山去找他。山就像树啊河啊这类东西，看上去大得不真实。有一次我在电视上看见过一座山，一个女人挂着绳子在攀登。女人不是真实的，男孩、女孩也不是真实的；男人也不是真实的，除了老尼克。其实我也不确定他是不是真的是真实的。或许半真半假？他带着日用品和周日优待出现，带着垃圾消失，但他跟我们不是同一种"人类"。他像蝙蝠一样，只在夜间出没。也许是门发出的哔哔声把他带到这儿，然后空气就变了样。我想妈不愿跟我说他的事就是为了防止他变得更真实。

我在妈的膝盖上扭动，正看着我最喜欢的那张画，画上是耶稣宝宝在和施洗者圣约翰玩耍，约翰既是他的朋友，也是他的大表兄。马利亚也在画上，蜷曲在她的妈，也就是耶稣宝宝的外婆——就好比是朵拉的姥姥[1]——的膝盖上。这是幅诡异的画，没有色彩，还缺了些手手脚脚的。妈说这幅画作并没完成。让圣母马利亚肚子里出现耶稣宝宝的是一个飞速坠落下来的天使，就像个幽灵，但是酷酷的，还有羽毛。马利亚惊讶无比，她说："怎么会这样呢？"接着又说："好吧，就这样吧。"当耶稣宝宝在圣诞节突然滑出她的阴道时，她把他放进马槽里，不过当然不是给奶牛们吃，只是为了让奶牛们的呼吸暖和他，因为他是神迹。

妈关掉了台灯，我们躺了下来。首先，我们为了绿色牧场做起了牧羊人的祷告。我觉得牧场和羽绒被差不多，不过是绿色的、毛茸茸的，而不是白色的、平滑的。一杯溢出来的饮料必定造成一场灾难。我现在吃上了，吃的是右边乳房，因为左边乳房的乳汁已经不多了。三岁时我随便什么时候都能大吃一顿，但四岁以后，我越来越忙，只能在白天晚上吃个几次。我希望能够同时说话和吃奶，可惜我只有一张嘴。

我快要睡着了，但还没真的睡着。我猜妈已经入睡了，从她的呼吸听得出来。

午睡后，妈说她想到其实我们不必去讨卷尺，我们可以自己做一把。

我们重新利用了那个古埃及金字塔的麦片盒，妈教我怎么剪下

---

[1] 原文为西班牙语，abuela。

跟她的脚同长的一条，这就是为什么它被称为"英尺"[1]，然后她在上面等分标注了十二小段，一小段就是一英寸。我量了量她的鼻子，有两英寸长，我的只有一又四分之一英寸长，我把这记下来。妈沿着有我身高标记的门墙由下往上慢慢翻动着尺子，她告诉我我高三英尺三英寸。

"嘿，"我说，"我们来量一下房间吧。"

"什么？整个房间吗？"

"我们还有其他事情可做吗？"

她奇怪地打量着我，"我想没有。"

我记下了所有的数字，比如门墙顶端到房顶的距离是六英尺七英寸。"看，"我告诉妈，"每一块软木砖都比尺子长一点点。"

"对呀，"她说着拍了拍脑袋，"我想它们应该正好是一平方英尺大，我一定是把尺子做短了一点。我们就数软木砖吧，这样更简单些。"

我开始数床墙的高度，但妈说所有的墙壁都是一样高的。另外一个规律是，墙壁的宽度和地板的宽度是一样的，我数出来都是十一英尺，就是说，地板是正方形的。桌子是圆的，所以我不知道该怎么办，妈让我从中间最宽的地方量，三英尺九英寸。我的椅子有三英尺两英寸高，妈的和我的椅子一样，只矮了一英寸。接着，妈觉得有点累了，所以我们停止了测量。

我用我们的五支蜡笔把这些数字涂上了不同颜色：蓝的，橙的，绿的，红的，棕的。等我涂完色，整张纸看上去就跟地毯一样，不过更绚烂。妈提议把它作为我的餐垫。

今晚我选择吃意大利面，晚餐还有我没选的新鲜花椰菜，那只是对我们的健康有益。我用锯齿刀把花椰菜切成块，趁妈不注意的时候，我会吞掉几块，她若发现会问："哦不，那块大的去哪儿了？"但是她不会真的抓狂，因为生的东西让我们更长寿。

妈烧热了炉子，那两个圈圈变红了。她不许我碰炉子开关，因

---

[1] 英文当中，脚和英尺是同一个词：foot。

为她得确保不会引发像电视上那样的火灾。那两个圈圈一旦碰到茶巾或是我们的衣服这类东西，就会蹿出火苗，橘红色的火舌就会吞没这个房间，把一切烧成灰烬，我们也会呛着咳着尖叫着经受最惨痛的伤害。

我不喜欢煮花椰菜的味道，不过这个味道比青豆好一点。蔬菜是真实的，冰激凌却只存在于电视里，我希望冰激凌也是真实的。

"植物是生的吗？"

"嗯，是的，但不是可以吃的那种。"

"那她为什么不开花呢？"

妈耸耸肩，搅拌着意大利面，"她累了。"

"那她应该去睡觉。"

"她醒来后还是累啊。大概花盆里的泥土中没剩下多少食物了吧。"

"她可以吃我的花椰菜。"

妈大笑起来，"不是这种食物，是植物的食物。"

"我们可以去要一点，作为周日优待。"

"我已经列了一张长长的单子了。"

"在哪儿？"

"就在我脑子里，"她说。她拉出一段意大利面，咬了一口，"我觉得她们喜欢鱼。"

"谁们？"

"植物，她们喜欢腐臭的鱼。或者是鱼骨头？"

"呕……"

"下次我们吃炸鱼条的时候，或许可以埋一点在植物下面。"

"不要埋我那份。"

"好吧，埋点我那份。"

我之所以最喜欢意大利面，是因为那首肉丸歌，妈装盘时我一直在唱。

晚饭后有一个大惊喜，我们做了一个生日蛋糕。我是从《爱探险的朵拉》里知道生日蛋糕这回事儿的，我打赌，插上跟我岁数一样的蜡烛后——是真的点着火的噢——蛋糕一定会很美味[1]。

我是个吹蛋能手,我可以让蛋糊糊不断地流出来。我得为做蛋糕吹三只鸡蛋,我用的是钉住《日出印象》这幅画的大头针,因为我觉得如果我取下钉住《格尔尼卡》的大头针,那匹疯马一定会发狂的,即便我每次都是一用完就钉回去。妈觉得《格尔尼卡》是最伟大的杰作,因为它最真实,但实际上,它只是把所有东西都混起来了:一匹马被一杆长矛刺中了,龇着牙嘶叫着;另外有一头牛,还有个女人抱着个软绵绵的孩子,他的脑袋耷拉着,旁边是一盏像眼睛一样的灯;最可怕的是,角落里那只肿胀的大脚,我一直觉得它会把我踏扁。

我舔了舔勺子,然后妈就把蛋糕放进炉子热热的肚子里去了。与此同时,我试图把蛋壳都立起来。妈拿起一个,"做成小杰克的脸?"

"不。"我说。

"我们用面粉团给它们做个窝如何?如果明天我们把甜菜解冻了,那么就可以用甜菜汁把它染成紫色……"

我摇头,"还是加给蛋蛋蛇吧。"

蛋蛋蛇比房间的一周还要长,从我三岁起我们就开始制作他了,他住在床底下,盘成几圈保护着我们。他的蛋大多数是棕色的,也有几只白色的,还有一些用铅笔、蜡笔或是笔画过图案或粘着结了块的面粉糊。蛋蛋蛇有一顶箔纸做成的皇冠,一根黄色缎带做的腰带以及细线、布料做的头发。他的舌头是根针,拖着红线,串起了所有的蛋蛋。我们不太把蛋蛋蛇带出来,因为有时候他会缠结起来,导致那些蛋蛋上的小孔周围裂开,甚至掉下来,我们只能用那些碎片制作成马赛克画。今天,我把他的针穿进了一只新鸡蛋的一个孔里,我得让针悬垂下来,直到它突然从另一端的孔里钻出来,这可是个技术活。现在他又增加了三只鸡蛋的长度,我特别小心地再次把他盘绕起来,让他整个身体能完全待在床底下。

---

1 原文为西班牙语,delicioso。

在等蛋糕烤好的几个小时里,我们呼吸着香甜的空气。等蛋糕冷却下来,我们要做一件叫做上霜的事,这个霜不像冰那么冷,而是溶化在水里的糖,妈把糖霜撒遍了整个蛋糕。"我洗手的时候,你可以放上巧克力了。"

"但是我们没有巧克力了。"

"啊,"她说着,举起小袋子左右晃了晃,"三个礼拜前,我从周日优待的巧克力中省下了一些。"

"你一定把它们藏起来了,妈,是藏在哪儿的?"

妈抿紧了嘴,"如果下回我还想藏点东西怎么办?"

"告诉我!"

妈不再笑了,"你大吼大叫快震聋我的耳朵了。"

"告诉我藏东西的地方。"

"杰克——"

"我不喜欢有藏东西的地方。"

"那又怎样?"

"僵尸。"

"啊。"

"食人妖或吸血鬼——"

她打开碗橱,拿出装大米的盒子,她指了指黑色的洞。"就藏在那里,和大米在一起,行了吧?"

"行了。"

"这里没什么可怕的东西。你可以随时检查。"

袋子里一共有五颗巧克力,粉红色的,蓝色的,绿色的,还有两颗红色的。我把它们放上去的时候,有一点颜色沾到了手上,我也被"上霜"啦,我毫无遗漏地吮掉所有的颜色。

接下来,该插蜡烛了,可是我们一根也没有。

"你又在大吼大叫了。"妈捂着耳朵说。

"可你说过这是个生日蛋糕,不插上五支点燃的蜡烛怎么能叫生日蛋糕呢?"

她吁了一口气,"我本该解释得更清楚些。五颗巧克力是什么意思呢？它们代表着你五岁了。"

"我不想要这个蛋糕了。"我讨厌妈沉默着等待一切平静下来的样子，"臭蛋糕。"

"冷静点，杰克。"

"你本来应该要蜡烛作为周日优待的。"

"好吧，上周我们需要止痛片。"

"我才不要什么止痛片，是你要的！"我吼了出来。

妈用一种像从未见过我的表情看着我。接着，她说："不管怎么样，记住，我们应该选那些他容易弄到的东西。"

"但是他可以弄到所有东西。"

"嗯，是的，"她说，"如果他感到麻烦的话……"

"有什么麻烦？"

"我只是说，他可能不得不去两三家商店，那会让他发怒。万一他没买到那些东西，那么我们的周日优待就什么也得不到。"

"但是妈，"我大笑，"他不会去商店的。商店只存在于电视里。"

妈咬着嘴唇。然后，她看了看蛋糕，"好了，无论如何，我很抱歉，我以为巧克力可以替代蜡烛的。"

"笨妈。"

"蠢货。"她拍了拍头。

"傻瓜，"我说，不过不是恶意的，"下周我满六岁的时候，你最好能拿到蜡烛。"

"是明年，"妈说，"你应该说明年。"她闭上了眼睛。她经常闭上眼睛，一分钟里一句话也不说。小时候，我觉得那是因为她的电池用完了，就像有一次我们的手表没电了，我们不得不向他讨一粒新电池作为周日优待。

"你保证？"

"我保证。"她说着，睁开了眼睛。

妈给我切了一块超大的蛋糕，趁她没注意，我偷偷拿掉了所有的五颗巧克力，都放在了我的那块上：两颗红色的，粉红色的，绿色的，蓝色的。她轻呼："噢，不，又一颗不见了，怎么回事？"

"现在你永远也找不到它啦,哈哈哈。"我学着捣蛋鬼狐狸说话。我拣起一颗红色的巧克力,递到妈的嘴边,她把它放到蛀得不是那么厉害的门牙上,微笑着一点点啃着。

"你瞧,"我指给她看,"刚才蛋糕上放巧克力的地方都是洞啦。"

"就像个坑。"说着,她把指尖放到其中一个里。

"什么是坑?"

"就是发生过一些事情的洞。比方说火山啊,爆炸啊什么的。"

我把绿色巧克力放回它的坑里,然后倒数着十、九、八、七、六、五、四、三、二、一,轰隆。它射向了外太空,绕着圈最后进了我的嘴巴。我的生日蛋糕是我吃过的最好吃的东西。

妈现在不饿。天窗吸走了所有的光线,她几乎是黑的。"今天是春分,"妈说,"我记得你出生的那天早晨,电视上是这么说的。那一年也下着雪。"

"什么叫春分?"

"意思是平分,白天和夜晚一样长。"

因为蛋糕的缘故,现在看什么电视都太晚了,手表显示已经八点三十三分了。妈脱下我的黄色套头衫时,我的脑袋差点被扯掉。我穿上睡觉时穿的T恤,刷了牙,妈则把垃圾袋扎了起来,放到了门边上,和我们的清单一起,这次,上面写着:"请给我们意大利面、小扁豆、金枪鱼、奶酪(如果不太贵的话)、橙汁,谢谢。"

"我们可以要点葡萄吗?它们对健康很有益处。"

妈在最后又添上:如果可以的话,再给些葡萄(新鲜或者罐装的都行)。

"可以给我讲个故事吗?"

"只能是个小故事。《姜饼小人杰克》怎么样?"

妈讲得真的很快,也很生动:姜饼小人杰克从炉子里跳了出来,奔跑、翻滚,没人能抓住他,老太太、老先生、打谷的人、耕地的人都抓不住他。但是最后,他犯了个低级错误,他让狐狸载着自己过河,结果被喀嚓一声吃掉了。

如果我是蛋糕做的，在被别人吃掉之前，我会先把自己吃了。

我们合掌闭眼，迅速地做完了祷告。我祈祷施洗者圣约翰和耶稣宝宝能够来跟朵拉和布茨一起演一集动画片。妈则祈求阳光可以融化天窗上的雪。

"我能吃点吗？"

"明天一早就让你吃。"妈说着拉下了她的T恤。

"不要，今晚就吃。"

她指了指手表，八点五十七分，只差三分钟就九点了。于是我冲进了衣柜，躺在我的枕头上，把自己裹进了灰色、有絮状红边的毛毯中。我就在自己的画像下，我都忘了它在那儿。妈探头进来，"三个吻？"

"不，五个，给'五岁先生'。"

她亲了我五下，然后关上了吱吱嘎嘎的门。

还是有一些光从板条间透进来，所以我看得清画中一部分的自己。长得像妈的地方和只有我才有的鼻子。我摸摸画纸，非常光滑。我站了起来，头和脚跟都顶住了衣柜。我听到妈穿上了她的T恤睡衣，吞下了止痛片，晚上总是吃两片，因为她说疼痛就像水，一躺下来就会流遍全身。我还听到她吐掉了牙膏。"我们的朋友扎克背上有点痒[1]。"她说。

我想起了另一个，"我们的朋友扎尔说布拉布拉布拉[2]。"

"我们的朋友艾贝妮斯尔住在冷冻室[3]。"

"我们的朋友朵拉去了商店呀。"

"作弊。"妈说。[4]

"噢，讨厌！"我像捣蛋鬼狐狸一样呻吟着，"我们的朋友耶稣宝宝……喜欢吃奶酪[5]。"

---

1 原文押韵，为：Our friend Zack has an itch on his back.
2 原文押韵，为：Our friend Zah says blah blah blah.
3 原文押韵，为：Our friend Ebeneezer lives in a freezer.
4 这里的英文儿歌要求押尾韵，原文中杰克唱的是"Our friend Dora went to the store-a."显然是耍了个小聪明。
5 原文押韵，为：Our friend Baby Jesus...likes to eat cheeses.

"我们的朋友斯庞对着月亮唱起了歌[1]。"

月亮是上帝银色的脸,但它只在很特别的时候才会来。

我坐近点,把脸贴在门缝上,我可以看到一点点景象:关掉的电视机,马桶,浴缸,翘起来的蓝色章鱼画,妈正在把我们的衣服放回矮柜。"妈?"

"嗯?"

"为什么我要像巧克力一样被藏起来呢?"

我想她坐到了床上。她说得很轻,我几乎听不见。"我就是不想让他看到你。即使是你刚出生那会儿,在他进来前,我都会把你包在毛毯里藏好。"

"会有伤害吗?"

"什么会有伤害?"

"如果他看到了我。"

"不,不会。快去睡吧。"妈对我说。

"要唱虫子歌。"

"睡吧睡吧,睡个安稳觉,别被小虫子咬。"

这些小虫子是看不见的,但我可以跟他们说话,有时也数他们,上一回我数到了三百四十七。我听到开关啪的一声,台灯一瞬间也熄了。还听到了妈钻进羽绒被的声响。

有几晚,我透过板条缝看过老尼克,但从没近距离看到过他全身。他的头发上有些白的地方,比耳朵小一点。也许他的目光会把我石化。僵尸咬了孩子,孩子就不会死了;吸血鬼吸孩子的血,直到他们变得软塌塌的;食人妖拎着孩子的腿用力嚼碎。巨人们也可以一样邪恶,不管是死是活,我都要抽筋扒皮吃掉他,但是杰克夹着金母鸡逃走了,沿着豆茎快快地滑下去。巨人跟着爬了下来,不过杰克喊妈拿来了斧头——和我们的小刀有点像,但大了许多——他的妈不敢独自砍断豆茎,然而杰克已经滑到了地上,他们齐心协力劈断豆茎,巨人摔了下来,肝脑涂地,哈哈,于是杰克就成了巨

---

[1] 原文押韵,为:Our friend Spoon sang a song to the moon.

人杀手杰克。

我想知道妈是不是已经睡着了。

在衣柜里,我总是试着紧闭上眼睛,快速地入睡,所以我听不到老尼克进来。然后,当我醒来,已经是早晨了,我会上床从妈那里吃点奶,万事大吉。但是今晚,我睡不着,蛋糕在肚子里嘶嘶作响。我用舌头从右到左数着上排牙齿,十颗;接着又从左到右数着下排牙齿,回到另一边,每次我都得数到十,两个十就等于二十,这就是我牙齿的数量。

没有哔哔声。过了九点已经很久了。我又数了一遍我的牙齿,十九颗,一定是数错了,或者有一颗不见了。我轻轻咬着手指头,一口又一口。我等了很久很久。"妈?"我低语,"他来还是不来?"

"看起来不会来了。出来吧。"

我跳起来,推开衣柜的门,两秒之后,我已经到了床上。羽绒被非常暖和,我不得不把脚丫子伸到外边去,不然他们会烧起来的。我吃了很多,先吃左边的,再吃右边的。我不想睡着,因为一旦醒来,就不再是我的生日了。

一束光晃过,刺痛了我的眼睛。我把头探出羽绒被但不敢正视。妈正站在台灯旁,灯光照亮了一切,啪的一声,又暗下去。灯光再次亮起,持续了三秒,然后熄灭;接着又亮了一秒,随后熄灭四秒。妈目不转睛地望着天窗。灯又熄了。她常在晚上这样,我不明白为什么。我猜这或许能帮助她再次入睡。

我一直等着台灯彻底关掉。在黑暗中,我轻声问:"都好了吗?"

她说:"很抱歉,把你吵醒了。"

"没关系。"

她回到床上时,浑身冰冷,我用双手搂着她的腰。

现在我已经五岁零一天了。

傻鸡鸡总是一大早就挺了起来,我把他按了下去。

每次在我们小便后洗手的时候,我都会唱《世界在他手中》[1],但是我想不起来另外关于手的歌了,不过那首有关小小鸟的歌是说手指的[2]。

> 飞走吧,彼得。
> 飞走吧,保罗。

由于我的两根手指绕着整个房间扭动的速度太快,差一点就在空中引发一次大碰撞。

> 回来吧,彼得。
> 回来吧,保罗。

"我想他们其实是天使,"妈说。
"嗯?"
"不,抱歉,应该说是圣徒。"
"圣徒是什么?"
"圣徒是极其神圣的人,就像是没有翅膀的天使。"
这令我困惑不解,"那他们是怎么飞越那些高墙的呢?"
"不,是小小鸟,他们能够飞越高墙。我的意思是这些小鸟是用圣彼得和圣保罗的名字来命名的。而圣彼得和圣保罗是耶稣宝宝

---

[1] 奥比·菲利斯创作的一首圣歌,有多个著名的演绎版本,亦成为广为传唱的儿歌。
[2] 指的是《Two Little Dicky Bird》这首广为传唱的英语儿歌,并可配着歌词做手指游戏。

的朋友。"

我不知道除了施洗者圣约翰,他还有别的朋友。

"事实上,圣彼得还进过监狱,一次——"

我大笑,"小宝宝才不会进监狱呢。"

"这是他们长大以后的事情。"

我不知道耶稣宝宝长大了,"圣彼得是个坏人吗?"

"不,不,他是被冤枉的,我是说他入狱是因为一个坏警察把他抓到那儿的。不管怎么样,总之他不停地祈祷,希望能够出狱,你知道后来怎么样了吗?一位天使从天而降,撞碎了大门。"

"真酷。"我说。但我更喜欢他们还是孩子时,光着身子一起跑来跑去。

突然传来稀奇的乒乓声和嘎吱声。阳光透过天窗照了进来,黑色的积雪几乎都不见了。妈也抬起了头,脸上带着淡淡的微笑。我想是祈祷带来了奇迹。

"还是一半一半,平分的吗?"

"哦,你是说春分?"她说,"不,光明开始占点上风了。"

她让我早餐吃蛋糕,以前从没这样过。虽然蛋糕已经有点变脆,但还是很好吃。

电视机正在播放《宠物大世界》[1],画面十分模糊。妈在不停地调整天线兔,可他反应一点都不灵敏。我用紫色缎带在他的金属线耳朵上系了一个蝴蝶结。我希望节目是《花园小子》[2],我好久都没见过他们了。由于老尼克昨晚没来,周日优待也还没有出现,实际上那算不上是我生日最好的部分。我们想要的并不是什么大惊喜,仅仅是一条新裤子,因为我那条黑色的裤子膝盖处已经磨出了洞。虽然我自己并不在意,妈却说这令我看起来像一个无家可归的人,但她也说不清到底什么样的人才是无家可归的人。

洗完澡后,我开始用衣服玩游戏。今天早上妈的粉色裙子是一

---

[1] 美国的一档儿童动画电视节目,于 2006 年 3 月开播。节目以优美的音乐和语言著称,2008 年获得艾美奖。
[2] 美国一档系列儿童动画片,讲述五个小孩子在花园探险的故事。

条蛇,他正在和我的白色袜子吵架,"我是杰克最好的朋友。"

"不,我才是杰克最好的朋友。"

"我要狠狠把你推倒。"

"我要把你揍晕。"

"我要用我的飞行枪对准你的脑袋。"

"是吗,好吧,让你见识一下我的巨型电子变形喷气枪。"

"嘿,"妈说,"我们玩接球游戏怎么样?"

"可是我们没有沙滩球了。"我提醒她说。上一次因为我把他踢到碗橱上的速度超快,沙滩球意外炸破了。其实,我想要一个新的沙滩球而不是一条愚蠢的裤子。

但妈说我们可以自己动手做一个。我们把我所有用过的练字纸揉成一团,塞进一个购物袋,然后不停地挤压这个袋子直到它变成一个球形。最后,我们在袋子上画了一张长着三只眼睛的鬼脸。虽然这个纸球没有沙滩球弹得那么高,不过我们每次接住他时,他都会发出响亮的嘎吱声。妈最擅长接球,只不过有时球会撞到她受伤的手腕。而我最擅长的是投球。

因为早餐吃的是蛋糕,我们的午餐就改成了星期天薄煎饼。由于材料不足,我们把饼烙得很薄,我喜欢这样的煎饼。我要把它们折叠起来,有些饼碎了。后来糖浆也不够用了,我们就在里面加了点水。

我的饼有一角会漏,妈用海绵擦地板。"软木都磨掉了,"她咬着牙说,"叫我们怎样才能保持干净?"

"哪儿?"

"这儿,就在我们的脚垫这儿。"

我钻到了桌子下面,看到地板上有个洞,下面还有一个棕色的东西,比我的手指甲还硬。

"杰克,别在那儿帮倒忙了。"

"我没有,我就是用手指摸摸。"它就像一个小坑。

我们把桌子挪到了浴缸旁边,这样我们正好能坐在天窗正下方的地毯上享受日光浴。阳光下真是太暖和了。我唱了《不是没有阳光》[1],妈唱了《太阳出来了》[2],我接着又唱了一首《你是我的阳光》[3]。然后我想吃点奶,今天下午左边乳房的乳汁特别浓。

上帝那黄灿灿的脸把我的眼皮映成了红色,光线是那么的明亮,我根本睁不开双眼。地毯上是我手指的影子,小小的,扁扁的。

妈正在打盹。

我听到些什么声音,是从炉子那边传来的很小的沙沙声,我慢慢站起来,没有吵醒她。

一个活着的东西,是一只动物,千真万确,绝对不是电视里面的。他在地板上吃着什么,好像是煎饼渣子。他有一条尾巴,到底会是什么呢,我猜应该是只老鼠。

我走近一些,他却钻到了炉子下面,我根本看不见他。我从来不知道竟然还有东西能跑得这么快。"嗨,老鼠。"我轻声说,这样他就不会感到害怕,这是和老鼠打招呼的好方法。在《爱丽丝》里,只在爱丽丝不小心提起她的猫黛娜时,老鼠才紧张起来,四散奔逃。我双手合十,开始祈祷:"嗨,老鼠,快回来吧,求你,求你,求你了……"

我等了好久好久,可他还是没有出来。

妈彻底睡着了。

我打开冰箱,里面没什么吃的了。老鼠喜欢吃奶酪,可是我们一丁点儿也没有。我拿出面包,掰了一些面包屑放在盘子里,然后把盘子塞到了老鼠钻进去的地方。我蜷缩身子蹲下又等了好久好久。

接下来,最最美妙的事情发生了。老鼠伸出了他那尖尖的嘴巴。我兴奋得几乎跳起来,但是我没有,我仍然一动不动。他先一点一点地挪向那些面包屑,用鼻子嗅了嗅。我离他仅有两英尺远,我多么希望现在能有把尺子可以准确测量一下这段距离。但是他躲

---

1 比尔·威瑟斯创作,1971 年发行并成功登上美国饶舌音乐排行榜。
2 由乔治·哈里森演唱,他是英国披头士乐队成员之一。
3 奥利弗·胡德创作,1939 年首次发行,曾被确立为路易斯安那州的州歌之一。

到了床下的盒子里,我并不想动,以免吓到他。我目不转睛地盯着他的小爪子、胡须、卷曲的尾巴。他是真实的,有生命的,是我见过的最大的活动物,比蚂蚁或者蜘蛛要大几百万倍。

突然,啪的一声,什么东西砸到了炉子上。我大叫了一声,不小心踩到了盘子,老鼠也不见了。他去哪儿了?那本书伤到了他吗?是那本《立体飞机场》,我翻遍了书里的每一页,也找不到那只老鼠。行李认领的那页已经摔得稀碎,再也立不起来了。

妈的脸色变得很难看。我冲她大喊:"是你把他吓跑的。"

她拿出扫把和簸箕清扫盘子碎片,"你到底干了些什么?现在我们就只剩两个大盘子和一个小盘子了,那……"

在《爱丽丝》里,厨师向小孩扔盘子时,一个平底锅差点削掉了他的鼻子。

"老鼠喜欢那些面包屑。"

"杰克!"

"他是真的,我亲眼看到了。"

她把炉子拉了出来,在门墙底部有一道裂缝。她找来一卷铝箔纸,捏成球形,堵住了那道缝。

"不要,求你了。"

"我真的很抱歉,可一旦发现一只老鼠,以后就会有十只一百只。"

疯狂的算术。

妈放下铝箔纸,紧紧地搂着我的肩膀说:"如果我们让他留在这儿,过不了多久,就会到处都是小老鼠。偷吃我们的食物,脏兮兮的爪子把细菌带进来……"

"他们可以吃我那份,我不饿。"

妈并没有在听我说话。她用力地把炉子推了回去。

后来,我们用一些胶带把《立体飞机场》中有关飞机库的那一页粘好让它可以立起来,但是行李认领那页已经碎得没法修补了。

我们蜷缩在摇椅上。妈给我念了三遍《挖掘机丹尼》,这表示她感到非常愧疚。"周日优待,我们要本新书吧。"我说。

她撇着嘴说:"我要过了,几个星期之前;我想给你买本新书做生日礼物。但是他却说,别再烦他了,我们不是已经有了整整一架子书吗?"

我抬眼越过她的脑袋望着架子,如果我们能把其他一些东西塞到床底下蛋蛋蛇的旁边,那架子上就能再摆上好几百本书。或者把东西放到衣柜上……可那是碉堡和迷宫的地盘。想要搞清楚家里的每样东西到底在哪儿可是很有难度的。虽然有时妈说我们得把一些无处搁置的东西扔进垃圾桶,但是我总能在家里找到塞他们的地方。

"他就是希望我们能一直看电视。"

我咧着嘴笑了。

"如果那样,我们的脑子就会变得跟他的一样愚蠢。"妈说。她倾身过来,抽出那本《童谣集锦》。我从每一页挑了一首让妈念给我听。我最喜欢听和杰克有关的儿歌,比如《杰克·史伯特》和《小杰克·赫纳》。

> 杰克灵活点,
> 杰克快一点,
> 杰克跳过蜡烛台。

我猜他是想看看到底会不会烧到自己的睡袍。电视里的人都穿睡衣睡裤,女孩们则穿睡裙。我的睡衣是我最大的T恤,肩膀上有一个洞,睡觉时我总喜欢把手伸进洞里挠痒痒。妈念着《杰克·瓦奇在吃布丁和馅饼》,可我看到书上写的是"乔治·波吉",妈把书上的名字换成了我的名字。这并不是说谎,只是一种押韵,就像是

> 杰克,杰克,管道工的儿子,
> 他偷了一头猪,跑掉了。

实际上书里面写的名字是汤姆,但是换成杰克念起来更好听。偷窃就是一个小男孩拿走了属于别的男孩的东西,因为无论在书里

还是电视上，所有的人都有只属于他们自己的东西，这实在是太复杂了。

五点三十九分，我们可以吃晚餐了，今天的晚餐是速食面。因为面要在热水里煮两分钟，妈就从牛奶盒上挑了一些难词来考我。比如，营养这个词是用来修饰食物的，巴氏杀菌是指一种利用激光技术杀死细菌的方法。我想再来点蛋糕，但妈说要先喝些胡萝卜剁出的汁。之后，我又吃了块蛋糕，妈也吃了一点，现在的蛋糕已经变得非常脆。

我爬上摇椅，从架子末端翻出了一个游戏盒。今晚，我想下会儿跳棋，而且我准备当红方。一个个棋子看起来就像一块块巧克力，我曾舔过他们好多次，却没有尝出任何味道。一种带磁性的魔法把他们吸在棋盘上。妈最喜欢国际象棋，但是下国际象棋让我头痛。

看电视的时间到了，她调到野生动物星球，电视上海龟正把蛋埋进沙里。爱丽丝吃了蘑菇脖子变长时，鸽子妈妈像疯了一样，因为在她眼里，爱丽丝是一条要吃小鸽子蛋的危险的大毒蛇。可是现在海龟宝宝从壳里钻了出来，海龟妈妈却不见了，这真是太奇怪了。我不知道将来如果海龟妈妈和海龟宝宝在大海里遇见了，海龟妈妈会认出自己的孩子吗，或者他们干脆就擦身游过。

野生动物节目很快就结束了。我转到了另一个节目，画面上两个男人只穿着短裤和运动鞋，全身大汗淋淋。"哦，不可以打架，这是不可以的，"我对着电视里的两个男人大喊，"耶稣宝宝会生气的。"

穿黄色短裤的家伙一拳狠狠地打在另一个浑身长毛的家伙的眼睛上。

妈呻吟了一下，好像那一拳打在了她的身上，"我们还要看这个吗？"

我告诉她："'滴呜滴呜滴呜'，警察很快就会来了，把他们两个都抓进监狱。"

"事实上，拳击……确实令人讨厌，不过它也是一种运动，只要他们手上都戴着特殊的手套就可以。现在时间到了。"

"我们来玩鹦鹉学舌的游戏,这样可以学些新单词。"

"好的。"她走过去,换到红色沙发星球。沙发上坐着一个头发蓬松的女人,她说了算,正在问其他人问题,还有数百人在鼓掌。

我听得非常认真,她和一个只有一条腿的男人在聊天。我猜他是在战场上失去那条腿的。

"鹦鹉学舌。"妈大喊了一声,然后将电视机调成静音。

"我想对于所有观众来说,最令人心酸但又最令人感动的是你一直在坚持——"我说不下去了。

"发音很标准,"妈说,"心酸的意思就是悲伤。"

"再来一次。"

"还是这个节目?"

"不,换一个。"

她找了个新闻节目,难度更高了。"鹦鹉学舌。"她又关掉了声音。

"那么,关于标签的所有讨论已经越来越激烈,特别是在医疗改革方面,当然考虑到中期——"

"没有了吗?"妈在等着,"这次也很好。不过,应该是'劳动法',不是'标签'。[1]"

"有什么区别吗?"

"标签是指贴在西红柿上面的不干胶贴纸,而劳动法是——"

我打了个大哈欠。

"不要紧。"妈笑着说,然后关掉了电视机。

我非常讨厌电视机关掉的那一瞬间,所有的图片都消失了,屏幕又变回了灰色。我总是有想哭一下下的冲动。

妈坐在摇椅上,我坐在她的大腿上,我们的腿缠在一起。妈是一个神秘的巫师变成的一只大乌贼,而我是杰克王子,在故事的结尾成功地脱离了险境。我们一起玩挠痒痒,弹一弹,还在床墙上比划出各种各样的影子。

---

[1] 英文里,"劳动法"的原文是"labor law";"标签"的原文是"labeling"。两者音近。

然后，我要求玩兔子杰克。他总是能想出各种各样的鬼点子来对付狐狸布雷尔[1]。他倒在路上装死，狐狸布雷尔嗅了嗅说："我还是不要把他带回家了，太臭了。"妈假装狐狸，扮着凶狠的鬼脸，在我全身闻了又闻。虽然我尽量憋住不笑，不让狐狸布雷尔发现我还活着，但我总是忍不住。

我想唱一首有意思的歌，她起了头："虫子爬进来，虫子爬出去——"

"他们咬你的肠子，就像吃泡菜——"我唱道。

"他们咬你的眼睛，他们咬你的鼻子——"

"他们吃光你脚趾间的污泥——"

在床上我吃了很多，但我的嘴太累了。妈把我抱进了衣柜，她把毛毯围在了我的脖子上，我又把她拉松了。我的手指划过那条红线时会发出嗤嗤的声音。

哗哗，是门响了。妈跳了起来发出很大的声音，我猜她应该是撞到了头。她关紧了衣柜的门。

涌进来的空气凉得刺骨，我认为那是外太空的一部分。门狠狠地关上了，那意味着老尼克现在已经进来了。我一点儿也不困了。我起身跪着，透过板条的缝隙向外看，但是只能看到矮柜、浴缸和桌子的一边。

"看起来挺好吃的。"老尼克的声音格外低沉。

"哦，这是剩下来的生日蛋糕。"妈说。

"你是在提醒我应该给他带点什么吗？他现在多大，四岁？"

我在等妈的答案，但是她没有说话。"五岁。"我轻声说。

但妈一定是听到了我的声音，因为她走近衣柜，非常生气地喊了一声"杰克"。

老尼克笑了起来，我不知道他还会笑。"那个东西在讲话。"

为什么他要说我是"那个东西"，而不是"他"？

"想出来试试你的新牛仔裤吗？"

---

[1] 1946年迪士尼电影《南方之歌》中的卡通动物。

他不是在对妈说话,而是在对我说。我的心扑通扑通地跳个不停。

"他快睡着了。"妈说。

不,我没有。我希望他刚才没有听见我回答"五岁"了,我多么希望我什么也没说过。

其他的我听不大清楚——

"好吧,好吧,"老尼克说,"能给我来一块吗?"

"有点变味了,不是很新鲜,但是如果你真的想吃——"

"不,算了吧,你说了算。"

妈一句话也没有说。

"我只不过是一个在杂货铺打工的小男孩,一切都要服从女士您的差遣,帮您倒垃圾,到童装店的狭窄走廊里,爬梯子去除天窗上的冻冰……"

我想他是在讽刺,因为他说话的语气里夹杂着一种完全相反的腔调。

"多谢了。"妈的声音听起来也不像是她本来的声音,"现在亮多了。"

"拿去,不痛了,是吗?"

"很抱歉,非常感谢。"

"有时候,这更像是拔牙。"老尼克说。

"谢谢你送来的那些日用品和牛仔裤。"

"不客气。"

"那,我给你来碟蛋糕吧,中间的可能还不算太糟。"

外面传来几声叮当响,我猜她在给他拿蛋糕。我的蛋糕。

过了一会儿,他的声音变得含糊不清,"是的,确实不怎么新鲜。"

他的嘴里塞满了我的蛋糕。

台灯啪的一声灭了,我吓了一跳。我并不怕黑,但是我不喜欢黑暗突然降临。我钻进毛毯下面,等着。

我听到老尼克把床压得嘎吱嘎吱响,我掰着手指以"五"为单位开始数数,今晚一共响了二百一十七次。我总是数到听不到他喘气的声音为止。我并不知道如果我不数数会怎么样,因为我每次都这样做。

那些我睡着了的晚上怎么办?

我不知道,可能妈在数吧。

在我数完二百一十七后,一切都安静了。

我听到电视机打开了,我从板条缝里能看到一点,是新闻星球,没有意思。我用毛毯盖住头。妈和老尼克在聊什么,但是我听不清楚。

我醒来的时候躺在床上。天在下雨,天窗因此变得很模糊。妈一边给我喂奶,一边轻轻地哼着《雨中曲》[1]。

右边乳房的乳汁并不甜美。我突然想起一件事情,坐了起来,"为什么你之前不告诉他那天是我的生日?"

妈脸上的微笑消失了,"他在这儿的时候你应该是睡着的。"

"但是如果你告诉了他那天是我生日,他就会给我带点东西的。"

妈说:"他会给你带点东西的,他是这么说的。"

"他会给我带什么东西呢?"我等着妈回答我,"你应该提醒他的。"

妈伸了伸懒腰,"我不想让他给你带东西。"

"但是周日优待……"

"杰克,那是不一样的。那些东西是因为我们需要,我才向他要的。"她指了指矮柜,那里放着一条叠好的蓝色牛仔裤,"顺便说

---

[1] 为同名电影的主题曲。《雨中曲》被誉为美国的"国宝级"影片之一、影史上最精彩的歌舞片之一。影片以流畅而有趣的手法介绍好莱坞从默片时代转变为有声片时代的片厂趣闻,使观众从娱乐之中了解电影发展史的这个重要阶段。

一句,那是你的新牛仔裤。"

妈去嘘嘘了。

"你可以让他给我带一件礼物。我这辈子还没收到过礼物呢。"

"你收到了我送的礼物,不记得了吗?是一幅画。"

我哭喊道:"我不想要那幅愚蠢的画!"

妈擦干手,走过来抱住我,"好吧。"

"礼物可以是……"

"我听不见,说大声一点。"

"礼物可以是……"

"告诉我它可以是什么。"

"它可以是一条狗。"

"可以是什么?"

我停不下来,我不得不边哭边把话说完,"礼物。它可以是一条小狗,我们可以叫他拉奇。"

妈用手掌给我擦眼泪,"你知道的,我们没有地方养狗。"

"不,我们有地方的。"

"小狗还需要散步呢。"

"我们就散步啊。"

"可是一条狗……"

"我们在跑道上跑很长很长的一段路,拉奇可以在我们边上跑。我敢打赌,他一定跑得比你快。"

"杰克,狗会把我们逼疯的。"

"不,他不会的。"

"他会的。他被关在这里,不停地狂叫,乱抓东西……"

"拉奇不会乱抓东西的。"

妈不高兴地翻了翻眼睛,走到了碗橱边上。她从碗橱里拿出了麦片,倒了一些到碗里,数都没数一共倒了几颗。

我像狮子一样怒吼道:"我会在你晚上睡着的时候起来,把箔纸从洞里掏出来,这样老鼠就会回来了。"

"别犯傻。"

"我没犯傻,你才是那个笨蛋呢。"

"听着,我明白——"

"老鼠和拉奇是我的朋友。"我又哭喊了起来。

"根本不存在什么拉奇。"妈咬着牙说道。

"不,拉奇存在而且我很喜欢他。"

"这只是你自己虚构出来的而已。"

"而且老鼠也存在。他是我真正的朋友。是你把他赶跑了……"

"是,我把他赶跑了!"妈叫道,"这样他就不会在你晚上睡觉的时候爬到你脸上咬你了。"

我哭得很厉害,不停地喘着粗气。我从来都不知道老鼠会咬我的脸。我以为只有吸血鬼才会咬人。

妈躺倒在羽绒被上,一动不动。

过了一会儿,我来到妈身边,在她边上躺了下来。我掀起她的 T 恤吃奶。我不得不时常停下来擦鼻涕。左边乳房的乳汁味道不错,但是量不多。

过了一会儿,我起来试了试我的新牛仔裤。可裤子总是往下掉。

妈扯掉了一根很显眼的线。

"别!"

"它已经松了。蹩脚的——"妈并没有说下去。

我告诉妈:"斜纹粗棉布,那是用来做牛仔裤的。"我把线放到了碗橱里的工具盒里。

妈拿了针线在裤腰处缝了几针,这样我的裤子就不再往下掉了。

我们的早晨十分忙碌。首先,我们把上周做的海盗船拆掉,改装成了一辆坦克。气球就是司机。她之前是粉红色的,有妈的头那么大,鼓鼓的;但是现在她已经缩得跟我的拳头一样小,不过很红,而且皱巴巴的。我们只在每月月初的时候吹一个气球。因此,到四月份这个气球才能当姐姐。妈也玩了一会儿坦克,但时间不长。她很容易就会对一件东西感到厌倦,可能因为她是大人吧。

星期一是洗衣日。我们往浴缸里扔袜子、内衣、我的那条沾上了番茄酱的灰色裤子、床单还有茶巾。我们把一切脏东西都扫地出门。为了烘干衣服，妈调高了恒温器的温度。她从门边拖出了晒衣架然后把他打开。我告诉晒衣架，一定要坚强地挺住。我很想像我小时候那样，骑在晒衣架上，但是我现在太重了，会把他压坏的。如果能像爱丽丝那样一会儿变大一会儿变小，那该多好。等我们拧完衣服并且把它们全部晾好之后，我和妈都不得不扒下衣服轮流钻到冰箱里去凉快凉快。

午饭吃的是豆子色拉。这是我倒数第二喜欢吃的菜。之后我们小睡了一会儿。除了星期六和星期天，我和妈每天午睡后都会玩尖叫游戏。我们清清嗓子，爬到桌子上，更靠近天窗，手拉着手以免从桌子上摔下来。我们说"预备，起"，然后就开始张开嘴最大声地尖叫。今天是我叫得最响的一天，因为我五岁了，我的肺活量又大了。

接着，"嘘，"我们用手指按住嘴唇。我曾经问过妈，我们要听什么，但她说这只是以防万一。她在防止什么呢？妈说我永远都不会知道。

然后，我开始用纸来拓印叉子、梳子、瓶盖，还有我的牛仔裤裤边。格子纸拓印东西来很好用，但是画一些长长的、无穷无尽的图画的时候，卫生卷筒纸更合适。就像我今天用卷筒纸画的那幅画：我和小猫、鹦鹉、蜥蜴、浣熊、圣诞老人、蚂蚁、小狗拉奇，还有我所有电视里的朋友在一起，我就是他们的大王杰克。等我全部画完，我又把它重新卷起来，这样，这卷纸还能继续用来擦屁股。我又从另外一卷纸上新撕了一块下来，写信给朵拉。我得先把那支红铅笔削尖，而且得握得很紧，因为这支笔很短，快用完了。我写得很好，只是有时候卫生纸会往前挪动。"我前天过了五岁生日。你还可以吃到最后剩下的一点蛋糕，但是没有生日蜡烛。爱你的杰克。"整封信就只在"的"字的地方破了。"她什么时候才能收到信呢？"

妈回答道："嗯，我想可能过几个小时信就会到达大海，然后就会被冲上海滩……"

因为她的坏牙,妈在嘴里放了一块冰块。她含着冰块讲话的声音听起来很滑稽。海滩和大海是电视里的,不过我想如果我们寄信的话,它们就会变得真实一点。巴巴会沉到海底,但是信纸会在波涛上漂浮。"谁会发现这封信呢?迪亚哥吗?"

"很有可能,然后他会把这封信转交给他的表妹朵拉……"

"开着他狩猎用的吉普车,轰隆隆地穿过丛林。"

"所以我说她明天早上能收到信。最晚明天中午。"

冰块在妈脸上鼓起得越来越小了。"我们看一下怎么样?"

妈伸出了舌头,冰块在上面。

"我想我的牙齿也坏了。"

妈悲叹道:"哦,杰克!"

"真的真的,哇,哇,哇。"

妈的脸色变了,"如果你想吃冰块的话,你可以塞一块到你嘴里,用不着装牙疼。"

"太好了。"

"不要那样子吓我。"

我没想到我那样做会吓到她,"可能我六岁的时候就会牙疼了。"

妈从冷冻室里拿出冰块,嘴里喘着粗气,"撒谎撒谎,裤子烧光。"

但是我并没有说谎,我只是在假装牙疼而已。

一整个下午天都在下雨,上帝根本就没来看我们一眼。我们唱着《暴风雨天气》[1]、《雨人》[2],还有一首关于沙漠思念雨水的歌。

晚饭吃的是鱼条和米饭。我负责挤柠檬,那是一个假的塑料柠檬。我们之前有一个真的柠檬,但是它很快就干瘪掉了。妈拿了一些她的那份鱼条埋在植物下面的土里。

晚上没有卡通星球,可能是因为晚上太黑而他们又没有灯的缘

---

[1] 有多个版本,最早为1933年版。歌曲主要描写如阴郁天气般低落失望的心情。
[2] 由保罗·贾巴拉和保罗·谢弗创作,同名唱片全球销量达到六百万张。

故吧。我今晚选择了一档烹饪节目。里面烧的看上去都不像真的食物，里面没有任何的罐头。节目里的男士和女士相视而笑，他们正在做肉馅饼，并在上面浇上了一条条绿色的东西。接着，我把电视调到了健康星球。那里的人们正穿着内衣跟着机器一遍一遍做重复的动作。我猜想他们可能是被关在那里了。那个节目很快就结束了。接下来是一个改装节目。他们把房子弄成很多不同的形状，并涂上了几百万种的颜色。不光光涂在图画上，还涂在任何东西上面。房子就像是很多房间连接在一起，电视里的人们大多数时间都待在房子里，但有时候他们也会出去。那时，他们就会遇到各种各样的天气。

妈问："我们把床放到那里，怎么样？"

我盯着妈，然后把视线转向了她手指着的地方，"那是电视墙。"

妈说："那只是我们这么叫它。但是床放在那里可能会很合适的，就夹在马桶和……我们需要把衣柜稍微挪过去一点。然后矮柜就可以正好放在原来床的位置。电视机可以放在矮柜上面。"

我拼命地摇头，"那样我们就看不到电视了。"

"我们看得到的。我们可以坐在这里的摇椅上。"

"馊主意。"

"好吧，就当我没说。"说着，妈紧紧地抱起了双臂。

电视里那个女人哭了，因为她的房子现在被涂成了黄色。我问妈："她是不是更喜欢咖啡色？"

"不，"妈回答说，"她是因为太高兴了才哭的。"

太奇怪了，"那她就是高兴得难过咯？就像你在电视上听到好听的音乐时那样。"

"不，她只是一个傻瓜。现在把电视关了吧。"

"再看五分钟吧？求你了。"

妈摇了摇头。

"我可以做鹦鹉学舌，我现在做得越来越好了。"我努力听着电视机里的女声，跟着说道："……梦想成真，我必须得告诉你戴仁，真的是太超乎我的预料了，飞檐……"

妈把电视机关了。我想问她飞檐是什么,但是我想她还在疯狂地想要搬家具。

我应该已经在衣柜里睡着了,然而我仍旧在数着和妈吵过了几架。在这三天时间里,我们已经吵过三次了,一次因为蜡烛,一次因为老鼠,还有一次因为拉奇。如果五岁就意味着整天和妈吵架,那我宁愿回到四岁。

"晚安,房间,"我非常轻声地说道,"晚安,台灯,还有红气球。"

"晚安,炉子,"妈说,"晚安,桌子。"

我咧开嘴笑了,"晚安,纸球。晚安,碉堡。晚安,地毯。"

"晚安,空气。"妈说。

"晚安,到处都能听到的吵闹声。"

"晚安,杰克。"

"晚安,妈,还有小虫子。不要忘了小虫子。"

"睡吧睡吧,"妈说,"睡个安稳觉,别被小虫子咬。"

等我醒来,天窗里透进纯净的蓝色。边边角角里的残雪也都不见了。妈坐在她的椅子上,双手托着脸,看上去很难受。她正看着桌上的某样东西。是两件东西。

我跳了起来,一把抓起桌上的东西。"吉普车,遥控吉普车!"我拿着它在空中奔驰。这是一辆红色的吉普车,有我的手这么大。它的遥控器是一个银色的长方形。我用拇指一按动某个开关,吉普车的轮子就会"嘶"地转起来。

"这是一个迟到的生日礼物。"

我知道这是老尼克给我的,但妈是不会说的。

我不想吃麦片,但是妈说我可以一吃完就玩吉普车。我吃了二十九粒,然后就再也吃不下了。妈说那样很浪费,于是她把剩下的给吃了。

我弄明白了怎样用遥控器控制吉普车。我可以把那根银色的细天线拉得很长也可以把它缩得很短。一个按钮是控制吉普车的前进和后退的，另一个控制是向左开还是向右开。如果我同时按下两个键，那么小车就会像中了毒一样瘫在那里，发出"呜呜呜"的声音。

妈说已经星期二了，还是开始打扫比较好。她说："记住，要轻轻的，它容易坏。"

其实我已经知道这一点了，所有东西都容易坏掉。

"而且如果你一直开着它，电池会用光的。我们没有多余的电池。"

我很容易就能让吉普车绕着房间开一圈，但是在地毯的边缘位置就开不了，因为地毯会夹在车轮下面卷起来。遥控器就是吉普车的老板，他说："现在走吧，你这个大慢车。绕着那条桌子腿快速转两圈。不要停下来。"有时候，吉普车累了，但是遥控器还是让他继续开，车轮发出"呜呜呜"的声音。淘气的吉普车会躲到衣柜里去，但是遥控器还是能用魔法找到他，然后让他飞快地前后开动，撞在门板上。

在星期二和星期五，家里总能闻到醋的味道。妈正在用破布擦洗桌子下面。这破布是我一岁前的一块尿布。我打赌她正在清理掉那个小蜘蛛网，但是我已经不在乎了。然后，妈打开了吸尘器，吸尘器发出"嗡嗡嗡"的噪声。

吉普车溜到床底下去了。"快回来，我的宝贝吉普车，"遥控器说，"就算你变成河里的一条鱼，我也会变成渔翁，用我的渔网把你抓住。"但是狡猾的吉普车依然静静地停在那里。后来，遥控器打起了小盹，天线也都垂下来了，吉普车这才悄悄地溜到他身后，把他的电池取了出来，哈哈哈。

我洗澡时不得不把吉普车和遥控器放在桌子上，免得他们受潮生锈，但是其余一整天的时间我都在跟他们一起玩。玩尖叫游戏时，我把他们推到接近天窗的地方，吉普车的轮子力所能及地发出了最大的声音。

妈又按着她的牙齿躺下了。有时候，她会大大地喘一口粗气。

"为什么你一直都在嘶嘶地叫?"

"为了战胜牙疼。"

我走到妈的头边坐下,把她垂在眼睛前的头发捋开。她的额头汗津津的。她紧紧地抓住我的手,"没事的。"

她看上去不像是没事的样子。我问道:"你想不想和吉普车、遥控器,还有我一起玩?"

"还是再过一会儿吧。"

"如果你和我们一起玩,你就会忘记牙疼了,就会没事了。"

妈微微笑了笑,但是她的喘息就像是在呻吟一样。

五点五十七分的时候,我说:"妈,快六点了。"于是,她起床开始做饭。但是她自己什么都没吃。吉普车和遥控器就待在浴缸里。现在浴缸已经干了,那里是他们的秘密洞窟。"其实,吉普车已经死了,他已经去了天堂。"我一边说,一边飞快地吃着鸡柳。

"哦,是吗?"

"但是等晚上上帝睡着的时候,他会偷偷顺着豆茎滑回房间来看我。"

"他真狡猾呀。"

我吃了三颗青豆,喝了一大口牛奶,然后又吃了三颗豆子。三颗三颗地吃会比较快。五颗五颗地吃可能会更快,可是我做不到,我的喉咙会被卡住的。我四岁的时候,有一次妈在购物单上写上了"青豆/其他冷冻绿叶菜"。我用一支橘红色的铅笔把"青豆"两个字划掉。妈觉得很有意思。最后,我吃了一个软面包,因为我喜欢把面包塞在嘴里,就像个垫子一样。"特别感谢耶稣宝宝赐予我鸡肉,"我说道,"还有,请在未来很长一段时间内都不要再给我青豆了。对了,为什么我们感谢耶稣宝宝却不感谢他呢?"

"他?"

我朝门的方向点了点头。

尽管我并没有说出他的名字,但妈的脸色马上就变了,"我们为什么要感谢他?"

"你那天晚上就谢过他,谢谢他带来了食物和裤子,还清理了天窗上的积雪。"

"你不应该偷听,"有时候当妈真的很生气时,她说话就像从牙缝里挤出来的,"那是假的,不是真心感谢他。"

"为什么……"

妈打断了我的话,"他只是一个给我们带东西来的人。又不是他下到地里种的小麦。"

"什么地?"

"他又不能让天上出太阳、下雨或者别的什么。"

"但是,妈,面包不会自己从地里跑出来的。"

妈捂住了她的嘴。

"为什么你说……"

"看电视的时间到了。"妈飞快地说。

电视里放的是音乐影带,我很喜欢。妈大多数晚上都会和我一起玩,但是今天她没有。我跳到床上,教吉普车和遥控器摇动他们的屁股。电视上放的是蕾哈娜[1]、T.I.[2]、Lady GaGa[3],还有坎耶·维斯特[4]。"为什么歌手晚上也要戴着墨镜?他们的眼睛不酸痛吗?"我问妈。

"不,他们只是想看上去酷一些。而且不想让粉丝们一直盯着他们的脸看,因为他们太有名了。"

我弄不懂了,"为什么粉丝们会很有名?"

"不是粉丝们有名,是明星有名。"

"难道他们不想出名吗?"

"嗯,我猜他们是想出名的,"妈一边说一边起身去关电视机,"但是,他们也想要保留一点隐私。"

尽管吉普车和遥控器是我的好朋友,但妈还是不让我在吃奶的时候把他们带到床上。她说,我睡觉的时候必须把他们放在架子

1　北美饶舌音乐歌手,生于 1988 年。
2　美国歌手,主要音乐风格为嘻哈饶舌。
3　美国歌手,生于 1986 年,演唱、造型风格均时尚另类,曾获格莱美五项提名奖。
4　美国饶舌歌手、唱片制作人,获 2008 年格莱美说唱类最佳说唱歌手。

上,"不然他们晚上会戳疼你的。"

"不,不会的,他们保证。"

"听着,把你的吉普车放到边上去。遥控器比较小,要是你把遥控器上的天线收起来,就可以带着遥控器一起睡觉。这样可以了吧?"

"可以。"

等我进了衣柜,隔着门板我们又说了几句。"上帝保佑杰克。"妈说。

"上帝保佑妈,用魔法让妈的牙齿不疼。上帝保佑吉普车、遥控器。"

"上帝保佑书本。"

"上帝保佑这里的一切以及外太空,还有吉普车。妈?"

"嗯。"

"我们睡着的时候在哪里?"

我听到妈打了个哈欠,"就在这里。"

"但是做梦。"我等妈回答,"是在电视里吗?"妈仍旧没有回答我。"我睡着的时候是在电视里吗?"

"不是。我们就在这里,没有到任何别的地方去。"她的声音听起来很遥远。

我蜷缩着身子躺着,用手摸了摸按钮。我轻轻地说:"小按钮,你们睡不着吗?没关系,吃点奶吧。"我把他们放在我的乳头上,让他们轮流吃奶。我差点睡着了,但只是差点。

哔哔。门响了。

我仔细地听着衣柜外面的动静。冷风吹进了房间。如果我把头探出衣柜去,就一定可以看到门正开着。我敢打赌,我可以看到星星、宇宙飞船,还有其他星球里面的世界,可以看到外星人坐着UFO飞快地飞来飞去。我希望我希望我希望我可以看到这一切。

嘭,门关上了。老尼克正在和妈说什么什么东西一点都没有了,什么什么东西价钱离谱。

我不知道老尼克有没有抬头看到架子上那辆吉普车。是的,这个是他送给我的,但是我觉得他从来就没有玩过这个。他一定不知道我打开遥控器时,吉普车怎么就会"呜呜呜"地动起来了。

老尼克和妈今晚只聊了一小会儿。台灯灭了,老尼克一动,床就发出嘎嘎吱吱的声音。我以"一"而不是"五"为单位来数,就为了换换花样。但是我开始数不过来了,于是我又重新以"五"为单位数数,这样可以数得快一点。我数到了三百七十八。

一切都安静了。我想老尼克一定已经睡着了。老尼克睡着之后妈有没有睡着呢?还是说她一直醒着,等着他离开?也可能他们都睡着了,只有我醒着,挺奇怪的。我可以坐起来,然后跑到衣柜外面,他们不会知道的。我可以画一张他们躺在床上的画,或者别的内容的画。我想知道他们到底是并排睡的还是反向睡的呢?

但随即我想到了一件可怕的事情:如果老尼克在吃奶会怎么样?妈会让他吃吗?还是说会告诉他:"没门,这只给杰克吃?"

如果他吃了奶,他可能会开始变得真实一点。

我真想跳起来大声尖叫。

我找到了遥控器的开关,指示灯变成了绿色。如果遥控器可以用他的超级能力让吉普车的轮子在架子上转动起来,会不会很好玩呢?老尼克可能会被惊醒。哈哈。

我试着按了按向前进的按钮,吉普车纹丝不动。哦,我忘记把天线拉出来了。我把天线全部拉出来,又试着按了一次按钮,可是吉普车依旧没有反应。我把天线穿过板条,现在天线在衣柜外面,我还是在衣柜里面。我按下了按钮。我听到了一阵轻微的响声,一定是吉普车的轮子开始转动了,接着——

嘶嘶嘶嘶。

老尼克大声咆哮起来,我好像从来没有听到老尼克这样咆哮过。他大声骂着耶稣。可是,这并不是耶稣宝宝做的,是我做的。台灯亮了,灯光穿过板条向我射来,我紧紧闭上眼睛。我缩了回去,用毛毯把脸蒙起来。

老尼克大吼道:"你以为你在耍谁?"

妈的声音颤抖着,她问道:"怎么了,怎么了?你做噩梦了吗?"

我咬着毛毯,我嘴里的毛毯柔软得就像灰面包。

"你又想做什么？是不是？"老尼克的声音轻了下来，"我之前告诉过你，要是你想……"

"我睡着了。"妈的声音颤抖着，很轻，"请——你看，你看，是这辆吉普车自己傻傻地从架子上滚下来了。"

吉普车并不傻。

"对不起，"妈说，"真的很对不起，我本应该把它放到别的地方去的，这样它就不会掉下来了。我真的非常非常……"

"好了。"

"你看，我们把灯关了吧。"

"唉，我睡醒了。"老尼克说。

大家都不再说话了。我数着一只河马两只河马三只河马……

哗哗，门开了，又嘭地关上了。老尼克走了。

台灯又关上了。

我在衣柜的底板上到处摸着遥控器。我发现了一件可怕的事情：遥控器的天线变得又短又尖，一定是被门板的缝隙折断了。

"妈。"我轻轻叫了一声。

没有反应。

"遥控器坏了。"

"睡觉去。"妈的声音听起来十分沙哑而且很可怕，让我怀疑这不是她的声音。

我数了五遍牙齿，每次都是数到二十颗，但我还得继续再数一遍。现在还没有任何一颗牙齿感到疼痛，但是当我六岁的时候它们可能就会疼了。

我一定睡着了，只是我自己不知道，因为后来我又醒了。

我依然睡在衣柜里。里面一片漆黑。妈还没有把我抱到床上。为什么她还不抱我到床上？

我推开门，聆听妈的呼吸。她睡着了，她睡着的时候就不会冲我发火，对吗？

我爬进了羽绒被。我躺在妈身边，可我并没有去碰她。妈的身上很暖和。

辟　谎

早上,我们正喝着燕麦粥,我瞅见了那些脏印,"你脖子脏了。"

妈正在喝水,喉咙上下的皮肉跟着一动一动的。

那个其实不是脏印,我觉着不是。

我喝了一口粥,但是太烫了,我又将它吐回融勺里。我想我知道了,她脖子上的印子是老尼克弄的,可我不知道是怎样弄的。我想张口,可一个字也没从嘴里挤出来。我又试了试,"对不起,夜里我把吉普车弄掉下来了。"

我爬下椅子,妈把我抱到她大腿上,"你那会儿想干什么呢?"她问,她的声音还是沙哑的。

"给他看。"

"看什么?"

"我,我,我——"

"没关系,杰克,慢点儿说。"

"可遥控器断了,你们都生我的气。"

"听着,"妈说,"我根本不在乎那辆吉普车。"

我朝她眨眼,"他是我的礼物。"

"我气的是,"——她嗓门大了起来,依旧沙哑——"你把他吵醒了。"

"吉普车?"

"老尼克。"

妈大声喊出他的名字,把我吓了一跳。

"你吓着他了。"

"他被'我'吓着了?"

"他不知道是你,"妈说,"他以为是我打他,往他头上砸重东西。"

我捂住嘴和鼻子,但还是笑出了声。

"这不好笑,恰恰相反——"

我又看了看她的脖子,那些他留下的印迹。我快笑死了。

燕麦粥还是太烫,于是我们爬回床上,抱在一起。

今天上午看《爱探险的朵拉》,耶!朵拉乘的船差点儿撞上一艘巡洋舰,我们必须挥着手大声喊"小心",不过妈没跟着喊。船只是电视里的,海也是,除了我们的巴巴和信到达的时候之外。或者一旦他们到岸了,那些船和海就不再是真的了?爱丽丝说,要是她在海边,她可以坐火车回家,那种老式的火车。森林是电视里的,丛林也是,沙漠也是,街道也是,摩天楼也是,汽车也是。动物也是电视里的,除了蚂蚁、蜘蛛和老鼠,不过老鼠已经回去了。细菌是真的,血也是。男孩们是电视里的,不过他们的样子跟我有点像,镜子里的我也不是真的,只是一张画。有时候我喜欢解开马尾辫,把所有头发披到脸前面,伸出舌头来吓人。

今天星期三,洗头发。我们用洗洁精洗出一头的泡泡,做成头巾。我绕着妈的脖子到处瞅,但不看那个印迹。

妈还给我做了一条小胡子,但是太黏了,所以给我抹掉了。"那做个络腮胡子吧?"她把所有泡泡都擦在我下巴上做胡须。

"哈哈哈。圣诞老人是一个巨人吗?"

"啊,我猜他块头一定相当大。"妈说。

我想圣诞老人是真实的,因为他给我们送过巧克力礼盒,盒子上系着紫色缎带,里面装着几百万颗巧克力。

"我要做巨人——巨人杀手杰克。我要做一个好巨人,找到所有的坏巨人,把他们的头咔嚓砍掉。"

我们把玻璃罐装满水,倒进倒出,做出不同的鼓。我把一面鼓做成一艘载有一枚反重力炸弹的巨型电子变形船。那炸弹其实就是木勺子啦。

我扭头看《日出印象》,一只黑色小船上坐着两个小小的人,他们头顶上是上帝黄灿灿的脸,水面上闪着昏黄的光,还有蓝的点,我想是别的船只吧,很难知道是什么。这就是艺术嘛。

做运动时,妈选择群岛游戏,就是我站在床上,而她把枕头、摇椅、椅子、卷起的地毯、桌子和垃圾桶摆在意想不到的角落里。

我必须去她摆设的每一个岛屿,而且不能重复。其中摇椅是最危险的,她总是想要把我摔下来。妈扮作尼斯湖水怪[1],在岛屿周围游来游去,伺机咬我的脚。

轮到我时,我选择枕头战,但妈说一只枕头里的泡沫棉已经露出来了,所以最好改玩空手道。我们先互相鞠躬致敬,然后开始"嘿呼"、"嗨呀",特别激烈。一次我砍得太重,不小心伤到了妈那只受伤的手腕。

她累了,所以选了视力操。我俩肩并肩躺在地毯上,胳膊必须紧靠身边才躺得下。我们先要看远的东西比如天窗,再看近的东西比如鼻子,然后就用超快的速度看来看去。

妈在热中午饭时,我领着可怜的吉普车到处跑,因为他再也不能自己跑了。遥控器能让东西停下来,就像他让妈像机器人一样僵在那儿。"现在开。"我说。

于是妈又开始搅动锅里,"出锅啦。"

蔬菜汤,咘噜噜噜噜。我对着汤碗吹泡泡,好好玩儿。

我还不困,还不想午睡,就拿了几本书下来。妈负责念,"这里这里是丹尼!"接着她停了下来,"我受不了丹尼了。"

我盯着妈,"丹尼是我的朋友。"

"哦,杰克——我只是受不了这本书好不好,我不是——不是受不了丹尼本人。"

"为什么受不了《丹尼》这本书?"

"我已经读了太多遍了。"

可我要是想要什么东西的话,我总是想要它,好比巧克力,我巧克力吃再多次也吃不够。

"你可以自己读。"她说。

真是白痴,我可以自己读所有那些书,甚至是有很多古字的《爱丽丝》。"我喜欢你给我念。"

---

1 尼斯湖水怪是生活在英国苏格兰尼斯湖的可疑生物。它的形象一向都是蛇颈龙一般的生物。此怪每年都吸引世界各地的游客前往参观,希望能一睹水怪真面目;同时也吸引着许多科学家和探险者的目光,数百年来已经有无数次的搜捕水怪行动,尽管最后都是以失败告终。

她的眼神坚定有光。她又打开了书,"这里这里是丹尼!"

因为妈有点不耐烦,我让她念《逃家小兔》,又念了一点《爱丽丝》。我最喜欢的歌是里面的《晚餐用的汤》[1],我打赌那个不是蔬菜汤。爱丽丝一直待在有很多扇门的大厅里,其中一扇门很小,用金钥匙打开那扇门,就会来到有绚丽的鲜花和凉爽的喷泉的花园里;但她的个头总是变不对。最后她终于进了那个花园,结果发现玫瑰只是画上去的,不是真的,她只得跟火烈鸟和刺猬玩槌球。

我和妈躺在羽绒被上。我吃了很多奶。我想如果我们很安静,老鼠可能会回来,但他没有。妈一定塞住了每一个墙洞。妈并不坏,但有时候会做一些不那么友善的事。

我俩起来后开始做尖叫游戏。我像敲钹一样敲着平底锅的盖子。尖叫游戏玩了很多年;因为每次我让妈不要再叫时,她几乎快失声了。她脖子上的印子像是我蘸着甜菜汁画画时按的手印。我觉得那是老尼克的手印。

我用卫生卷筒纸玩电话游戏。我喜欢透过厚厚的卷筒纸说话时发出的声音。一般是妈说话,不过今天下午她要躺下读书——《达·芬奇密码》。书封面上一个女人的眼睛望出来,看着像耶稣宝宝的妈。

我打电话给布茨、派大星和耶稣宝宝,告诉他们我现在五岁啦,有了新本领。"我可以隐身,"我对着话筒悄悄说,"我可以把舌头上下颠倒着翻过来,可以像火箭一样'嘣'的一声飞去外太空。"

妈合着眼睑。她这样怎么能读书呢?

我玩起了密码锁按键。通常是我站在门边的椅子上,妈来报数,但今天我得自己来编了。我把数字输入键盘,又快又准。这些数字不会让门哔哔响,但我喜欢敲打它们时小小的滴滴声。

化装是一个安静的游戏。我戴上皇冠,它是用牛奶盒做的,外面包着金箔银箔。我还把妈的一只白袜子和一只绿袜子系在一起,

---

[1] 《爱丽丝漫游奇境》里的一首歌。

做了一条手链。

我从架子上取下游戏盒。我用尺子量，每张多米诺骨牌约一英寸长，棋子大约半英寸长。我用手指做成圣彼得和圣保罗，他们互相鞠躬，然后轮流飞行。

妈眼睛又睁开了。我拿给她那条袜子手链，她说很漂亮，马上戴上了。

"我们来玩抢邻居[1]吧？"

"等我一下下。"她说。她走到水槽边洗了洗脸，我搞不懂为什么要洗，她的脸并不脏，不过可能还是有细菌吧。

我叫了她两次牌，她叫了我一次。我讨厌输。接着我们又玩了金拉米[2]和钓鱼，大都是我赢。之后，我们就一直玩着牌，又跳又打的。方块杰克是我的最爱，还有他的朋友们——其他三个杰克。

"看，"我指着手表，"五点零一分了，我们可以吃晚饭啦。"

一人一个热狗，美味啊。

我坐上摇椅看电视，但妈坐在床上，身边放着工具盒。她用粉色的线给她的褐色裙子镶边。我们看的是医学星球，在那个星球上医生护士在人身上切出洞，摘除细菌。病人只是睡着了，没有死。医生不是像妈那样咬断线头，他们把病人缝起来后用超级锋利的小刀切断线头，就像科学怪人弗兰肯斯泰因[3]那样。

播广告时，妈叫我上前去按静音。一个戴着黄色头盔的男人正

---

[1] 一种纸牌游戏。五十二张纸牌平均分配给两个玩家，各牌面朝下放在桌上。闲家拿出他手头上的牌最上方的一张牌，直到他揭出 A,K,Q 或 J。如果闲家揭的是 A，庄家要揭出 4 张牌，是 K 就要出 3 张，Q 要 2 张，J 则 1 张。不过，如果他揭牌期间揭出了 A,K,Q 或 J，另一方亦要即时对应揭出 4,3,2 或 1 张牌，如此类推。当整个过程完结，最后揭出 A,K,Q 或 J 的一方拿走所有牌，将牌放在他手头上的牌的底下，此时他便是闲家，又开始拿出他最上方的一张牌。

[2] 一种纸牌游戏。适合两个人玩，有点类似中国的麻将：每人发十张牌，然后要把手中的牌组合成套路，但套的组成方法和计分方法比较复杂。

[3] 《弗兰肯斯泰因》是英国诗人雪莱的妻子玛丽·雪莱在 1818 年创作的小说，被认为是世界第一部真正意义上的科幻小说。《弗兰肯斯泰因》讲述了一个科学导致的悲剧："弗兰肯斯泰因"是小说中那个疯狂科学家的名字，他用许多碎尸块拼接成一个"人"，并用闪电将其激活，但意外创造了一个面目可憎、奇丑无比的怪物。开始时怪物秉性善良，对人充满了善意和感恩之情。他要求他的创造者和人们给予他人生的种种权利，甚至要求为他创造一个配偶。但是，当他处处受到他的创造者和人们的嫌恶和歧视时，他感到非常痛苦。他憎恨一切，他想毁灭一切。他杀害了弗兰肯斯泰因的弟弟威廉，他又企图谋害弗兰肯斯泰因的未婚妻伊丽莎白。弗兰肯斯泰因满腔怒火地追捕怪物，最后在搏斗中两人同归于尽。

在街上钻孔,他撑着额头,表情痛苦。"他受伤了吗?"我问。

妈从她的针线活中抬起头来,"一定是钻孔噪音太大,他头痛。"

电视静音了,我们听不到钻孔声。站在污水里的那个男人掏出一瓶药,吃了一粒,马上露出笑容,把一个球扔给一个小男孩。"妈,妈。"

"干吗?"她正在打结。

"那是我们的瓶子。看到了吗?你刚才看没看那个头痛的男的?"

"没。"

"就是他拿出药片的那个瓶子,那个的确是我们的,那瓶止痛药。"

妈盯着电视看,但现在放的是一辆小轿车绕山奔驰。

"不是,是之前的,"我说,"他真的拿了我们的止痛药瓶子。"

"哦,他的可能是跟我们家一样的,不过不是我们的那瓶。"

"不,它是的。"

"不是,那样的瓶子有很多。"

"在哪儿?"

妈看了看我,又把头埋进她的裙子,扯了扯褶边,"呃,我们家的瓶子就在架子上,其他的嘛……"她没说下去。

"在电视里?"我问。

妈盯着线,将它们缠绕在小卡片上后,又放回工具盒里。

"你知道吗?"我跳了起来,"你知道那意味着什么吗?他一定去了电视里。"医学星球回来了,但我根本没在看。"老尼克,"我说,这样妈不会误以为我指的是那个戴黄色头盔的男的,"大白天的,他不在这里。你知道吗?他其实是去了电视里。他以前就是从电视里的一家店买了止痛药,把它带回家里。"

"'带'的过去式是 brought,"妈站起来说,"是 brought,不是 brung。是时候上床睡觉了。"她哼起了《指引我回家的路》[1],但我没跟着她唱。

我猜妈根本不明白我这个想法有多振奋人心。我从穿上睡衣,

---

[1] 一首民歌,1925 年开始被广为传唱,有很多著名版本。

到刷牙,甚至在床上吃奶时,都一直在想着这个。我收回嘴,说:"我们怎么从没在电视里看到过他呢?"

妈打了个哈欠,坐起来。

"我们总看电视,但从没看到过他,怎么回事呢?"

"他不在电视里。"

"但那个瓶子,他是怎么搞到的呢?"

"不知道。"

妈说话的语气很奇怪。我觉得她是假装不知道。"你一定知道。你什么都知道的。"

"你看,这件事真的无关紧要。"

"这件事很重要,我很在意。"我快吼起来了。

"杰克——"

杰克什么?叫我杰克就算了吗?

妈靠回枕头上,"这个很难解释。"

我觉得她能解释得了,只是不想解释。"你能,因为我现在已经五岁了。"

妈转过脸对着门,"我们的药瓶,不错,之前是摆在一个商店里的,他是从那儿买回来的,然后作为给我们的周日优待带来这里。"

"电视里的商店?"我抬头望了望架子,看到瓶子还在上面,"可止痛药是真的啊——"

"商店也是真的。"妈揉了揉眼睛。

"怎么会——"

"好了,好了,好了。"

她干吗大吼啊?

"听着。我们在电视里看到的是……是反映现实东西的画面。"

这是我听过的最不可思议的话。

妈已经用手捂住了自己的嘴巴。

"朵拉也是真实的?"

妈拿下捂着嘴的手,"不是的,抱歉。电视上的画面很多都是编造出来的——好比,朵拉只是画出来的——但是其他的人,那些长着跟你和我一样的脸蛋的人，他们是真的。"

"是现实中的人？"

妈点点头，"那些地方也是真实的，像农场、森林、城市……"

"不。"妈干吗骗我？"那些地方在现实中的哪儿？"

"在那外面，"妈说，"外面。"她猛地将头转向身后。

"床墙外面？"我盯着墙。

"房间外面。"妈现在指了指另外一个方向——炉墙；她用手画圈比划着。

"商店和森林在外太空飞旋？"

"不是。算了，杰克，我不应该——"

"不，你应该。"我拼命摇她的膝盖说："告诉我。"

"今晚不行，我想不出合适的词来解释。"

爱丽丝说她没法替自己解释，因为她不是她自己，上午她还知道自己是谁，但是之后她就变了好几次。

妈突然起身，把止痛药从架子上取下来，我以为她要验证那些药片跟电视里的是不是一样，但只见她打开药瓶，吃了一片，又吃一片。

"那你明天会找到合适的词吗？"

"八点四十九分了，杰克，睡觉行不？"她系上垃圾袋，放到门边。我在衣柜里躺下，但完全是清醒着的。

今天是妈不在的日子之一。

妈不打算正常醒来，虽然人在这里，但并不真的在。她躺在床上，用枕头压着头。

傻鸡鸡挺了起来，我把他摁下去。

我吃了一百颗麦片，站在椅子上洗碗和融勺。关掉水后，一片寂静。我想知道老尼克昨晚有没有来。我认为他没来，因为垃圾袋还摆在门口,不过也许他来了,只是没有带走垃圾?也许妈不是简单地不在而已。也许老尼克这次更用力地按妈的脖子,妈现在已经——

我走上前,凑得特别近,终于听见了呼吸声。我跟妈近在咫尺,头发已经碰到了她的鼻子,她伸出手拂了拂脸,于是我往后退。

我没有自己洗澡,直接穿上了衣服。

时间一个小时接一个小时地过去,有上百个小时。

妈起来撒尿,一声也没吭,一脸茫然。我放好了一杯水在床边,但妈直接钻进了被窝里。

我讨厌妈不在,但高兴的是我能看一整天电视了。一开始我把电视声音开得很小很小,隔段时间调大一点点。看太多电视的话我会变成僵尸,但妈今天就跟僵尸一个样,她甚至还没看电视呢。电视上放了《工程师巴布》[1]、《宠物大世界》和《巴尼》[2]。我上前摸着电视屏幕跟他们一个个打招呼。巴尼总和他的朋友们不停拥抱,我跑去电视机前想夹在他们中间,但常常迟到一步。今天的故事讲的是一个小精灵夜里偷偷下凡来,把黄牙变成了金子。我想看朵拉,但是她没来。

星期四,洗衣日。但我一个人干不来,妈还躺在床上。

我又饿了,看看手表,但他说只不过九点四十七分。动画片完了,我看起了足球,还有让赢奖品的星球。一个头发蓬松的女人坐在红色沙发上,正在跟一名曾经的高尔夫球星说话。在另一个星球上,一群女人捧着项链惊叹着它们的精致。"烂节目",妈看到那个星球总是这样说。她今天什么也没说。她都没有注意我对着电视看啊,看啊,脑袋都看坏了。

电视机里的画面怎么可能是真的呢?

我幻想着,电视里的东西都在墙外面的外太空一圈圈飘啊飘,有沙发、项链、面包、止痛药、飞机,还有所有的她们和他们——

---

[1] 英国儿童动画片,制片人基恩·查普曼。故事主要讲述巴布和他的朋友一起协作解决各种困难。影片倡导合作、冲突化解方法、学习技巧等。2003年获儿童动画奖。
[2] 英国动画片,故事主要讲述一只老牧羊犬巴尼与朋友罗格一起挑战各种困难,最终获得成功。

那些拳击手，那个一条腿的男的，那个头发蓬松的女的——他们都漂浮在天窗之外。我向他们招手，那里还有摩天楼有牛有船有卡车，真的很挤。我数着那些可能会撞上我的房间的东西。我快不能呼吸了，不得不数牙齿，从左到右数上排，接着从右到左数下排，然后倒过来数。每次数到的都是二十颗，但我还是觉得可能数错了。

十二点零四分，可以吃中饭了，于是我切开一罐烘豆，小心翼翼的。我在想，要是我切到了手大叫救命，妈会醒吗？我从没吃过没煮的冷豆子，吃了九粒就觉得饱了。为了不浪费，我把剩下的倒进一个盆里。一些豆子粘在罐头底下了，我倒了点水进去。也许妈待会儿会起来刮它。也许她觉得饿了，她会说："哦，杰克，你还留了豆子给我，想得多么周到啊。"

我用尺子量了更多东西，但是光靠我自己很难把那些数字加起来。我从头接尾地翻着尺子量，尺子成了马戏团里的杂技演员。我玩遥控器，我把他对准妈，轻声说"醒"，可妈没醒。气球已经瘪了，她骑上李子汁瓶子上了天窗，让光线变成了亮闪闪的黄色。气球跑到那儿是因为害怕遥控器尖尖的尾巴，于是我把遥控器收进衣柜里，关上柜门。我告诉所有这些东西，没事儿的，妈明天就会醒来了。我自己读了五本书，《爱丽丝》只读了一点点。大部分时间我只是坐着。

我没有玩尖叫游戏，那样会吵到妈。我想一天不玩应该没关系。

我又打开了电视，扭了扭天线兔，他使星球节目稍微清晰了一点，不过只是一点点。正在放的是赛车，我喜欢看车子飞驰，不过看它们沿着椭圆的车道绕了一百圈之后，也不觉得很有意思了。我想把妈叫醒，问她那些在外太空一圈圈飞旋的真实的人、真实的东西，不过那样她会生气的。也许即便我摇她她也根本不会醒。于是我没这么做。我上前凑得很近，看到她半边脸露在外面，还有她的脖子。那些印子现在变成紫色的了。

我要狠踹老尼克，直到把他屁股打开花为止。我要用遥控器芝麻开门，飞到外太空，把所有真的商店里的东西都买下来，带回来给妈。

我静静地哭了一阵。

我看一个关于天气的节目,还有一个节目,敌人要攻打城堡了,好的一方还在修建堡垒,以防城门被打开。我咬起了手指头,妈没法叫我停下来。我很纳闷我的脑子有多少已经成糨糊了,有多少还管用?我觉得我快要吐出来了,就像三岁时那样上吐下泻了。要是我吐得地毯上到处都是,我一个人怎么洗得动啊?

我看着我出生时弄在地毯上的脏印。我跪下来抚摸,那印子和毯子的其他地方摸起来一样暖和粗糙,没有区别。

妈不在从不会超过一天。我不知道要是明天醒来她还不在,我该怎么办。

我又饿了,吃了根香蕉,虽然那根有点青。

朵拉是画出来的,但她是我真正的朋友啊,实在搞不懂。吉普车是真实的,我能用手指感觉到他。超人只是电视里的。树是电视里的,但是家里的植物是真的——哦,我忘了给她浇水了。我立马去浇了水。不知道她是不是吃掉了妈的那点鱼呢?

滑冰板是电视里的,男孩女孩们也是,但妈说他们是真的。他们都扁扁的,怎么可能是真的呢?我和妈要做一个堡垒,把床推到门边抵着,这样门就不会开啦,老尼克会被吓着吧,哈哈。"让我进去,"他会大喊,"不然我就吹气,我就喷气,我就把房子吹倒。"草是电视里的,火也是,但要是我热豆子,红光扑到我的袖子上把我烧着了,那么火就是来到房间的真的火了。我想看真火,但我不要它真的发生。空气是真的,水只有浴缸里的和水槽里的是真的,河流湖泊是电视里的,海我不知道。因为要是海在外太空漂流,所有东西都会湿掉。我想把妈摇醒,问问她海是不是真的。房间绝对是真的,但也许房间外面的也是真的,只不过穿上了隐形衣,就像故事里的杰克王子那样?我想耶稣宝宝也是电视里的,除了在那张和他妈、他堂兄,还有他外婆在一起的油画上;可上帝是真实的,他从天窗看着我们,一张黄灿灿的脸。只有今天不是,今天的天窗灰蒙蒙一片。

我想跟妈一起睡。但我只是坐在地毯上,一只手搭在她羽绒被下隆起的脚上。胳膊抬得酸了,我放下来一会儿,又放了回去。我一层层卷起地毯的角,又嗖地摊开她,来回玩了几百遍。

天黑了,我试着再吃了一些烘豆,但它们实在太恶心了。于是我用黄油花生酱蘸了点面包吃。我打开冷冻室,把头塞进去,埋在几袋豌豆、菠菜还有可怕的青豆中间,直到我的眼皮都冻麻了为止。然后,我跳出来,关上冰箱门,搓搓脸蛋让它们暖和起来。我可以用手摸到脸,但感觉不到我的手在脸上,太诡异了。

现在天窗是黑的,我希望上帝一会儿能现出一张银色月光脸。

我换上了睡衣。没有洗澡,脏不脏呢,我闻了闻身上的味道。我在衣柜里躺下,盖上毛毯,但还是觉得冷。今天我忘记开恒温器了,刚刚才想起来,但现在不能去开,已经是晚上了。

我很想吃奶,今天一整天都没吃。就算是吃右边的也好,尽管我还是更喜欢吃左边的。要是能跟妈睡一起,吃点儿奶——但她可能会把我推开,那样更糟糕。

要是我和妈睡在床上时老尼克来了呢?不知道有没有到九点,太黑了,手表都看不清。

我爬到床上,特别地慢,妈不会注意到的。我只是挨着她躺下。要是听到哔哔声,我可以快快蹦回衣柜里。

如果他来了,妈还没有醒会怎么样?他会更生气吗?他会在她身上留下更可怕的印子吗?

我一直醒着,这样我就能听到他来了没有。

他没有来,但我一直醒着。

垃圾袋还在门边。妈今天早上比我早起来,她解开袋子,把从罐头里刮出的豆子倒了进去。既然袋子还在,我猜老尼克昨晚没来。那他就是两个晚上没来了,耶。

星期五,床垫日。我们把床垫正反翻了个面,两边也对调,这样就不会鼓起来了。床垫太沉了，我得使出浑身的力气，放她下去时我摔在了地毯上。我看到了床垫上的褐色污渍，这是我从妈肚子里出生时弄上的。接下来我俩进行打扫灰尘比赛。灰尘就是我们皮肤上看不见的小颗粒，我们不需要它们，因为我们会像蛇那样长出新的皮肤。妈打了一个超级响的喷嚏，声音听起来就像我们有一次在电视上听到的一位歌剧明星。

我们列购物单。决定不了周日优待要什么好。"要糖果吧，"我说，"不一定要巧克力，随便哪一种我们从来没吃过的糖果。"

"特别粘的那种吗，最后你的牙齿也变成像我的这样吗？"

我不喜欢妈挖苦人。

现在我们读起了没有图画的书，这本书叫"棚屋"，里面有一幢阴森可怖的屋子，被皑皑白雪覆盖着。"'从那以后，'"我念着，"'我和他就，像孩子们现在说的，混在一起了，同喝一杯咖啡——要是我选，就是印度拉茶，加豆奶，超级烫的那种。'"

"很棒，"妈说，"只不过'豆奶'应该跟'男孩'押韵。"[1]

书本和电视里的人总是口渴，他们喝啤酒、果汁、香槟、拿铁，还有其他各种各样的饮料。有时候他们高兴，就会互相碰杯，但是不会把玻璃杯打碎。我把那一行又读了一遍，还是不懂。"'他'和'我'指的是谁？他们是孩子吗？"

"嗯，"妈应道，越过我的肩膀看那本书，"我想'孩子们'是笼统地指孩子。"

"什么是笼统的？"

"就是很多孩子。"

我试着在脑中构想那画面，很多孩子，都在一起玩儿。"是真的人吗？"

妈有一分钟没说话，接着她说"是的"，非常平静。那就是真的了，妈说的每件事都是真的。

她脖子上的印子还在，我猜它们永远都不会消失了。

---

[1] "豆奶"原文为"soy"，"男孩"原文为"boy"。

晚上，妈闪台灯，把床上的我弄醒了。开台灯，我数了五下。关台灯，我数了一下。又开台灯，我数了两下。又关台灯，我数了两下。我呻吟起来。

"再一会会儿就好。"她抬头盯着天窗，那里一片漆黑。

门边的垃圾袋不见了，也就是说我睡着时老尼克一定来过了。

"求你了，妈。"

"一分钟就好。"

"这让我的眼睛不舒服。"

妈俯身过来，在我嘴边亲了一下，用羽绒被盖住我的脸。灯仍然在闪，不过没那么亮了。

过了一会儿，妈回到床上，给我喂了点奶，让我继续睡。

星期六，妈一改往常，给我编了三条麻花辫，看起来很有趣。我一个劲儿地摇头，用辫子拍打自己玩。

今天早上我没看动画星球，我看了一些园艺节目、一些健身节目、一些新闻节目。我每看到一样东西就问："妈，那个是真的吗？"她回答"是"，除了一个狼人，还有一个像气球一样炸开的女的，那只是特效，是用电脑画出来的。

午餐是一罐咖喱鹰嘴豆拌米饭。

我想做尖叫游戏，来一个超大声的，但是周末不许做。

下午大部分时间我们都在玩翻线戏[1]、蜡烛、钻石、马槽、织衣

---

[1] 一种游戏，绳线缠绕在游戏人两手之间形成复杂图形，并可以不断地改变或转移到下一游戏人手中。

针我们都能翻，我们不断练习翻蝎子，只是妈的手指最后总是缠在一起。

晚餐是迷你匹萨，每人一个，还有一个分着吃。接着我们看一档星球节目，这个星球的人穿着镶有一道道褶边的衣服，披着一头银发。妈说他们是现实中的人，只不过假扮成几百年前的人而已。这种游戏听起来不怎么好玩。

妈关掉电视，嗅了嗅，"我还是闻得到午餐的咖喱味。"

"我也是。"

"咖喱虽然好吃，但是会留下气味，太恶心了。"

"我的吃起来也恶心。"我告诉妈。

她大笑。妈脖子上的印子越来越淡了，它们变成了淡淡的黄绿色。

"我能听个故事吗？"

"哪一个？"

"一个你从来没有给我讲过的。"

妈望着我笑，"我想你现在已经知道所有我知道的啦。《基督山伯爵》？"

"已经听过几百万次了。"

"《格列杰克游记》[1]？"

"几亿次了。"

"《罗本岛上的曼德拉》[2]？"

"他二十七年后离开了，成为了政府官员。"

"《金发姑娘》[3]？"

"太吓人了。"

"小熊只是朝她叫叫而已。"妈说。

"还是很吓人。"

"《黛安娜王妃》？"

"她应该系安全带的。"

---

[1] 指《格列佛游记》，不过换成了杰克的名字。
[2] 尼尔森·曼德拉曾被囚禁于罗本岛，后于 1994—1999 年任南非总统。
[3] 也叫《三只小熊的故事》，童话故事，作者英国人罗伯特·索西。

"你看,你全部都知道。"妈吐了一口气,"等等,有一个故事是关于一条美人鱼……"

"《小美人鱼》。"

"不是,是另一个。这条美人鱼一天傍晚正坐在岩石上梳她的头发,突然一个渔夫爬上前,把她捉进了网里。"

"把美人鱼煎了做晚餐?"

"不是,不是,渔夫把美人鱼带回他的小屋里,要她嫁给他,"妈说,"渔夫拿走了美人鱼的神梳,所以美人鱼永远也回不到海里。于是,过了一阵子,美人鱼有了一个宝宝——"

"叫小杰克。"我对妈说。

"对。渔夫每次出去打鱼,美人鱼就在小屋里到处找,一天终于找到了渔夫藏神梳的地方——"

"哈哈。"

"于是美人鱼跑到海边的岩石上,滑进了大海。"

"不。"

妈仔细瞧我,"你不喜欢这个故事?"

"美人鱼不应该走掉。"

"没事没事。"她用手指擦掉我的眼泪,"我忘说了,美人鱼当然会带上她的宝宝小杰克啊,他被系在了美人鱼的头发里。等渔夫回来时已经人去屋空,他再也没有见到他们。"

"他淹死了吗?"

"渔夫?"

"不是,是小杰克,在水里时。"

"哦,不用担心,"妈说,"小杰克可是半个美男鱼啊,忘了吗?他可以呼吸空气,也可以在水中呼吸,都行。"妈看了看手表,八点二十七分。

我在衣柜里躺了半天了,还是不困。我们又唱歌又做祷告。"就再一首儿歌,"我说,"求你了?"我选《杰克盖的房子》[1],这首是最

---

[1] 英国一首颇为流行的儿歌。

长的。

妈的声音里带着睡意,"——他一身破破烂烂——"

"亲吻孤独的女孩——"

"女孩帮那只牛角弯弯的奶牛挤奶——"

我急忙抢几句歌词,"撂倒了狗,狗吓着了猫,猫捉了老鼠——"

哔哔。

我紧闭上嘴。

我没有听到老尼克刚开始说了点什么。

"呃,很抱歉,"妈说,"我们吃了咖喱。其实我想过,有没有可能——"她扯着嗓子,"有没有可能装一台抽风扇什么的?"

他一言不发。我觉得他俩这会儿都坐在床上。

"一台小的。"妈说。

"嘿,有个主意,"老尼克说,"我们让所有邻居都奇怪一下,看我干吗要在我的工作间里烧辣菜。"

我认为这又是挖苦。

"哦,抱歉,"妈说,"我没想到——"

"我干吗不上屋顶装一个闪光的霓虹灯箭头?"

我不知道箭怎么能闪光?

"真的很抱歉,"妈说,"我没想到那味道,它,抽风扇会——"

"我想你并没有感恩你在这儿已经过得有多好了,"老尼克说,"你有吗?"

妈没有说话。

"在地面上,有自然光,有中央空气调节器,和一些地方比起来好多了,我告诉你。新鲜水果,卫生纸,还有什么,掰掰手指,这儿都有。多少女孩会因为拥有这样的环境,这样一个安全的房子而感谢她们的幸运星。尤其是和孩子一起——"

是在说我吗?

"不用担心碰到酗酒司机,"他说,"毒贩子,变态狂……"

妈很快插了句:"我不该要抽风扇,是我蠢,一切都很好。"

"那好。"

谁也没再说什么。

我数起牙齿,老是数错,十九颗,又二十颗,又十九颗。我咬紧舌头,咬到它痛为止。

"当然,这儿损坏了,也是意料之中的事情。"老尼克声音换了位置,我想他现在已经快走到浴缸那儿了。"这里的接缝都变形了,我得重新磨平后再密封起来。再看看这儿,地板底衬都露出来了。"

"我们很小心的。"妈说得很平静。

"还不够小心。软木可不适合高密度的活动量,我原本还打算长久用它的。"

"你上床睡觉吗?"妈扯着嗓门问,听起来很可笑。

"让我脱下鞋。"一阵咚隆声,我听到什么东西摔到地板上。"我来了不到两分钟,你就对着我大谈整修房子……"

台灯关了。

老尼克弄得床嘎吱作响,我数到九十七,觉得少数了一个,于是没数了。

什么声音都没有了,但我还是醒着,还在听。

星期天的晚饭,我们吃的是耐嚼的面包圈,抹着果酱和花生酱。吃着饭,发生了一件事儿。妈把她的面包圈从嘴里拿出来,上面粘着一个尖尖的东西。"终于,"她说。

我捡起那个东西瞧,黄黄的,还有深褐色的斑点,"坏牙?"

妈点头,用舌头触碰着嘴巴深处。

真怪。"说不定,我们可以把他粘回去,用面糊糊。"

她摇摇头,咧嘴笑了,"我很高兴牙掉了,现在再也不会疼了。"

就在几分钟前,他还是妈身上的一部分,但现在他不是了。现在他就只是个小东西。"嘿,你知道吗,如果我们把他放在枕头下面，晚上就会有一个小精灵偷偷过来，把他变成钱。"

"真抱歉，在这儿不会。"妈说。

"为什么不会？"

"牙齿精灵不认识房间。"她的目光落在了墙外面的什么地方。

外面什么都有。每当我想起滑雪、焰火、小岛、电梯或者溜溜球这些东西，我知道它们都是真实的，只不过它们都在外面。这一点让我很头疼。各种各样的人也是一样，消防员、老师、小偷、婴儿、圣徒、足球运动员，他们也都在外面。可惜我不在外面，我和妈都不在。我们是唯一不在那儿的。那，我们还算是真的吗？

晚饭后，妈给我讲了《汉斯和格莱泰》[1]、《柏林墙是如何倒塌的》[2]和《侏儒妖怪》[3]。我最喜欢的情节是，皇后必须猜中侏儒要给婴儿起的名字，否则他就会把婴儿带走。"这些故事是真的吗？"

"哪些故事？"

"美人鱼的故事，汉斯和格莱泰的故事，所有的故事。"

"这个嘛，"妈说，"并非如此。"

"什么叫——"

"它们都只是魔法故事，不会真的发生在我们身边。"

"那它们就是假的啰？"

"不，不。故事是另一种真实。"

我努力想要理解妈的话，脸都皱起来了。"柏林墙是真的吗？"

"这个嘛，是有过这么一堵墙，但现在没了。"

我觉得自己累得要断成两截了，就像侏儒妖怪在故事结尾时那样。

"睡吧睡吧，"妈一边说，一边关上衣柜的门，"睡个安稳觉，别被小虫子咬。"

---

1 起源于德国的神话故事，由格林兄弟整理编写，讲述兄妹俩与吃人的森林怪物间的斗争。
2 柏林墙是德国二战后在自己领土上建的围墙，目的是隔离东德和西德，是二战后德国冷战和分裂的标志性建筑。
3 起源于德国的神话故事，由格林兄弟整理编写。

老尼克在外面大声说话的时候,我想我还没睡着。

"但是维生素——"这是妈的声音。

"去高速公路上抢劫吧。"

"你是想要我们都生病吗?"

"你这是敲竹杠,"老尼克说,"我看过报道,说是就算吃下去,最后也会进马桶里。"

什么东西会进马桶里?

"可是,如果我们能吃得健康一点——"

"哦,又来了。发牢骚,发牢骚,还是发牢骚……"我看见了他,就坐在浴缸边上。

听起来妈发怒了,"我敢打赌,养活我们比养活一只狗都便宜。我们甚至不需要鞋子。"

"你不知道现在外面都成什么样了。我说,你以为钱源源不断都是从哪里来的?"

没有人说话。然后妈说:"你这是什么意思?钱又不是什么稀罕东西,或者——"

"六个月了。"他抱着手臂,粗壮的手臂,"我已经卷铺盖走人六个月了,你漂亮的小脑袋为这个担心过吗?"

透过衣柜的缝隙,我也能看见妈,她就在他边上。"发生了什么?"

"就好像你担心这个似的。"

"你在找另一份工作吗?"

他们互相注视着。

"你现在欠人钱吗?"妈问道,"你是不是要——"

"闭嘴。"

他又要伤害妈了。我好害怕,不由自主地尖叫出声。

老尼克朝我看过来,他一步一步向我这里走来,敲了敲衣柜的板条。我能看见他手的影子。"原来你躲在这儿。"

他是在跟我说话。我的心在胸膛里怦怦直跳。我紧紧咬着牙关,抱住膝盖缩成一团。我想躲到毛毯下面,但是我却动弹不得。

"他睡了。"那是妈的声音。

"她每日每夜都把你关在衣柜里吗?"

他说的"你"指的是我。我等着妈说"不是的",但她没说。

"这不太正常。"我甚至能看见他的眼睛,眼珠的颜色很淡。如果他看见我,我是不是会变成石头?他要是把门打开怎么办?也许我可以——

"这里面一定有问题,"他对妈说,"自从他生下来,你一直没让我好好看他一眼。这个可怜的小怪物,是有两个脑袋还是怎么着?"

他怎么这么说?我几乎想要把我唯一的脑袋伸出衣柜,就为了让他看看。

妈挡在衣柜前面。透过她的T恤,我能看见她凸出的肩胛骨。"他只是有点害羞。"

"他跟我害什么羞,"老尼克说,"我从来没对他动过一根手指头。"

他干吗要对我动手指头?

"还给他买了那么棒的一辆小吉普车,是不是?我了解小男孩儿,我小时候也那样。来吧,杰克——"

他在喊我的名字。

"来吧,来拿你的棒棒糖。"

棒棒糖!

"我们还是去睡吧。"妈的声音听起来怪怪的。

老尼克几乎笑了出来,"我就知道你要什么,女士。"

妈要什么?购物清单上的那些?

"来吧。"她又说了一遍。

"你妈妈就没教过你淑女应有的矜持?"

台灯熄灭了。

但是妈没有妈妈啊。

床的动静很大,那是他上床了。

我用毛毯包住脑袋,紧紧按住耳朵,这样就听不到了。我不想数嘎吱嘎吱的声音,可是我忍不住。

醒来的时候,我还在衣柜里,周围一片漆黑。

我不知道老尼克是不是还在这儿。那棒棒糖呢?

规矩是,待在衣柜里,直到妈让我出来。

我很好奇那根棒棒糖是什么颜色的,在黑暗中能看清楚它的颜色吗?

我试着想睡着,可还是醒着。

我可以把脑袋伸出去,只要——

轻轻地,慢慢地,我把衣柜门推开。只有冰箱在嗡嗡作响。我站起来,迈出一步,两步,三步。啊!我的脚趾头碰到了什么东西。我把那个东西捡起来,是一只鞋子,一只巨大的鞋子。我朝床上看去,他就在那儿。老尼克,我想,他的脸是石头刻出来的。我伸出手指,没有碰他,但很近了。

他在翻白眼。我吓得往后跳了一步,鞋子掉在地上。我以为他会冲我吼,然而他只是咧着嘴,露出闪闪发光的大牙齿。他说:"嘿,小家伙。"

我不知道那是——

这时候妈叫了起来,即使是她玩尖叫游戏时,我也没听过她叫得像现在这么大声。"走开,离他远点儿!"

我拼命跑回衣柜里,慌乱中撞到了脑袋,啊……好痛!她还在尖叫:"离他远点儿!"

"闭嘴,"老尼克说话了,"闭嘴。"他似乎在咒骂什么,但是尖叫声太大,我听不清楚。接着她的声音变得含混不清。"别叫了。"他说。

妈没再说什么,只是发出嗯嗯嗯嗯的声音。我用双手紧紧按住脑袋上被撞到的地方。

"你完蛋了,知道吗?"

"嘭"的一声。"我可以很安静的,"她几乎是在窃窃私语,伴随着嘶嘶的喘气声,"你知道我可以多安静。只要你别碰他。我只要这么多。"

老尼克哼了一声说:"每次我推开门,你都跟我要东西。"

"还不都是为了杰克。"

"是啊,别忘了他是从哪儿来的。"

我努力想听妈是怎么回答的,可她什么都没说。

窸窸窣窣的声音。他在穿衣服?他的鞋,我猜他在穿鞋。

他走了以后,我一直没睡着。在衣柜里的整个晚上我都醒着。我等了简直有几百个小时,妈一直都没来放我出去。

我仰头看着房顶,可它忽然就垮了。天空掉了下来,火箭啊奶牛啊树木啊,全都砸在了我脑袋上——

不,我躺在床上,柔和的光线透过天窗洒下来,已经是早上了。

"你只是做了个噩梦。"妈说着,摸了摸我的脸颊。

我吃了一点,但吃得不多,美味的左边。

接着,我想起来了。我从被窝里钻出来,看她身上有没有新添的印子。没有。"对不起,我半夜从衣柜里出来了。"

"我知道。"她说。

这是原谅我的意思?全都想起来了,"什么叫小怪物?"

"哦,杰克。"

"为什么他说我一定有问题?"

妈呻吟起来,"你完全没问题,你一直都很好。"她吻了吻我的鼻子。

"但他为什么那么说?"

"他那是要逼疯我。"

"为什么他要——"

"就像你喜欢玩小汽车、气球之类的,他喜欢玩我的脑袋。"她敲了敲自己的头。

我不知道脑袋可以怎么玩。"卷铺盖走人就是躺下睡觉的意思吗?[1]"

"不,是丢了工作的意思。"妈轻轻地说。

但我认为只有东西才能丢,就像我们的六枚大头针中的一枚。外面的一切都跟这里不太一样。"为什么他说不要忘记我是从哪儿来的?"

"噢,让我消停一分钟吧,可以吗?"

我在心里默数,一只河马两只河马。整整六十秒里,无数问题在我脑袋里上蹿下跳。

妈给自己倒了一杯牛奶,但是没给我倒。她盯着冰箱里面看,里面的灯没亮,真怪。她又把冰箱关上了。

一分钟到了。"为什么他说不要忘记我是从哪儿来的?不是从天堂来的吗?"

妈打开台灯,可他也没亮。"他的意思是——你属于谁。"

"我属于你啊。"

她冲我咧嘴一笑。

"是台灯灯泡坏了吗?"

"应该不是吧。"她在瑟瑟发抖,又过去查看恒温器。

"为什么他叫你不要忘记?"

"实际上,是他搞错了,他以为你属于他。"

---

[1] 这里"卷铺盖走人"的原文用的是"laid off",故有此问。

哈!"他真是个傻瓜。"

妈盯着恒温器,"断电了。"

"什么?"

"所有东西都没电了。"

真是奇怪的一天。

我们吃了麦片,刷了牙,穿好衣服,又给植物浇了水。我们把浴缸放满水,可是在开头的一点热水之后,放出来的都是冷水,我们只好穿着衣服洗了洗。天窗越来越亮,可屋里还是很暗。电视机也开不了了。我想念我的朋友们。可我只能假装他们出现在屏幕上。我还用手指碰了碰他们。妈让我再多穿一件上衣和裤子保暖,就连袜子也穿上了两双。为了让自己暖和起来,我们在跑道上跑了好几英里。然后妈让我把外面一层袜子脱了,因为我的脚趾被勒得咯吱作响。"我耳朵疼。"我告诉她。

她挑起眉毛。

"太安静了。"

"啊,这是因为平时那些小声音都没有了,比如暖气吹进来的声音,或者是冰箱的嗡嗡声。"

我跟那颗坏牙玩,把他藏在各种地方:矮柜下面,米盒子里,洗洁精后面。我想要努力忘掉把他藏哪儿了,然后再惊喜地找到他。妈在剁碎一些冰冻的青豆,为什么她要剁那么多?

这时候,我想起了前一天晚上听到的唯一一件好事。"哎呀,妈,棒棒糖。"

她继续剁,"在垃圾桶里。"

他为什么把棒棒糖放那儿?我跑过去,踩着垃圾桶的踏板,桶盖打开了,但还是没看见棒棒糖。我把手伸进去,在橘子皮、剩饭、炖菜和塑料间摸着。

妈抓住我的肩膀,"别碰它。"

"那是我周日优待的糖。"我跟她说。

"那是垃圾。"

"不,不是的。"

"这个只花了他大概五十美分。他在嘲笑你。"

"我从没吃过棒棒糖。"我从她的手中挣脱了。

没法儿用炉子热任何东西,因为断电了。所以午饭吃的是黏糊糊的冻青豆,这比煮过的青豆还令人恶心。我们不得不把它们吃光,否则它们就会融化、烂掉。虽然我才不在乎青豆会怎样,但那还是太浪费了。

"你想不想听《逃家小兔》?"用冰冷的水洗碗的时候,妈问我。

我摇了摇头,"什么时候才会来电?"

"我不知道,很抱歉。"

我们钻进被窝,希望能暖和起来。妈把她所有的衣服都掀了起来,我吃了很多,先吃左边的,再是右边的。

"要是房间越来越冷怎么办?"

"噢,不会的。还有三天就是四月了。"妈轻拍着我,"不会变得更冷了。"

我们打起盹来,但是我只睡了一小会儿。等到妈睡熟了,我悄悄钻出被窝,又去垃圾桶里翻找了一遍。

我在靠近桶底的地方找到了棒棒糖。它是个红色的球球。我去洗了洗胳膊,也洗了棒棒糖,因为那上面沾满了恶心的菜汁。我剥掉塑料糖纸,开始吮起来。那是我吃过的最甜的东西。我想知道外面的东西是否都是这个味道。

如果我跑开,就会变成一张椅子,妈也分辨不出哪张是我变的。我还可以隐身,贴在天窗上,她就算盯着天窗看也看不见我。或者变成一小粒灰尘,钻进她的鼻子里,然后被她一个喷嚏打出来。

她睁开了眼睛。

我立刻把棒棒糖藏到背后。

她又把眼睛合上了。

我一直吮了好几个小时,到后来我都有点腻了。最后只剩下一根棒棒,我把它扔进了垃圾桶。

妈起床的时候,没有提棒棒糖,也许她没看见,也许她睁眼的时候其实并没有醒。她试了试台灯,还是没亮。她说,就让他开着吧,这样来电的时候我们马上就会知道了。

"如果半夜的时候来电怎么办?我们会被弄醒的。"

"我想不会半夜来电的。"

我们玩保龄球游戏,用弹力球和纸球击倒装维生素的瓶子。我四岁的时候,我们给每个瓶子都安上了不同的脑袋,有龙、外星人、公主和鳄鱼。我赢得最多。我又练习了加减乘除、大小排序,还找出了数列中最大的数字。妈用我小时候穿的袜子给我缝了两个新的布偶,它们的嘴被缝成微笑的样子,还有两个不一样的纽扣眼睛。我也会缝东西,但那不太好玩。我真希望还记得自己婴儿时的样子。

我给海绵宝宝写了一封信,信的背面还画了一幅画:我和妈跳舞取暖。我们玩了对儿牌[1]、记忆翻牌和钓鱼,妈想下国际象棋,但那玩意儿总是让我头痛,所以妈最后同意改玩跳棋。

我的手指都冻疼了,我把它们放进嘴里含着。妈说这样会传播细菌,让我用冷水再洗一次手。

我们用面团做了很多小串珠,但要等到它们变得够干够硬,才能串成项链。我们用各种盒子做了一艘宇宙飞船,胶带快没有了,但妈说"噢,为什么不干脆用完呢",然后把最后一点也用掉了。

天窗渐渐暗下来了。

晚饭是冒着水珠的奶酪和融化的花椰菜。妈说我必须吃,否则会觉得更冷。

她吃了两片止痛药,又吞了一大口水把药片送下去。

"坏牙都掉了,你怎么还疼?"

"我猜这是因为我注意到别的牙也开始疼了。"

我们穿上T恤睡衣,又在睡衣外面套上更多的衣服。妈开始唱歌,"山的另一边——"

"山的另一边——"我跟着唱。

---

[1] 一种纸牌游戏。游戏者轮流出牌,出现相同的牌时要抢先喊"对儿"。

"山的另一边——"

"就是他视野中的一切。"

我开始唱那首《墙上的九十九个啤酒瓶》[1],一口气数到了第七十个啤酒瓶。

妈捂住了耳朵说,我们能不能明天再接着唱,"那时也许电也来了。"

"那太好了。"我说。

"就算还不来电,他也没法阻止太阳升起来。"

老尼克?"为什么他要阻止太阳升起来?"

"他没法阻止,"妈紧紧地拥抱了我一下,接着说,"对不起。"

"为什么你要说对不起?"

她叹了一口气,"是我的错,我惹毛他了。"

我盯着她的脸,不是很明白。

"每次我尖叫,他都受不了。我好几年没这样了。他想惩罚我们。"

我的心跳声很响,"他会怎么惩罚我们?"

"他已经在惩罚我们了,我的意思是,断了我们的电。"

"哦,这还好啦。"

妈笑了起来,"你这是什么意思?我们都快要冻僵了,还不得不吃黏糊糊的蔬菜……"

"是啊,但我以为他还会用别的方法惩罚我们。"我试着想象了一下,"比方说,假如我们有两个房间,他把我关在一间里,把你关在另一间。"

"杰克,你太棒了。"

"为什么我太棒了?"

"我也不知道,"妈说,"你一出生就很棒。"

我们在被窝里抱得更紧了。"我不喜欢天黑。"我告诉她。

"嗯,现在是睡觉时间,所以不管怎么样天都会黑。"

---

[1] 美国和加拿大的经典民歌,歌曲较长,主要是小孩子在长途旅行时所唱。

"我也觉得。"
"就算看不见,我们也知道对方在那儿,对吧?"
"对啊。"
"睡吧睡吧,睡个安稳觉,别被小虫子咬。"
"我不用回衣柜里睡了吗?"
"今天晚上不用。"妈说。

我们醒来时,寒气凛冽。手表显示的时间是七点零九分。他是一块电子表,表芯中隐藏的微型电池是独属于"他"的小能源。

妈一直在打哈欠,因为她昨天整晚都没睡。

我肚子疼,妈说也许是因为吃了那些生蔬菜的缘故。我想从瓶子里拿片止痛药,她只给了我半片。吃完药,我等啊等,可肚子还是老样子,没什么好转。

天窗逐渐明亮起来。

"我很高兴他昨晚没有来,"我对妈说,"我打赌他永远都不会回来了,那可真是酷毙了。"

"杰克,"妈微微皱着眉,"你仔细想想这件事儿。"

"我想过了。"

"我的意思是,这会导致什么后果。我们从哪里得到食物?"

我知道这个,"从外面世界的耶稣宝宝那里。"

"不,但——是谁带来的食物呢?"

哦。

妈起床了,她说水龙头还能流出水是一个好兆头。"他本可以断了我们的水,但他没那么做。"

我不知道那个兆头究竟意味着什么。

早餐是面包圈,但它又冷又糊。

"如果他还不给我们通电怎么办?"我问。

"我肯定他会的。或许今天晚些时候。"

我试着按了几次电视机开关。那只是一个没有声音的灰盒子，我可以从屏幕上看到自己的脸，却没有镜子里的那么清楚。

为了让身子暖和起来，我们做了我们所能想到的一切运动，像空手道、群岛游戏、"西蒙说"和蹦床之类的。跳房子的规则是，我们必须从一块软木砖跳到另一块上，但绝不允许踩到线或者摔到地上。妈选择玩捉迷藏，她把我的迷彩短裤系到头上遮住眼睛。我躲在床底下的蛋蛋蛇旁边，甚至屏住了呼吸，躺得平平的，就像是书里的一页薄纸片儿。这样一来，妈花了几百个小时才找到我。接下来我选的是绕绳下降，妈抓住我的双手，我沿着她的脚往上走，直到我的双脚比我的头高为止，然后我的身子倒挂下来，辫子触到了我的脸，惹得我直笑。接着我翻了个筋斗又变成头朝上了。我想多玩几次，但妈受伤的手腕已经开始疼了。

然后我们都累了。

我们用一根长长的意大利面和几根线做了一个风铃，把许多小图片黏在上面，我的图片都是橙色的，而妈的都是绿色的。黏在上面的还有弯弯扭扭的箔纸与卫生纸的碎片儿，妈把顶端的线头用工具盒中的最后一枚大头针固定在房顶上。当我们站在下面使劲吹意大利面的时候，它就会带着所有的小东西晃啊晃。

我觉得饿了，妈说我可以吃最后一个苹果。

可是如果老尼克再也不给我们带苹果了该怎么办呢？

"他为什么要一直惩罚我们？"我问妈。

妈撇了撇嘴，"因为房间是他的，所以他认为我们也是他的。"

"怎么会？"

"不知道，反正他是这么想的。"

那种想法真的很奇怪，我认为就只有房间是他的。"难道不是上帝创造了一切吗？"

妈愣了片刻才回答："不管怎样，上帝创造的都是美好的事物，比如说你。"

我们在桌子上玩诺亚方舟游戏，像梳子、小碟子、抹刀、书本和吉普车等所有的东西在大洪水来临之前全都需要排列起来快快放进盒子里。妈好像不是在玩游戏了,她将脸埋进双手里,仿佛再也承受不住它的重量似的。

我咔嚓咔嚓咬着苹果问妈:"你其他的牙齿也在疼么?"

她透过手指缝看着我,在这种情况下,她的眼睛变得更大了。

"哪一些?"

妈突然站起来,吓了我一跳。她坐到摇椅上,伸手对我说道:"过来吧,我给你讲个故事。"

"一个新故事?"

"是的。"

"太棒了!"

妈等待着,直到我整个儿缩进了她的臂弯中。我一点一点地啃着苹果的另一边,尽可能地想吃久一些。"你知道爱丽丝为什么不能一直待在奇境里吗?"

这是一个脑筋急转弯,我已经知道答案了,"嗯,她走进大白兔的屋子里,身子变得很大很大,所以她不得不把自己的胳臂伸出窗外去,而她的脚也伸到烟囱里,然后她将一只叫比尔的蜥蜴踢出了管道,那实在有些可笑。"

"不,但在这以前,还记得么,她是躺在草地上的?"

"那时她从四千英里深的洞里掉下去,可她却没有受伤。"

"对了,我就像爱丽丝一样。"妈说道。

我大笑着说:"算了吧。她是一个长着大脑袋的小女孩,她的头甚至比朵拉的还要大。"

妈咬着她的嘴唇,留下一道深深的齿印,"好吧,但我也是像她那样从另一个地方来到这里的。在很久以前,我曾——"

"身在天堂。"

妈将手指放在我的嘴唇上让我别插话,"我下来的时候跟你一样还是个孩子,跟我的父亲母亲住在一起。"

我摇了摇头说:"你是母亲。"

"但是我也有自己的妈妈,"妈坚持道,"我现在依然有。"

为什么她要假装成这样呢,难道这是我不知道的一个游戏么?

"她是……我想你得叫她外婆。"

就像朵拉的姥姥。就像画中的圣安妮,圣母马利亚坐在她的膝盖上。我啃咬着苹果核,上面已经没有什么可吃的了。我把果核放到桌子上,"你是在她的肚子里长大的吗?"

"嗯——事实上不是,我是被收养的。她和我的爸爸,你得叫他外公,嗯——我还有一个哥哥,叫保罗。"

我摇了摇头说:"他是圣徒。"

"不,我说的是另一个保罗。"

怎么会有两个保罗呢?

"你得叫他保罗舅舅。"

怎么会有这么多名字,我的头都大了。我的肚子仍然是空空的,好像刚才那只苹果不存在似的。"午餐该吃什么呢?"

妈没有笑,"我在告诉你你的家人。"

我摇了摇头。

"不是说你从未见过他们就表示他们不是真的,这个世上有些事情你连做梦都不会想到的。"

"还有没有不带水珠的奶酪?"

"杰克,这很重要。我和我的爸妈还有保罗住在一幢房子里。"

为了不惹她生气,我得陪她玩这个游戏,"是电视里的房子吗?"

"不,是外面的。"

这是很可笑的,因为妈从未去过外面。

"但它看起来很像你在电视里看到过的房子。是的,一幢在城市边缘的房子,房子后面有一个院子,还有一张吊床。"

"什么是吊床?"

妈从架子上拿来铅笔,画了两棵树,在它们中间有一张用绳子编成的、布满了结点的网兜,在那上面躺着一个人。

"那是海盗吗?"

"那是我,在吊床上荡秋千。"她把纸对折起来,整个人都变得兴奋起来,"我经常和保罗一起去游戏场荡秋千吃冰激凌。你外公外婆还开车带我们出去玩,去动物园和海滩。我可是他们的小女儿呀。"

"算了吧。"

妈把那张画揉成一团。桌子湿了,桌面折射的光线让她整个人看起来泛着白色的光泽。

"别哭了。"我说。

"我忍不住。"她擦去脸上的泪水。

"为什么你忍不住?"

"我希望我能讲得更好。我想念过去的时光。"

"你想念吊床?"

"所有的一切。那些在外面的日子。"

我握住她的手。她想让我相信她说的那些话,我也努力去相信,可这却让我感到头疼,"你真的在电视里住过一段时间?"

"我跟你说了,不是电视,那是真实的世界,你绝不会相信它有多大。"她张开手臂,指着所有的墙说道,"这个房间只是它的一个臭小点儿。"

"房间不臭。"我几近大吼道,"只有当你放屁的时候它才会变臭。"

妈又擦了擦眼睛。

"你的屁比我的臭多了。我知道你只是想哄我,你最好立刻给我停止。"

"好了,"她说道,她的呼吸就像是放气的气球发出的嘶嘶声。"我们吃个三明治吧。"

"为什么?"

"你说你饿了。"

"不,我不饿。"

她的表情又变得凶起来。"我会做一个三明治。"她说,"然后你把它吃了,就这样好吗?"

这简直就是花生酱,因为奶酪都黏糊在一起了。我吃三明治的时候,妈就坐在我旁边,可她却没吃什么。她说:"我知道它很难消化。"

三明治？

饭后甜点是一个橘子罐头，大的那些都给我，因为妈喜欢小的。

"我没有骗你，"妈在我大声舔果汁的时候说，"我以前没有告诉你，是因为你实在太小了，根本就无法理解这些事情，所以当时我就对你说了一些谎。但现在你已经五岁了，我想你应该能够明白了。"

我摇头。

"我现在做的恰恰与说谎相反。这就好像——辟谎。"

我们睡了一个长长的午觉。

妈已经醒了，在距离我两英寸高的上方低头看着我。我挪动着身子，吃了一点左边乳房的乳汁。

"你为什么不喜欢这里？"我问妈。

她坐起来，拉下了她的 T 恤。

"我还没吃完。"

"不，你吃完了，"她说道，"你在说话。"

我也坐了起来，"你为什么不喜欢和我一起待在房间里？"

妈紧紧地抱住我，"我一直喜欢和你在一起。"

"但你说这个房间又小又臭。"

"哦，杰克。"她有一会儿一言不发，"是的，我当然选择待在外面，但是要和你一起。"

"我喜欢和你待在这里。"

"好吧。"

"他是怎么造出这个房间的？"

她知道我指的是谁，我想她不打算告诉我。但她却说："事实上，它起初只是一个花园里的临时小仓库，仅仅只是最基本的长宽高都为十二英尺的钢架子，外面包着塑料。但他加了一个隔音的天窗，在里边的墙壁上填了许多隔音的泡沫塑料，又加了一层铅板，因为铅可以吸收所有的声音。哦，还有一扇有密码锁的安全门。他有时候会吹嘘他的这份活儿做得有多巧妙。"

这个下午过得真慢。

在冰冷而明亮的光线中,我们读完了所有带图画的书。今天的天窗有些不一样,上面有个小黑点,好像一只眼睛。"快看,妈!"

她抬头向上看,咧着嘴笑了,"那是一片叶子。"

"为什么?"

"一定是风把它从树上吹下来,落到天窗玻璃上的。"

"是外面的真正的树吗?"

"是的。看到了没,杰克?这证实了我的话,外面的整个世界都是真实存在的。"

"我们来玩豆茎游戏。我们把我的椅子放到桌子上……"妈帮我放好了椅子。"然后把垃圾桶放到椅子上。"我跟妈说,"接着我就一直往上爬——"

"那不安全。"

"安全的,如果你站在桌子上扶住垃圾桶,我就不会摇晃了。"

"哼。"妈说,这已接近于否定。

"我们就试试吧,好嘛,好嘛?"

一切都很完美,我根本没有摔下来。当我站在垃圾桶上时,我可以真切地握住房顶上那些一直向天窗倾斜过去的软木边缘。在她的玻璃上有我从未见过的东西。"蜂巢。"我一边告诉妈,一边轻轻抚摸它。

"那是聚碳酸酯网,"妈说,"最新技术。我曾经站在这儿往外看,在你出生之前。"

"这片叶子都黑了,全是洞洞。"

"嗯,我觉得它已经死了,应该是属于去年冬天的叶子了。"

我能看到环绕在它周边的蓝色,那就是天空。在天空中还有一些白色,妈说,那些是云朵。我透过蜂巢目不转睛地看着,但所能看到的,就只是天空。天空里没有任何东西,像船啊火车啊马啊女孩啊或者冲天而起的摩天楼啊什么都没有。

从垃圾桶和椅子上爬下来的时候,我推开了妈的胳膊。

"杰克——"

我自己跳到了地板上,"撒谎撒谎,裤子烧光!外面根本不存在!"

她想进一步解释,但我用手指塞住耳朵大叫着:"瞎说!瞎说!瞎说……"

我独自一人玩着吉普车。我几乎要哭了,但最终还是强忍住了。

妈翻着碗橱,她在粗手重脚地摆弄罐头,我觉得我能听到她在数,数着我们还剩下些什么。

我现在觉得特别冷,放在袜子里面的双手都麻木了。

晚餐的时候,我一直问妈能否把那些最后剩下的麦片给吃了,最后妈同意了。我的手指已经冻得没有知觉,一些麦片撒了出来。

黑暗又来临了,但是妈的脑袋里装满了从《童谣集锦》里看来的儿歌。我要听《柑橘与柠檬啊》,而我最拿手的就是这句"这我还不知,宝儿的老钟这么说"。因为它深沉的调子就像狮子的吼叫声。那本书里也有关于一把砍刀砍你头之类的歌谣。"什么是砍刀?"

"我猜是一把大刀。"

"我觉得不是,"我告诉她,"那是直升飞机的螺旋桨,它们旋转得非常快,可以削掉人的脑袋。"

"哎呀!"

我们没有什么睡意,但是因为看不见,已经没有什么可做的了。我们坐在床上,各自唱着儿歌。"我们的朋友维克感到有些痒。"[1]

"我们的朋友白克亚狄更斯一家子不得不再努力试一次。"[2]

"这个好。"我告诉妈,"我们的朋友格蕾丝跑阴了比赛。"[3]

"是赢,"妈纠正道,"我们的朋友旧思喜欢游泳池。"[4]

---

1 原文押韵,为:"Our friend Wickles has the Tickles."
2 原文押韵,为:"Our friends the Backyardigans have to try hard again."
3 原文押韵,为:"Our friend Grace winned the race."
4 原文押韵,为:"Our friend Jools likes swimming pools."

"我们的朋友巴尼住在农泥上。"[1]

"作弊!"

"好吧。"我重来了一句,"我们的朋友保罗舅舅重重地摔了一跤。"[2]

"他真的有一次从他的摩托车上摔下来过。"

我早忘了他是真实存在的,"他为什么从摩托车上摔下来?"

"因为事故。不过救护车将他送进了医院,后来医生把他治好了。"

"他们把他切开了吗?"

"不,不,他们只是给他的胳膊打上了石膏止痛。"

所以,医院和摩托车都是真实的。那些我不得不相信的事物都快把我的头给挤爆了。

除了天窗上的暗淡光点外,周围其他的一切都黑了。妈说在城市里,总是会有街灯,在楼房这种建筑物中,也总是有照明的灯。

"城市在哪里?"

"就在外面。"妈说着伸手指着床墙。

"我从天窗看出去,没有看到它。"

"嗯,这就是你对我发脾气的原因。"

"我没对你发脾气。"

她亲了亲我作为回应,"天窗直接对着天空。我跟你说的绝大部分东西都是在地面上的。所以要看到它们,我们需要一扇对着外面开在侧墙上的窗子。"

"我们可以要求一扇侧墙上的窗子作为周日优待。"

妈笑了起来。

我又忘了老尼克不会再来了。也许我的棒棒糖是最后的周日优待了。

我想我快要哭了,但结果我却只是打了个大哈欠。"晚安,房

---

[1] 原文押韵,为:"Our friend Barney lives on the farm-y." 其中 farm-y 是杰克自己编的。
[2] 原文押韵,为:"Our friend Uncle Paul had a bad fall."

间。"我说道。

"到时间了吗？好吧，晚安。"妈说。

"晚安，台灯和红气球。"我等着妈说话，但她却没再对他们说什么。"晚安，吉普车和遥控器；晚安，地毯和毛毯；晚安，小虫子，你们可别咬人。"

我被一阵阵的噪声吵醒。妈不在床上。房间里有些昏暗，空气还是那么冰凉。我越过床沿看去，妈坐在地板中央，用手一下又一下地捶打着地板。"你干吗捶地板？"

妈停了手，长长地叹了一口气。"我需要打东西来发泄一下，"她说，"但我不想弄坏任何东西。"

"为什么不？"

"好吧，说真的，我真想打碎一些东西。我想打碎所有的东西。"

我不喜欢她这个样子，"早餐吃什么？"

妈瞪着我。然后她站起来，向碗橱走去，取出一个面包圈，我想这大概是最后一个了。

妈只吃了四分之一，她不太饿。

我们呼出的气都成了白雾。"那是因为今天更冷了。"妈说。

"你说过天不会再冷下去的。"

"对不起，我说错了。"

我吃完了面包圈，"我还有外公、外婆和保罗舅舅吗？"

"有啊。"妈说着微微笑了一下。

"他们死了吗，是不是回到了天堂？"

"没有，没有。"她撇撇嘴，"不管怎么说，我觉得没有。保罗只比我大三岁，他，呃……现在应该二十九岁了。"

"其实，他们就在这里。"我压低声音，"躲着。"

妈东瞅瞅西看看，"在哪儿？"

"床底下。"

"噢，那么他们一定是挤作一团了。三个人呢，而且都是大个子。"

"跟河马一样大？"

"没那么大。"

"大概他们在……衣柜里。"

"和我的衣服在一起？"

"对啊。每次我们听到'哐当'的声音，就是他们碰掉了衣架。"

妈的脸板了起来。

"我只是在开玩笑。"我对她说。

她点点头。

"他们真的有一天会到这里来吗？"

"我希望他们能来，"她说，"每天晚上，我都是这么苦苦祈祷的。"

"我没听到过。"

"我只是在心里祈祷。"妈说。

我不知道她在心里祈求的东西，因为我听不见。

"他们一定也在这样祈祷，"妈说，"只是他们不知道我在哪里。"

"你就在房间里，和我在一起啊。"

"可他们不知道这究竟在哪儿，而且他们完全不知道你。"

这太奇怪了，"他们可以查查朵拉的地图，然后他们来的时候，我就可以跳出来给他们一个惊喜了。"

妈差点没笑出来，"我们的房间不在任何一张地图上。"

"那我们可以打电话告诉他们呀，工程师巴布就有一部电话。"

"但是我们没有啊。"

"我们可以要一部作为周日优待。"我突然想起来，"如果老尼克不生气的话。"

"杰克,他永远不会给我们一部电话,或者一扇窗户。你还不明白吗?"妈拉起我的大拇指,挤压它们,"我们就像书里的人,他不会让其他任何人看。"

我们上跑道做运动。用失去知觉的手搬桌子和椅子并不容易。我跑了十个来回还是没暖和起来,我的脚趾头僵直得让我跌跌撞撞。我们玩了会儿蹦床,练了下空手道,嗨呀,之后我又选择了豆茎游戏。妈说只要我保证当我什么也看不到时不发脾气就行。我顺着桌子爬到椅子上,然后攀上垃圾桶,我的身子甚至都没打晃。我紧紧抓住房顶倾斜向天窗的边缘部分,越过蜂巢使劲瞪着蓝天,这么做让我忍不住眨了眨眼。过了一会儿,妈说她想下去做午餐了。

"求你别做蔬菜,我的肚子对付不了它们。"

"我们必须在蔬菜烂掉前吃了它们。"

"我们可以下面条吃。"

"面条快吃完了。"

"那么就吃米饭。如果——"接下来我忘记了要说什么,因为透过蜂巢,我看到了它,它太细了,所以刚开始我以为它仅仅是我眼中的那些浮尘之一,但它并不是。那是一条细线,在空中留下一道又白又粗的痕迹。"妈——"

"怎么了?"

"飞机!"

"真的?"

"百分之一千是真的,啊呀——"

然后我摔到了妈身上,接着又跌到了地毯上,垃圾桶砰地掉在了我们身上,我的椅子随后也砸了下来。妈嗷嗷叫着揉着她的手腕。"对不起,对不起,"我一边说,一边亲着妈的手腕,希望她能舒服些。"我看到了,真的是一架飞机,只是很小。"

"那是因为它在很远的地方,"妈笑着说,"我敢说,如果你近距离地看它,就会发现它是相当大的。"

"最神奇的是,它在写字,它在天上留下了一个字母 I。"

"那个叫……"她拍了拍脑袋,"想不起来了。那条痕迹,是飞机喷出的烟。"

午餐是我们仅剩的七块黏糊糊的奶酪薄脆饼干,我们憋住气以免尝到那个味道。

妈在羽绒被下给我喂奶。有阳光从上帝黄灿灿的脸上落下来,但并不够晒日光浴。我睡不着。我抬头使劲瞪着天窗,以至于瞪得眼睛都发痒了,可没有再看到其他飞机。尽管我是在豆茎上看的,但我的的确确看到了一架飞机,那不是一个梦。我看到它在外面飞翔,因此真的有一个外面的世界,在那里妈曾是个小女孩。

我们起床,玩翻线戏、多米诺骨牌、潜艇游戏、玩偶和许多其他的东西,但每种都只玩了一会儿。我们又玩哼歌猜名,但那些歌都太容易猜到了。于是我们又回到床上取暖。

"明天,我们去外面玩吧。"我说。

"喔,杰克!"

我窝在妈的臂弯里,她穿了两件毛衣,胳膊显得粗粗的。"我喜欢那儿的味道。"

她转过脸,直视着我。

"九点过后,门打开时,涌进来的空气和我们这儿的不一样。"

"你注意到了。"妈说。

"我什么都注意到了。"

"是啊,外面的空气比这儿的新鲜得多。夏天的时候,可以闻到割下的青草的味道,因为我们在他的后院呢。有时候,我能瞥到一眼灌木丛和篱笆。"

"谁的后院?"

"老尼克的。记得吗?我们的房间是他的工具棚改建的。"

很难记住所有的琐事,它们听起来都不怎么真实。

"只有他一个人知道外头那个密码锁的密码。"

我看着密码锁,我不知道原来还有另外一个,"我输入过数字。"

"是,但不是那个可以开门的密码——就像隐形的钥匙一样,"妈说,"当他要回房子去的时候,他在这儿再输一次密码。"她指了指密码锁。

"回到有吊床的房子里吗？"

"不。"妈的声音很大，"老尼克住在另一栋房子里。"

"哪天我们可以到他的房子里去吗？"

妈用手压着嘴，"我宁可去你外公外婆的房子里。"

"我们可以坐在吊床上荡秋千。"

"我们可以无拘无束地做一切想做的事儿。"

"到我六岁的时候吗？"

"会的，一定会有这么一天。"

有湿湿的东西从妈的脸上淌下来，落到了我的脸上。我跳了起来，有咸咸的味道。

"我没事，"妈说着抹了抹她的脸颊，"真的没事。我只是——我只是有点害怕。"

"你不能害怕，"我几乎是在喊叫，"这样不对。"

"只是一点点害怕而已。我们会没事的，我们已经有基本的东西了。"

现在我倒更害怕了，"可是，万一老尼克还是不给我们通电，也不再给我们带食物来了，永远永远都不呢？"

"他会的，"妈说，还是抽抽搭搭的，"我几乎百分百确信他会的。"

几乎百分百，那就是百分之九十九啰？百分之九十九就够了吗？

妈坐直了，用毛衣的袖子使劲擦了擦脸。

我的肚子咕咕叫着，我不知道我们还剩什么可以吃的。天又快黑了，我觉得光明不一定会赢。

"听着，杰克，我要告诉你另一个故事。"

"一个真实的故事？"

"完全真实的故事。你知道我曾经有多么的悲伤吗？"

我喜欢这个故事，"所以，我就从天堂上下来，在你的肚子里长大。"

"是呀，但是你知道我为什么悲伤吗？——那是因为房间，"妈说,"老尼克——我甚至不认识他,我才十九岁,他偷走了我。"

我努力去理解,"捣蛋鬼别捣蛋。"但我还从没听说过把人偷走的。

妈紧紧握着我的手,"我是个学生。那是个大清早,我穿过停车场去大学图书馆,一边听着,呃,一个存着上千首歌曲,可以在你耳边播放的小机器——我是我那群朋友中第一个有这种小机器的人。"

我也想有一个那样的机器。

"不管怎样——这个男人跑来向我求助,说他的狗昏了过去,他觉得它快死了。"

"他叫什么?"

"那个男人吗?"

我摇摇头,"那只狗。"

"不,那只狗只是个幌子,为了骗我上他的小卡车,老尼克的小卡车。"

"那是什么颜色的?"

"小卡车?棕色的,他现在还在开那辆,他总是抱怨它不好。"

"那辆车有多少个轮子?"

"我希望你把注意力集中在重要的事情上。"妈说。

我点点头。她的手握得太紧,我松开了它们。

"他蒙住了我的眼睛。"

"就像捉迷藏那样吗?"

"嗯,但这不是为了好玩。他开啊开,我被吓坏了。"

"那时我在哪儿?"

"那时你还没出生呢,还记得吗?"

不记得了。"那么那只狗也在车上吗?"

"根本没有狗。"听上去妈又要爆发了,"你让我讲完这个故事。"

"我能听另一个吗?"

"故事就要开始了。"

"我能听《巨人杀手杰克》的故事吗?"

"听好了,"妈说,一边用手捂住我的嘴,"老尼克强迫我吃了一些不好的药,于是我睡着了。当我醒来的时候,已经在这里了。"

天儿几乎完全黑了下来,现在我一点儿也看不清妈的脸了,所以我只能听她说话了。

"他第一次开门的时候,我尖声喊着救命,然后,他就敲晕了我,从此,我再也没那么试过。"

我的肚子揪成了一团。

"以前,我最害怕的就是睡着,就怕他会回来,"妈说,"但是我睡着的时候,是我唯一不哭的时候,于是,我每天睡十六个小时来度日。"

"你有哭出一个池子吗?"

"什么?"

"爱丽丝因为记不起她所有的诗歌和数字,于是哭啊哭,哭出了一个池子,最后差点把自己淹死了。"

"那倒没有,"妈说,"但是我的脑袋一直很疼很疼,眼睛又红又肿。软木砖的味道让我想吐。"

那是什么味道?

"我看着手表,数着秒数,差点把自己逼疯。周围的东西让我感到恐惧,当我看着它们的时候,它们一会儿变大,一会儿变小;当我不看它们时,它们就开始滑动。老尼克终于弄来了一台电视机,我就整天二十四小时地开着它,很烂的节目,我记得的那些食品的广告,每样我都想吃得要命。有时候我从电视里知道一些事。"

"比如朵拉?"

她摇摇头,"老尼克上班的时候,我试着逃跑。我用尽了所有方法。我连着好多天踮着脚站在桌子上,刮着天窗的周围,我刮破了所有的指甲。我用所有想得到的东西去砸它,但是那层安全网实在太坚固了,我甚至连玻璃都打不破。"

天窗是房间里唯一一块不那么黑的地方。"你用了哪些东西?"

"大平底锅,椅子,垃圾桶⋯⋯"

哇哦,我希望看到当时她扔垃圾桶的场景。

"还有一次，我挖了一个洞。"

我糊涂了，"在哪儿？"

"你可以摸到的，想试试吗？我们得爬到地上……"妈把羽绒被掀开，然后从床底下拖出了盒子，她钻进去的时候小声哼了哼。我滑到了她身边，我们在蛋蛋蛇旁边，但并没有压到他。"我得到《大逃亡》的启发想到了这个主意。"妈的声音在我耳边闷闷的。

我记得这个关于纳粹集中营的故事，那不是个发生在嚼着棉花糖的夏天的故事，而是发生在一个数百万人喝着生蛆的汤的冬天。盟军炸开了集中营的大门，所有的人都奔跑着逃了出去。我觉得盟军就像圣彼得一样的天使。

"把手指给我……"妈拉过我的手。我摸到了地板上的软木，"就在这儿。"突然我感觉到那里稍稍凹下去了一块，边上有点粗糙。我的心咚咚直跳，我从不知道这里还有个洞。"当心，别割伤了自己。我用一把锯齿刀挖了这个洞，"她说，"我撬掉了软木，不过撬木头花了挺多时间。接下来那层铅箔和泡沫就太容易解决了。你知道接下来我发现了什么？"

"奇境？"

妈大声怒吼了一下，我吓得把头撞到了床上。

"对不起。"

"我看到了一节节的栅栏。"

"在哪儿？"

"就在这个洞里。"

洞里有栅栏？我的手越探越深。

"是金属的，你摸到了吗？"

"嗯。"冰凉而光滑，我用手指抓住了栅栏。

"老尼克把他的小屋变成房间时，"妈说，"在地板的托梁下，所有的墙里，甚至是屋顶上，都加了一层栅栏，所以，我永远不可能挖穿出去。"

我们爬出了床底，背靠着床坐着。我快窒息了。

"他发现那个洞的时候，"妈说，"怪叫了一阵。"

"像狼一样吗?"

"不是,是狂笑。那时候,我很怕他会伤害我,但他觉得我挖这个洞实在是太可笑了。"

我咬紧了牙关。

"以前他笑得比较多。"妈说。

老尼克就是个臭小偷僵尸大强盗。"我们本应该反了他的,"我告诉妈,"我要用我那个巨型电子变形喷气枪把他打成碎片。"

妈亲了亲我一侧的眼睛,"伤了他并没有什么用,我试过一次,在我到这里大概一年半的时候。"

"不可能。你会伤了老尼克?"

"我做的是,把马桶盖取了下来,还拿了一把锋利的刀子。那天晚上九点前,我贴着墙站在门边上。"

我糊涂了,"马桶没有盖子啊。"

"本来有一个的,在水箱上。以前那是房间里最重的东西。"

"床才是最重的。"

"但我没法儿把床拎起来,不是吗?"妈问,"然后,在我听到他进来的声音——"

"那个哔哔声。"

"正是。我把马桶盖砸向他的脑袋。"

我把大拇指塞进嘴里咬啊咬。

"但是我的力气还不够,盖子摔到地上碎成了两半,而他——老尼克,赶紧拉上了门。"

我尝到了一丝奇怪的东西。

妈的声音变得哽咽了,"我知道我唯一逃出去的机会就是从他那里搞到密码。所以我用刀抵住他的脖子,就像这样,"她把指甲放到我的下巴下面,我不喜欢这样。"我说,'告诉我密码'。"

"他说了吗?"

她喘了口气,"他说了几个数字,然后我冲过去把它们输了进去。"

"哪几个数字?"

"我想那不是正确的密码。老尼克跳了起来,扭伤了我的手腕,夺走了刀子。"

"你的手腕就是这样受伤的?"

"对,之前它可没受伤。别哭,"妈说着把脸埋进了我的头发里,"那是很久之前的事儿了。"

我试着说话,但是我讲不出一个字。

"所以,杰克,我们千万不能再尝试伤害他。第二天晚上,他回来告诉我,第一,无论如何,他都不会告诉我密码;第二,如果我再做这样的事,他会永远地离开这里,再也不回来,那么,我就会饿死了。"

我觉得她讲完了。

我的肚子咕咕作响了,我终于明白妈为什么要告诉我这个悲伤的故事,她是在告诉我,我们应该——

接着,我难受地眨了眨眼,用手捂住眼睛。所有的东西都很刺眼,因为台灯亮了。

死　去

一切都很温暖。妈已经起床了，桌上放着一盒新的麦片和四根香蕉，好耶。老尼克肯定在晚上来过了。我跳下床。还有通心粉和热狗和橘子和——

　　妈什么都没吃，她站在矮柜前看着植物。三片叶子掉了。妈碰了碰她的梗，然后——

　　"不！"

　　"她已经死了。"

　　"你把她弄断了。"

　　妈摇摇头，"活的东西是弯曲的，杰克。我想是因为寒冷，植物的身体里面都被冻僵了。"

　　我试着把她的花茎摆回去，"她需要一点儿胶带。"我想起我们没有剩余的了，妈把最后一点用在太空船上了，愚蠢的妈。我跑过去，把盒子从床底下拖出来。我找到太空船，把胶带撕了下来。

　　妈只是看着。

　　我把胶带摁到植物上，可它就是要滑下来。植物成了碎片。

　　"我很抱歉。"

　　"让她再活过来。"我对妈说。

　　"我会的，如果我办得到。"

　　她等着，直到我停止哭泣。她擦了擦我的眼睛。现在我太热了，便脱下了多穿的衣服。

　　"我想我们现在最好把她丢到垃圾桶里。"妈说。

　　"不，"我说，"冲到马桶里。"

　　"那会堵住下水道的。"

　　"我们可以把她弄成小碎片……"

　　我吻了吻植物的几片叶子，把她们冲掉了；然后是另外几片，也冲掉了；然后是小段小段的梗。"再见，植物。"我喃喃地说。也许在大海里她能把自己拼好，然后长到天堂上去。

海是真的，我刚想起来。在外面的一切都是真的，所有东西都是，因为我看到了蓝天上穿梭在云层间的飞机。妈和我到不了那儿，因为我们不知道密码，但它们依然都是真的。

以前我甚至不会因为不能去门外而生气，我的头太小了，没法把外面放进去。当我是个小孩儿的时候，我像小孩儿一样思考，可是现在我五岁了，我什么都知道了。

早饭后我们立刻去洗澡。到处都是水蒸气，真棒。我们放的水太多了，差点儿造成了水灾。妈躺下去，几乎睡着了。我叫醒她，帮她洗了头发，她也帮我洗了。我们还洗了衣服，但后来发现床单上有些长头发，所以我们得捡起来，我们比赛看谁捡得更多更快。

卡通节目早结束了，孩子们在给逃家小兔画彩蛋。我看着每个不同的孩子，我在心里说："你是真的。"

"复活节兔，不是逃家小兔。"妈说，"过去我和保罗——当我们还是孩子的时候，复活节兔会在夜里带着巧克力蛋来，把它们藏到我们的后院里，藏得到处都是，灌木丛下，树洞里，甚至吊床上。"

"他会拿走你的牙齿吗？"我问。

"没有，都是免费的。"她的表情又黯淡了。

我认为复活节兔不知道房间在哪儿，而且我们也没有灌木和树，它们都在门的外面。

因为有了暖气和食物，这是快乐的一天，然而妈不高兴。也许她想念植物。

我选择的运动是徒步探险。我们手拉手走在跑道上，说出我们看到的东西。"看，妈，一道瀑布。"

过了一会儿我说："看，一只羚羊。"

"哇。"

"该你了。"

"哦，看哪，"妈说，"一只蜗牛。"

我弯下腰去看它。"看，一辆巨型推土机推倒了一幢摩天大楼。"

"看，"她说，"一只红鹳飞过去了。"

"看，一具流口水的僵尸。"

"杰克！"那让她很快地笑了一下。

接着我们加快脚步，唱着《这片国土是你的土地》[1]。

接着我们把地毯铺回地上，她是我们的飞毯，我们飞越北极。

妈选了木头人。这时候我们应该一动不动地躺着，后来我忘了，我挠了挠鼻子，所以她赢了。接下来我挑了蹦床，可她说她不想再进行任何运动了。

"你只要评论就好了，我来蹦。"

"不，抱歉，我想回床上躺一会儿。"

她今天真没劲。

我非常非常慢地把蛋蛋蛇从床底拉出来，我好像听到他用针做的舌头发出嘶嘶的声音，你好你好你好你好你好。我轻轻地摸着他，尤其是他那些破掉或者瘪掉的鸡蛋。其中一个在我手里碎掉了，我跑去用一撮面粉做胶水，把碎片粘到一张格子纸上，造了一座锯齿状的山。我想给妈看，但她的眼睛是闭着的。

我跑到衣柜里玩矿工的游戏。我在枕头底下找到一块金子，其实他是牙齿。他不是活的，他不会弯曲，他坏掉了，但我们不必把他冲进马桶里。他是妈的一部分，是她死掉的唾沫。

我把头伸出去，妈的眼睛睁开了。"你在干吗？"我问她。

"只是想事情。"

我能在想事情的同时做有趣的事，她不行吗？

她起身去做午饭，一盒橙色的通心粉，好极了。

饭后，我假装自己是翅膀融化的伊卡洛斯[2]。妈很慢地洗着盘子。我等着她洗完了好来陪我，可是她不想玩。她只是坐在摇椅上摇晃着。

"你在干吗？"

---

[1] 美国最著名的民歌之一，伍迪·戈斯里创作于1940年。
[2] 伊卡洛斯是希腊神话中巧匠代达罗斯的儿子。与父亲使用蜡和羽毛制成的翅膀逃离克里特岛时，他因飞得太高，翅膀上的蜡被太阳融化而跌落水中丧生。

"还是想事情。"过了一会儿,她问,"枕套里是什么?"

"这是我的背包。"我把两个角绕着脖子打了个结,"这是我们被救走时,我要带到外面去的。"我放进了牙齿和吉普车和遥控器和我的一件内衣和妈的一件内衣,还有袜子和剪刀和四个苹果以防我们饿了。"有水吗?"我问她。

妈点点头,"河,湖……"

"不是,是用来喝的,有水龙头吗?"

"很多水龙头。"

我很高兴不用再带一瓶水,因为我的背包已经很沉了。我必须把它托着,否则它就会卡着我的脖子说不出话了。

妈还在摇啊摇啊。"我梦想过被救走,"她说,"我写过纸条,把它们藏进垃圾袋里,可是从来没有人发现过它们。"

"你应该把它们冲进马桶里。"

她还在摇,摇得很慢很慢。"我们尖叫也没人会听见,"她说,"昨晚大半个晚上我都在开关灯发信号,后来我想,没人在看。"

"可是……"

"没人会来救我们。"

我什么都没说。后来我说,"原来你不是什么都知道。"

我从没见过她这样奇怪的表情。

我宁愿她一整天都不在,也比现在这样好。她今天一点儿都不像妈。

我从架子上拿下我所有的书读着,《立体飞机场》和《童谣集锦》和我最喜欢的《挖掘机丹尼》和《逃家小兔》。不过《逃家小兔》我只读了一半,把剩下的留给妈。我读了一点儿《爱丽丝》,我跳过了吓人的公爵夫人。

妈终于不再摇了。

"我能吃一点儿吗?"

"当然,"她说,"过来。"

我坐到她的膝盖上,撩起她的T恤,我吃了很久,也吃了很多。

"吃完了吗?"她在我耳边问。

"嗯。"

"听着,杰克。你在听吗?"

"我一直在听。"

"我们必须从这里出去。"

我瞪着她。

"而且我们必须全靠我们自己。"

可她说过我们就像在一本书里,书里的人怎么能逃到外面去呢?

"我们得想出一个计划。"她的声音好尖。

"什么样的?"

"我不知道,对吧?我都想了七年了。"

"我们可以把墙推倒。"不过我们没有吉普车来推倒墙,连推土机也没有。"我们可以……把门炸掉。"

"用什么炸?"

"《猫和老鼠》里的猫用的是——"

"你在动脑筋,那很好,"妈说,"但我们需要一个行得通的办法。"

"一次特别大的爆炸。"我对她说。

"如果真的特别大,我们也会被炸飞的。"

我没想到这一点。我又进行了一次头脑风暴,"哦妈!我们可以……等老尼克哪天晚上来的时候,你可以说'哦看哪,我们做了个超赞的蛋糕,来一大块我们超赞的复活节蛋糕吧',实际上那是毒药。"

妈摇摇头,"就算我们给他下毒,他也不会给我们密码的。"

我想得头都疼了。

"还有别的主意吗?"

"你把它们都否定了。"

"抱歉。抱歉。我只是想实际点儿。"

"什么样的主意才算实际呢?"

"我不知道。我不知道。"妈舔了舔嘴唇,"我一直在想,等门打开的一瞬间,如果我们能掐准时间,也许我们能从他身边冲过去?"

"哦,对。这主意真酷。"

"如果你能突然蹿出来,而那时我戳他的眼睛——"妈摇摇头,"没门。"

"有门。"

"他会抓住你的,杰克,你还没跑到院子中间他就会抓住你的,他还会——"她不说话了。

过了一会儿我问,"还有别的主意吗?"

"都是差不多的主意在转来转去,跟老鼠跑在轮子上差不多。"妈咬着牙说。

为什么老鼠要在轮子上跑?是像游乐园里的摩天轮那样吗?

"我们得耍一个狡猾的花招。"我对她说。

"像什么样的?"

"就像,也许就像当你是学生时,他用狗把你骗到他的卡车里,但是实际上那不是一只真的狗。"

妈叹了口气,"我知道你想帮忙,但是也许你能安静一会儿好让我想想?"

可我们已经在想了,我们都在特别努力地想。我站起来去吃一根有大块棕色斑点的香蕉,棕色的部分是最甜的。

"杰克!"妈的眼睛瞪得好大,说话的速度也特别快,"你刚才说的关于那只狗——实际上那是个很棒的主意。如果我们假装你病了怎么样?"

我糊涂了,然后我明白了,"就像那只不存在的狗?"

"没错。等他进来的时候——我可以告诉他你病得很厉害。"

"什么样的病呢?"

"也许是很重很重的重感冒,"妈说,"试试看很厉害地咳嗽。"

我咳了又咳。她听着。"嗯。"她说。

我认为自己不是很在行。我咳得更大声了,喉咙好像都要撕破了。

妈摇了摇头,"还是别咳嗽了吧。"

"我还能咳得更大声——"

"你做得很好,但听上去还是装的。"

我发出一下最大声最可怕的咳嗽。

"我不知道,"妈说,"也许咳嗽就是很难装。算了——"她拍了拍自己的头,"我太蠢了。"

"不,你不蠢。"我揉着她打过的地方。

"那病必须是老尼克传给你的,你明白吗?他是唯一一个会把细菌带进来的人,但是他没有感冒。不,我们必须……也许是食物的问题?"她特别严肃地看着香蕉,"大肠杆菌?那会让你发烧吗?"

她不是在问我,她只是想知道。

"烧得很厉害,所以你不能说话,也不能正常地醒过来……"

"为什么我不能说话?"

"如果你不说话,装病会变得容易点。没错,"妈说,她的眼睛亮闪闪的,"我会告诉他,'你必须用卡车载杰克去医院,好让医生们给他开药。'"

"我躺在那辆棕色的卡车里?"

妈点点头,"去医院。"

我不敢相信。可是后来我想到了医学星球,"我不想被切开。"

"哦,医生不会真的对你做什么的,因为你没有真的生病,记得吗?"她抚摸着我的肩膀,"那只是为了我们的大逃亡玩的一个把戏。老尼克会带你去医院,你看到第一个医生——护士也可以,你就大喊'救命'。"

"你可以喊。"

我想也许妈没听见我的话。然后她说:"我不会在医院里。"

"那你会在哪儿?"

"就在这里,在房间里。我想他不会让我一起去。"

我有一个更好的主意,"你也可以装病,就像上次我们一起拉肚子,他就会把我们都带到卡车里去了。"

妈咬着她的嘴唇,"他不会的,我知道让你一个人去确实很奇怪,但是我会在你的脑袋里和你说话,每分钟都说,我保证。记得爱丽丝往下掉的时候,她一直在脑袋里和她的猫黛娜说话吗?"

妈不会真的在我脑袋里的。光是这么想我的肚子就疼起来了。"我不喜欢这个计划。"

"杰克——"

"这是个坏主意。"

"实际上——"

"没有你我不会到外面去。"

"杰克——"

"没门没门没门。"

"好吧,冷静点,忘了它吧。"

"真的?"

"对,如果你没准备好,就没必要试了。"

她的声音还是很古怪。

今天是四月了,所以我吹了一只气球。还剩下三只,红的黄的和另一只黄的。我选了黄的,这样下个月我还会有一只黄的和一只红的。我把它吹起来,让它满房间地蹿了好多次,我喜欢它发出"噗噗"的声音。很难决定什么时候把气球扎起来,因为扎起来以后它就不会这样到处蹿了,只能慢慢地飞。可我必须把它扎起来才能玩气球网球。所以我让它"噗噗"地蹿了好久以后又多吹了三次,然后给它打结,我不小心把手指缠进去了。扎紧以后,妈和我玩了气球网球,七次我赢了五次。

她说:"你想吃一点儿吗?"

"左边的,拜托。"我说,躺到了床上。

左边的没有多少,不过味道很好。

我想我打了一会儿盹,可后来妈在我耳边说话,"记得他们怎么钻过漆黑的地道逃出纳粹集中营吗?一次一个人。"

"嗯。"

"那就是我们要做的,等你准备好了。"

"什么地道?"我看了看周围。

"像地道,不是真的地道。我在说的是,那些犯人必须非常勇敢,才能一个一个地逃跑。"

我摇摇头。

"我考虑了每个方面,这是唯一行得通的计划。"妈的眼睛太亮了,"你是我勇敢的魔豆杰克王子。你会先到医院去,你看,接着你就会把警察带来——"

"他们会抓我吗?"

"不不,他们会帮忙。你把他们带回到这里来救我,我们就又会在一起了,永远。"

"我救不了人,"我对她说,"我只有五岁。"

"可你有超能力,"妈对我说,"你是唯一能做到这件事的人。你同意吧?"

我不知道该说什么,可她一直在等啊等。

"好吧。"

"这是同意吗?"

"对。"

她给我一个热烈的吻。

我们下床每人吃了一个橘子罐头。

我们的计划有点小问题。妈一直在想它们,说,哦不,不过接着她就会想出一个解决的办法。

"警察不知道密码。"我对她说。

"他们会想办法的。"

"是什么?"

她揉揉眼睛,"我不知道,一把喷火枪?"

"那是——"

"是一种会喷火的工具,它能直接把门烧开。"

"我们可以做一个,"我对她说,激动得上蹿下跳,"我们可以,我们可以给维生素瓶子装个龙头,把他放到打开的炉子上让他烧起来,然后——"

"然后把我们烧死。"妈说,听上去不大友好。

"可是——"

"杰克,这不是一个游戏。我们再复习一遍计划……"

我记得所有的部分,但我总是弄错它们的顺序。

"看,就像《爱探险的朵拉》里那样,"妈说,"像她那样去一个地方然后去第二个地方然后去第三个地方。对我们来说就是:卡车。医院。警察。说说看?"

"卡车,医院,警察。"

"或者可能是五个步骤,实际上。装病,卡车,医院,警察,救妈。"她等着。

"卡车——"

"装病。"

"装病,"我说,

"医院——哦,抱歉,卡车,装病,卡车——"

"装病,卡车,医院,救妈。"

"你忘了警察,"她说,"用手指头数着。装病,卡车,医院,警察,救妈。"

我们说了一遍又一遍。我们在横条纸上画了一张图片地图:生病的我闭着眼睛、舌头都伸在外面;接着是一辆棕色的轻运卡车;接着是一个穿白色长外套的人,那代表医生;接着是一辆闪着顶灯的警车;接着是妈笑着在挥手,因为她自由了,边上是像一条龙一样的在燃烧的喷火枪。我的头好重,可是妈说我们得练习一下装病的部分,那是最重要的。"如果他不相信,剩下的就不会发生了。我有主意了,我要把你的额头弄得很烫,让他去摸……"

"不。"

"没事的,我不会让它烧起来的——"

她不明白。"别让他碰我。"

"啊,"妈说,"就一次,我保证,而且我就在边上。"

我还是摇头。

"没错,这能行,"她说,"你可以躺在暖气孔边上……"她跪下来,把手伸进床底,放到贴近床的床墙上,然后她皱着眉头说:"不够热。或者……放一袋很烫的热水在你额头上,就在他来之前?你躺在床上,等我们听到门哗哗响,我就把热水袋藏起来。"

"哪儿?"

"那不重要。"

"那很重要。"

妈看着我,"你是对的。我们必须想清楚所有细节,那样就没什么会搞糟我们的计划了。我会把热水袋扔到床底,好吗?然后等老尼克摸你额头的时候,它就会变得很烫。我们试一下?"

"用热水袋?"

"不,现在只要躺到床上去,练习一下全身瘫软,就像我们玩木头人的时候。"

这个我很擅长,我张着嘴巴。她假装是他,把声音放得很低。她把手放在我的额头上,生硬地说:"哇,真烫。"

我咯咯地笑了。

"杰克。"

"对不起。"我更加安静地躺好。

我们又练了很久,后来我感到厌烦了,于是妈让我停下来。

晚饭是热狗。妈几乎没动她的那份。"所以你记住计划了?"她问。

我点点头。

"对我说说看。"

我咽下最后一口面包,"装病,卡车,医院,警察,救妈。"

"棒极了。那么,你准备好了吗?"

"准备什么?"

"我们的大逃亡。今晚。"

我不知道是今晚。我还没准备好,"为什么是今晚?"

"我不想再等了。在他切断电源之后——"

"但他昨天晚上又把它接好了。"

"没错,隔了三天,植物都被冻死了。谁知道他明天会干什么?"妈端着她的盘子站起来,她几乎是在大叫了,"他看着像个人,可里面什么都没有。"

我糊涂了,"像机器人那样?"

"更糟。"

"有次《工程师巴布》里有一个机器人——"

妈打断了我,"你知道你的心吗,杰克?"

"怦怦。"我给她看胸口的位置。

"不是这个,在你难过或者害怕或者欢笑的时候,哪里会有感觉?"

那要更低一点儿,我想是在我的肚子里。

"没错,他没有。"

"没有肚子?"

"没有良心。"妈说。

我看着自己的肚子,"那他里面有什么?"

她耸耸肩,"就是一个洞。"

像一个坑那样?但要先发生过什么才会有一个洞。发生了什么?

我还是不懂为什么老尼克是个机器人就意味着我们必须在今晚实施这个诡计。"我们改天晚上吧。"

"好吧。"妈说,她滑进她的椅子里。

"真的吗?"

"对。"她揉着前额,"很抱歉,杰克,我知道我是在逼你。我已经想了很长时间,但对你来说这些都是新的。"

我点了好几下头。

"我猜再过几天也不会有太大不同。只要我不让他再挑起事端。"她朝我微笑,"也许就几天?"

"也许等我六岁的时候。"

妈在瞪着我。

"对,等我六岁的时候我就会准备好骗过他,逃到外面去了。"

她把脸埋进臂弯里。

我用力地拉她,"别。"

抬起来的是一张让人害怕的脸,"你说过你会是我的超级英雄。"

我不记得那样说过。

"你不想逃出去吗?"

"想。就是不那么想。"

"杰克!"

我看着最后一点儿热狗,可我不想吃了。"我们就待在这儿。"

妈在摇头,"这里变得太小了。"

"什么太小了?"

"房间。"

"房间不小。看。"我爬上我的椅子,张开手臂又转又跳,我什么都没撞到。

"你根本不知道它对你的影响。"她的声音在发抖,"你需要去看,去摸——"

"我已经在看在摸了。"

"更多的东西,别的东西。你需要更大的空间。草地,我猜你想去见见外婆、外公和保罗舅舅,去游乐场上荡秋千,去吃冰激凌……"

"不,谢谢。"

"好吧,忘了吧。"

妈脱掉衣服,套上睡觉穿的T恤。我也这么做了。她什么都没说,她太生我的气了。她扎紧垃圾袋放到门边。今晚上面没有清单。

我们刷了牙。她唾了几口。她的嘴上有白色的东西。她看着镜子里我的眼睛。"如果我可以给你更多时间,我会的,"她说,"我发誓,如果我觉得我们是安全的,你需要多久我就会等多久。但是我们不安全。"

我倏地转过去对着真的她,把脸埋在她的肚子上。我把一点儿牙膏弄在她的T恤上,不过她不在乎。

我们躺在床上,妈给我吃了一点儿,左边的,我们没说话。

在衣柜里我睡不着。我轻轻地唱:"约翰·雅各·杰可琴烈门·史密特。"我等着。我又唱了一遍。

妈终于回应了,"他的名字也是我的名字。"

"不管我去哪儿——"

"人们总是喊——"

"约翰·雅各·杰可琴烈门·史密特来了——"

通常她会在这里加入"呐呐呐呐呐呐呐呐"的和声,那是最有趣的部分,可是这次没有。

妈叫醒了我,可天还是黑的。她探进衣柜里,我坐起来的时候撞了一下肩膀。"来看。"她悄声说。

我们坐在桌边抬头看,上帝银色的圆脸从来没有这么大过。那么亮,照着整个房间,水龙头和镜子和瓶瓶罐罐和门,甚至妈的脸颊。"你知道吗,"她轻轻地说,"有时月亮是个半圆,有时是个月牙,有时就是一道弧,就像剪下来的一小片手指甲。"

"不,那只有在电视上。"

她指着天窗,"你只看过满月,就在头顶上。可是等我们出去了,我们就能看到它在天空更低的位置上,有各种不同的形状。"

"骗人。"

"我在告诉你真相。你会很喜欢这个世界的。你等着,看着太阳,直到它开始落下去,都是粉色和紫色……"

我打哈欠了。

"抱歉,"她说,声音又低了下去,"来床上吧。"

我去看垃圾袋是不是不见了,的确。"老尼克来过了?"

"对。我告诉他你有点儿不舒服。肚子痛,拉肚子。"妈的声音像是在忍着笑。

"你为什么——"

"那样他才会开始相信我们的计划。明晚,到时候我们就干。"

我猛地把手从她手里抽出来,"你不该那么对他说的。"

"杰克——"

"坏主意。"

"这是个好计划。"

"这是个傻瓜的傻主意。"

"这是我们唯一的主意。"妈说得很大声。

"可我说过'不'了。"

"对,之前你说过'也许',再之前你说过'好的'。"

"你是个骗子。"

"我是你妈妈。"妈几乎是在咆哮了,"那意味着有时候我不得不为我们两个人做选择。"

我们躺到床上。我蜷起身子,背对着她。

我希望周日优待我们能得到那种特别的拳击手套,那样我就可以打她了。

起床的时候我很害怕,我一直很害怕。

我们上完厕所后妈不让冲水,她用木勺柄把大便都弄碎了,看上去就像粪便汤,臭死了。

我们什么都没玩,就让我练了浑身瘫软和不说一个字。我真的感觉有点儿恶心,妈说那只是暗示的力量。"你装得太好了,甚至把自己都骗了。"

我又开始打包,那其实是个枕套。我放进了遥控器和我的黄色气球。可妈说不。"如果你带着什么东西,老尼克就能猜到你要逃跑。"

"我可以把遥控器藏在裤子口袋里。"

她摇摇头,"你只能穿 T 恤睡衣和短裤,如果你真的高烧不退,你就会那么穿。"

我想象着老尼克把我弄进卡车里,就觉得头晕,好像快要跌倒了。

"你感觉到的是害怕,"妈说,"可你表现出来的是勇敢。"

"唔?"

"勇敢的害怕。"

"勇怕。"

单词三明治总能让她笑起来,可我没在开玩笑。

午饭是牛肉汤,我只嚼了薄脆饼干。

"现在你担心的是哪个部分?"

"医院。如果我没说对话怎么办?"

"你只要告诉他们你妈妈被关起来了,是那个带你进来的男人干的。"

"可是那些话——"

"什么?"她等着。

"要是它们根本不出来怎么办?"

妈把手指抵在嘴唇上,"真蠢,我老忘。"

"什么?"

"你这么聪明,你能很好地表达自己——可你从没跟除了我以外的人说过话。"

我等着。

妈长长地出了一口大气,"你知道吗,我有主意了。我给你写张纸条藏起来,一张解释所有事情的纸条。"

"好哦。"

"你只要把它给第一个人——不要病人,我是说,第一个穿制服的人。"

"那个人会拿它怎么办?"

"读,当然。"

"电视人能读吗?"

她盯着我,"他们是真的人,记住,就像我们一样。"

我还是不相信，不过我没说。

妈在一小片横条纸上写了字。一个关于我们和房间的故事，还写着请来援救，尽快。尽快就是越快越好的意思。靠近开头的地方有两个我从没见过的词，妈说那是她的名字，过去外面的每个人都这么叫她，只有我叫她"妈"。

我肚子疼，我不喜欢她还有我不知道的别的名字。"我也有其他名字吗？"

"没有，你一直是杰克。哦，不过——我猜你也会用我的姓。"她指着第二个词。

"有什么用？"

"嗯，为了说明你和世界上的其他杰克不一样。"

"哪些其他杰克？像在魔法故事里的？"

"不，真的男孩子们，"妈说，"外面有几千几百万的人，可是没有那么多名字，他们得共用。"

我不想共用我的名字。我的肚子疼得更厉害了。我没有口袋，所以我把纸条藏进短裤里，有点儿痒。

光线在悄悄地溜走。我希望白天能留得再久一点，那么夜晚就不会来了。

八点四十一分，我躺在床上练习。妈往一个塑料袋里装了滚烫的水，紧紧地扎好，那样就不会洒出来了。她把它放进另一个袋子里，同样扎了起来。"嗷。"我试着躲开。

"碰到你的眼睛了？"她把袋子放回到我脸上，"它必须得很烫，否则不起作用。"

"可是很疼。"

她在自己脸上试了试，"再一分钟。"

我握紧拳头挡到中间。

"你得像魔豆杰克王子一样勇敢，"妈说，"否则这就行不通。也许我该告诉老尼克你已经好多了？"

"不。"

"我打赌巨人杀手杰克会把一个很烫的袋子放到他的脸上，如果他必须那么做的话。来吧,再一会儿。"

"让我来。"我把袋子放到枕头上,把自己的脸压在最烫的地方。有时我抬起头来休息一会儿,妈摸着我的前额或者脸颊,发出"嗞嗞"的声音,又再让我把脸放回去。我哭了一会儿,不是因为太烫而是因为老尼克要来了,如果他今晚来的话,我不想他来,我想我真的要病了。我一直在等着听见哔哔的声音。我希望他不会来,我不勇怕,我就是普通的害怕。

我跑到马桶上去拉巴巴,妈又把它搅开了。我想冲水,可她说不。房间里必须臭得好像我拉了一整天肚子。

等我躺回床上,她在我的脖子后面吻了一下,说:"你做得很棒,哭泣帮了很大的忙。"

"为什么——"

"因为那让你看上去更虚弱。我们弄一下你的头发……我早该想到这点的。"她挤了点面霜到手上,用力地揉在我头上。"看上去不错,油腻腻的。哦不,闻上去太香了,你闻上去应该很臭才对。"她又跑去看了一次手表。"我们要没时间了,"她说,声音都在发抖,"我是个白痴,你必须闻上去很臭,你真的——等等。"

她拿了一个碗,发出一声奇怪的咳嗽,把手放进嘴里。她不停地发出那种奇怪的声音。从她嘴里吐出来的东西像唾沫,但是稠多了。我能看见我们晚饭吃的鱼条。

她把呕吐物抹到枕头上,我的头发上。"停下。"我尖叫着,试着扭开。

"抱歉,我必须这么做。"妈的眼睛奇怪地闪着光。她再把呕吐物抹到我的T恤上,甚至我的嘴上。它闻起来糟得不能再糟了,又刺鼻又恶心。"把你的脸再放到热水袋上去。"

"可是——"

"放上去,杰克,快。"

"我想停下,现在。"

"这不是游戏,我们不能停下。放上去。"

我哭了,脸上的脏东西压在热水袋上,我觉得它要融化了。"你真坏。"

"我有足够的理由。"妈说。

哔哔。哔哔。

妈抓走了热水袋，它刮着了我的脸。"嘘。"她按上我的眼睛，把我的脸推进气味可怕的枕头里，她拉起羽绒被整个盖到我背上。

冷空气和他一起进来了。妈立刻大喊起来："你来了。"

"声音放轻点。"老尼克说得很轻，像一声吼叫。

"我只是——"

"闭嘴。"另一阵哔哔，接着是砰的一声。"你知道规矩的，"他说，"门关上前一声都不许吭。"

"抱歉，抱歉。只是，杰克真的很糟糕。"妈的声音在发抖，有一瞬间我几乎要相信了，她真的比我更会假装。

"这里臭死了。"

"那是因为他一直在上吐下泻。"

"也许过一天就好了。"老尼克说。

"已经三十多个小时了。他在打冷战，他在发高烧——"

"给他一片那种治头疼的药片。"

"你以为这一整天我都在干什么？他把它们都吐出来了。他甚至连水都咽不下去。"

老尼克喘着气，"让我看他一眼。"

"不，"妈说。

"好了，别挡道——"

"不，我说了不——"

我一直把脸埋在枕头里，它黏糊糊的。我的眼睛闭着。老尼克在那儿，就在床边，他能看到我。我感到他的手在我脸颊上，我发出一声呜咽，因为害怕，妈说他会碰我的前额可那不是，他在碰的是我的脸，他的手不像妈的，它又冷又重——

接着它拿开了。"我会去通宵药店给他弄点药效更强的药。"

"药效更强的？他只有五岁大，他完全脱水了，天晓得是什么引起的高烧。"妈在大吼，她不该大吼的，老尼克会生气的。

"安静一秒钟，让我想想。"

"他必须马上去急诊室，那是唯一的办法，你知道的。"

老尼克发出一种声音，我不知道那是什么意思。

妈的声音像在哭，"如果你现在不带他去，他会，他可能——"

"发够疯了。"他说。

"拜托。我求你了。"

"没门。"

我几乎要说何塞了。[1] 我想了可我没说，现在我什么都不说，我就是瘫软的，我不在这儿。

"就对他们说他是个没有证件的非法移民，"妈说，"他这样绝对说不出一个字，只要他们给他输了液，你就可以直接把他载回来……"她的声音跟在他后面移动，"拜托。我什么都可以做。"

"我对你没什么可说的。"听上去他已经在门那里了。

"别走。拜托，拜托……"

什么东西掉下来了。我太害怕了，我一直没睁开过眼睛。

妈在嚎啕大哭。哗哗。砰，门关上了，只有我们自己了。

一切都静下来了。我数了五次牙齿，都是二十，只有一次是十九，不过我又数了一次直到它又是二十。我偷偷地把眼睛睁开一条缝。然后我把头从发臭的枕头里抬了起来。

妈坐在毛毯上，背靠着门墙。她直愣愣地瞪着空气。我轻轻地叫她，"妈？"

她做了一件最奇怪的事，她似乎在笑。

"是不是我搞糟了装病？"

"哦不。你是个明星。"

"可他没带我去医院。"

"那没关系。"妈站起来去水槽里打湿一块布，走过来擦我的脸。

"可你说过的。"经历了所有这些包括要烧起来的脸和呕吐物和

---

[1] 原文为 Jose。英语口语中 No way Jose 是"没门"的意思，Jose 无实意，只起押韵的作用。

他碰了我,而我甚至没能乘进棕色的卡车里,"你说过装病,卡车,医院,警察,救妈的。"

妈点点头。她撩起我的T恤擦拭我的胸口,"那是计划A,它值得一试。不过就像我想的,他太害怕了。"

她搞错了。"他害怕了?"

"万一你告诉医生房间的事,警察会把他丢进监狱。我希望他会冒这个险,如果他认为你的情况很危急——不过我从没真的指望过他会那么做。"

我懂了。"你骗了我,"我咆哮着,"我永远不可能真的乘进那辆卡车里。"

"杰克,"她说,她把我拉到自己身上,她的骨头硌着了我的脸。

我推开她,"你说你不会再说谎了,现在你在辟谎了,可是你又在骗我了。"

"我在做我能做的一切。"妈说。

我咂了下嘴唇。

"听着。你愿意听我说一分钟吗?"

"我听够了。"

她点点头,"我知道。但是无论如何你得听着。还有一个计划B。事实上计划A是计划B的第一部分。"

"你从没说过。"

"这相当复杂。这几天我一直在为这个伤脑筋。"

"哦好吧,我有几百万个脑筋要伤呢。"

"你确实有。"妈说。

"总比你多一个。"

"没错。但是我不想你得同时记住两个方案,会把你搞糊涂的。"

"我早就糊涂了,我百分之一百的糊涂了。"

她亲了亲我黏糊糊的头发,"让我和你说说计划B。"

"我不想再听你臭烘烘的傻计划了。"

"好吧。"

我在发抖,因为没穿 T 恤。我从矮柜里找出一件干净的蓝衣服。

我们躺到床上,可怕的气味。妈教我用嘴呼吸,因为嘴什么都闻不到。"我们能睡床的另一头吗?"

"超赞的主意。"妈说。

她在示好,可我不打算原谅她。

我们把脚放到发臭的墙的一头,把脸朝向另一头。

我想我永远不会睡着了。

已经八点二十一分了,我睡了很久,现在我正在吃一点儿,左边的奶味好重。老尼克没来,我想是的。

"是星期六吗?"我问。

"没错。"

"太好了,我们洗头吧。"

妈摇摇头,"你闻上去不能很干净。"

我愣了一分钟,"那是什么?"

"什么?"

"计划 B。"

"你准备现在听了吗?"

我什么都没说。

"好吧。是这样。"妈清了清她的喉咙,"我一直在从各方面一遍遍地考虑,我想它应该能行。我不知道,我不能保证,这听上去很疯狂,我知道它危险得让人难以置信——"

"就告诉我好了。"我说。

"好的,好的。"她深深地吸了一口气,"你还记得基督山伯爵吗?"

"他被锁在小岛上的地牢里。"

"对,还记得他是怎么逃出来的?他假装是他死掉的朋友,他藏在裹尸布里,守卫把他扔进海里,可是伯爵没淹死,他钻出来,游泳逃走了。"

"把故事说完。"

妈摆摆手,"那不重要。重点是,杰克,那就是你要做的。"

"扔进海里?"

"不,像基督山伯爵那样逃跑。"

我又糊涂了,"我没有死掉的朋友。"

"我只是说你要装死。"

我瞪着她。

"实际上那更像我高中时看过的一出戏。有个女孩儿朱丽叶,和她爱的男孩儿逃跑了,她假装自己喝毒药死了,过了几天她醒了,哒-啦。"

"不,那是耶稣宝宝。"

"啊——那不太一样。"妈揉了揉她的前额,"他真的死了三天,然后他复活了。你不会真的死,只是像戏里的女孩儿一样装死。"

"我不知道怎么假装我是个女孩儿。"

"不,假装你死了。"妈的声音有点儿古怪。

"我们没有裹尸布。"

"啊哈,我们会用地毯。"

我低下头盯着地毯,盯着她红色的、黑色的和褐色的锯齿形的图案。

"等老尼克回来——今晚,或者明晚,或者随便什么时候——我会告诉他你死了,我会给他看卷起来的地毯,而你就在里面。"

那是我听过的最疯狂的事,"为什么?"

"因为你的身体里没有了足够的水分,我猜是高烧让你停止了心跳。"

"不,为什么在地毯里?"

"啊,"妈说,"聪明的问题。那是你的伪装,这样他就不会猜到其实你还活着。你看,昨天晚上装病的时候你做得很好,可是装死要难得多。如果他注意到你在呼吸,哪怕只有一次,他就会知道这是个骗局。另外,死人都浑身冰冷。"

"我们可以用一袋冷水……"

她摇摇头,"那得全身冰冷才行,不仅是你的脸。哦,他们还会变得僵硬,你必须像个机器人一样躺着。"

"不是瘫软了?"

"瘫软的反义词。"

可他才是机器人,老尼克,我有感觉。

"所以我想把你裹进地毯里是唯一不让他猜到你实际上还活着的办法。然后我会告诉他,他必须把你带去哪里埋了,明白吗?"

我的嘴开始发抖,"为什么他必须埋了我?"

"因为死尸很快就会臭掉。"

房间已经够臭了,因为今天没冲过水,因为沾满呕吐物的枕头,还因为所有的一切。"虫子爬进来,虫子爬出去……"

"就是那样。"

"我不想被埋掉,不想变得黏糊糊的让虫子爬进爬出。"

妈抚摸着我的头,"这只是个花招,记得吗?"

"像个游戏。"

"但是不能笑。这是一个严肃的游戏。"

我点点头。我想我要哭了。

"相信我,"妈说,"如果我该死的有可能想到别的任何一个计划——"

我不知道该死的有可能想到的计划是什么。

"好吧。"妈从床上起来,"让我告诉你会发生什么,然后你就不会那么害怕了。老尼克会摁密码开门,然后他会把裹在地毯里的你带出房间。"

"你也会在地毯里吗?"我知道答案,但我还是问了,以防万一。

"我就在这儿,等着。"妈说,"他会把你带进他的卡车,他会把你放在后面,开放式的车厢——"

"我也想在这儿等。"

妈把她的手指按在我嘴上让我安静,"那是你的机会。"

"什么?"

"卡车!只要它一在停车牌那里停下来,你就从地毯里钻出来,跳到街上,逃跑,然后带着警察来救我。"

我瞪着她。

"所以这次的计划是,装死,卡车,逃跑,警察,救妈。说说看?"

"装死,卡车,逃跑,警察,救妈。"

我们吃了早饭,每人一百二十五颗麦片,因为我们需要更多的能量。我不饿,但是妈说我应该把它们都吃完。

然后我们穿好衣服,练习装死的部分。这像是我们做过的最奇怪的运动。我躺下来,躺在地毯的边缘,妈把地毯卷过我身上,告诉我脸朝下,接着是背朝下,再是脸,然后又是背,直到我被紧紧地卷了起来。地毯闻起来很滑稽,有点儿灰扑扑的,和我躺在她上面时不一样。

妈把我抬了起来,我被压得不能动。她说我像一只又长又重的包袱,但是老尼克会轻而易举地把我抬起来,因为他有更多的肌肉。"他会把你带到后院,也许会到他的车库里,像这样——"我感到我们在房间里打转。我的脖子发出咔嚓咔嚓的响声,不过我一点儿都没动。"或者也许扛到他肩上,像这样……"她咕哝着举起我,我的肚子被压着了。

"会是很长一段路吗?"

"会是什么?"

我的话被地毯吞掉了。

"坚持住,"妈说,"我刚想到他可能会把你放下几次去开门。"她把我放下来,我的头先着了地。

"嗷。"

"但是你不能发出一点儿声音,好吗?"

"抱歉。"地毯贴着我的脸,她把我的鼻子弄得痒痒的,可我够不着。

"他会把你扔进卡车的后面,像这样。"

她把我摔得很重,我咬着自己的嘴唇不叫出声。

"保持僵硬僵硬僵硬得像个机器人,无论发生什么事,好吗?"

"好的。"

"因为如果你变软了或者动了或者发出声音,杰克,如果你犯了任何一个错,他就会知道其实你还活着,他会非常生气他会——"

"什么?"我等着,"妈。他会干什么?"

"他就是会非常非常生气。不过别担心,他会相信你死了的。"

她怎么能这么肯定?

"然后他会到卡车前面去开车。"

"去哪儿?"

"啊,到城外,也许。一些不会有人看见他挖洞的地方,比如一片树林什么的。但是记住,一旦引擎开始发动——会有很大的嗡嗡声,还会像这样摇晃——"她隔着地毯朝我吹气,一边转动舌头发出奇怪的声音,通常这会让我大笑起来,但现在我没有——"那就是你从地毯里爬出来的信号。试试看?"

我扭动着,可我办不到,它太紧了。"我卡着了。我卡着了,妈。"

她立刻把我解开了。我大口地喘着气。

"还好吗?"

"还好。"

她对我笑了,可是笑得很怪,好像她是在假装。接着她又把我卷起来,松了一点儿。

"还是很紧。"

"抱歉,我没想到会这么难对付。坚持一下——"妈又把我解开了,"嘿,试着把你的手臂叠起来,肘往外打开,撑出一点空间。"

这次她把叠着手臂的我卷起来，我能把手举过头顶了，我的手指在地毯外边晃动着。

"棒极了。现在试着钻上来，当它是个隧道。"

"它太紧了。"我不知道伯爵在他快淹死的时候是怎么做到的，"让我出去。"

"坚持一分钟。"

"让我出去，现在！"

"如果你一直这么惊慌，"妈说，"我们的计划是不会成功的。"

我又哭了，眼泪把我脸上的地毯弄湿了，"出去！"

地毯松开了，我又在呼吸了。

妈把手放到我脸上，可我把它甩开了。

"杰克——"

"不。"

"听我说。"

"傻得冒泡的计划 B。"

"我知道这很吓人。你以为我不知道吗？可我们必须得试一试。"

"不，我们不需要。等我六岁。"

"有种东西叫止赎权。"

"什么？"我瞪着妈。

"这很难解释。"她吐了一口气，"老尼克并不是房子真正的主人，银行才是。如果他丢了工作又没有多余的钱，他就会停止付钱给银行，银行——他们会很生气，他们可能会设法把房子收走。"

我不知道银行会怎么收走它。也许用一个挖掘机？"就算老尼克在里面，"我问，"就像龙卷风把多萝西[1]和她的房子一起卷起来？"

"听我说。"妈把我的手肘捏得那么紧，都快把我弄疼了，"我要告诉你的是，他永远不会让任何人进来他的房子或者他的后院，

---

1 《绿野仙踪》里的人物。

因为他们会发现房间，懂吗？"

"然后把我们救出去！"

"不，他不会让它发生的。"

"那他会干什么？"

妈在咬她的嘴唇，所以没有声音。"重点是，我们必须在那种事发生之前逃走。现在你要回到地毯里，再练习一会儿，直到你能够掌握从里面钻出来的诀窍。"

"不。"

"杰克，求你了——"

"我太害怕了，"我大叫起来，"我再也不要练习了，我恨你。"

妈呼吸的样子很滑稽，她坐到地板上，"没关系。"

我恨她怎么会没关系？

她把手放在肚子上，"是我把你带到房间里来的，我不想，但我那么做了，而且我从没后悔过。"

我盯着她，她也盯着我。

"我把你带到这儿来，今晚我要把你弄出去。"

"好吧。"

我说得很轻，但她听见了。她点点头。

"还有你，还有喷火枪。一次一个，但是两个都要出去。"

妈还在点头，"可是你更重要。只有你。"

我摇着头直到它快停不下来了，因为不是只有我。

我们看着彼此，没有笑容。

"准备好回地毯里去了？"

我点点头。我躺下来，妈把我卷好，特别紧的，"我不能——"

"你当然能。"我感觉到她隔着地毯拍了拍我。

"我不行，我不行。"

"你能为我数到一百吗？"

我数了，简单，很快。

"你听上去镇定多了。我们要在一分钟里解决这个问题，"妈说，"嗯，我猜——如果钻不出来，你能不能试着……把地毯剥开？"

"可我在里面。"

"我知道,但你可以把手伸到上面来找到毯子的角。我们试试看。"

我到处摸,直到我碰到了一个有尖角的地方。

"就是那里,"妈说,"棒极了,现在拉。不是这个方向,另外一个方向,你会感觉到它变松了。就像剥香蕉皮那样。"

我只拉动了一点儿。

"你躺在毯子边上了,你压住它了。"

"抱歉。"眼泪又回到了眼眶。

"你不用觉得抱歉,你做得很好。如果你滚一下呢?"

"朝哪边?"

"你觉得更松的随便哪一边。也许先趴着,然后找到毯子边再拉一下。"

"我做不到。"

我做到了。我伸出一只胳膊肘。

"好极了,"妈说,"你真的已经把顶上松开了。嘿,坐起来怎么样,你觉得你能坐起来吗?"

那很疼,那不可能。

我坐起来了,我的两只胳膊肘都在外面了,地毯在往下滑,我的脸露出来了。我能把她拉下来了。"我做到了,"我大喊,"我是香蕉。"

"你是香蕉,"妈说。她亲了亲我的脸,都是汗。"现在我们再试一次。"

等我累到不得不停下的时候,妈告诉我外面的世界会是什么样的。"老尼克会沿着大街往前开。你会在后面,卡车的后厢是敞开的,所以他不会看见你,好吗?抓着车厢的边缘,你就不会掉下来了,因为车会开得很快,像这样。"她拉着我的手左右摇晃,"然后,等他刹车的时候,你会觉得,怎么说呢——突然朝另一个方向倒,就在卡车慢下来的时候。那就是停车牌,司机们都得在那儿停一下。"

"他也得停？"

"哦，没错。所以只要你感觉卡车几乎没在动了，你就可以安全地从边上跳下去了。"

跳到外太空去。我没说出来，我知道那是不对的。

"你会跳到柏油路面上，它硬得像——"她看了看周围。"像陶瓷，但是更粗糙。然后你就跑啊跑啊跑啊，像姜饼小人杰克那样。"

"狐狸吃了姜饼小人杰克。"

"好吧，坏比喻，"妈说，"但这次我们才是调皮捣蛋的恶作剧之王。'杰克灵活点，杰克快一点'——"

"'杰克跳过蜡烛台。'"

"你得沿着大街跑，离开卡车，跑得特别快，就像——记得有次我们看过的卡通片《BB鸟》吗？"

"《猫和老鼠》，他们也跑的。"

妈在点头，"最重要的是，别让老尼克抓到你。哦，不过要试着跑到人行道上，如果你有机会的话，跑到高一点儿的地方，车就不会撞倒你了。你还要尖叫，这样就会有人来帮你了。"

"谁？"

"我不知道，随便谁。"

"谁是随便谁？"

"就朝你看到的第一个人跑。或者——那时候肯定很晚了。也许没人在外面走了。"她咬着自己的大拇指，大拇指的指甲，我没让她停下来。"如果你没看到任何人，你就得朝一辆汽车挥手让它停下，告诉里面的人你和你妈被绑架了。或者如果没车——我是说没人——我猜你还得跑到一所房子里去——任何一间亮着灯的屋子——用你的拳头敲门，能敲多重就多重。但是只去亮着灯的房子，不要去空房子。必须是前门，你知道那是什么吗？"

"在正面的那扇门。"

"现在试试看？"妈顿了顿，"像和我说话一样对他们说话。假装我是他们。你会说什么？"

"我和你被——"

"不，假装我是房子里的人，或者车里的人，或者人行道上的人，告诉他们你和你妈……"

我又试了一次，"你和你妈——"

"不，你要说，'我妈和我……'"

"你和我——"

她叹了一口气，"好吧，没关系，直接给他们看纸条——纸条还安全吗？"

我往自己的内裤里看，"它不见了！"然后我感觉到它滑到后面去了，在我的屁股里。我把它拿出来给她看。

"把它放在前面。要是万一你把它弄丢了，你就告诉他们，'我被绑架了'。说一遍，像那样？"

"我被绑架了。"

"好好说，大声点，好让他们听见。"

"我被绑架了。"我大吼。

"真棒。他们会报警的，"妈说，"然后——我猜警察会搜查附近所有的后院，直到他们找到房间。"她的表情不是很肯定。

"带着喷火枪。"我提醒她。

我们练了又练。装死，卡车，钻出来，跳下去，跑，一个人，纸条，警察，喷火枪。那是九件事了。我觉得我无法同时记住这所有的东西。妈说我当然可以，我是她的超级英雄五岁先生。

我希望我还是四岁。

我得选择午饭吃什么，因为今天是个特别的日子，是我们在房间里的最后一天。妈是那么说的，不过我并不真的相信。我突然觉得特别饿，我选了通心粉和热狗和薄脆饼干，它们加在一起抵得上三顿午饭了。

剩下的时间我们一直在玩跳棋，我开始害怕我们的大逃亡了，结果我输了两次，然后我就不想再玩了。

我们试着睡午觉，可我们睡不着。我吃了一点儿，左边的，然后是右边的，然后又是左边的，直到里面几乎都没有了。

我们不想吃晚饭，没人想。我必须穿回沾了呕吐物的T恤。

妈说我可以留着我的袜子。"否则你的脚踩在大街上会疼的。"她擦了擦她的眼睛，然后是另一只，"穿你最厚的那双。"

我不懂为什么她要为了袜子哭。我爬到衣柜里去拿枕头下面的牙齿，"我要把他塞在袜子里。"

妈摇了摇头，"如果你踩到它弄伤了脚怎么办？"

"我不会的，他可以就待在这儿，在边上。"

六点十三分了。离晚上已经很近了。妈说我真的应该被裹进地毯里去了，老尼克可能会早来，因为我病了。

"再等等。"

"我说……"

"拜托不要。"

"坐在这里，好了，这样需要的时候我就能很快地把你裹起来。"

我们一遍一遍地说着计划，训练我记住那九件事。装死，卡车，钻出来，跳下去，跑，一个人，纸条，警察，喷火枪。

每次我听见哔哔的声音就打颤，但那不是真的，只是想象。我盯着门，他像一把匕首那样闪闪发光。"妈？"

"嗯？"

"我们改到明天晚上做吧。"

她靠过来紧紧地抱住我。那是"不"的意思。

我又有点儿恨她了。

"如果我能代替你，我会的。"

"为什么你不行？"

她在摇头，"我很抱歉必须是你，而且必须是现在。但是我会在那里，你的脑袋里，记得吗？我会和你说话，每一分钟。"

我们把计划 B 复习了更多次。

"如果他打开地毯呢？"我问，"就为了看看死掉的我？"

有一会儿妈什么都没说，"你知道打人是不对的？"

"嗯。"

"好吧，今晚是个特例。我真的相信他不会打开，他会很匆忙地去,去了结整件事情,但是如果真的——你要做的就是,打他,越重越好。"

哇。

"踢他,咬他,捅他眼睛——"她的手指戳着空气,"干什么都行,只要能让你逃跑。"

我几乎不敢相信,"甚至能杀了他吗?"

妈跑到碗橱那里,那是洗完东西以后放着晾干的地方。她拿起黄油刀。

我看着他的寒光,我开始想象妈把他搁在老尼克的喉咙上。

"你觉得你能把这个握得紧紧的,在地毯里,然后如果——"她盯着黄油刀看,又把他放回去,和叉子放在一起,"我在想什么呢?"

如果她都不知道,我怎么能知道呢?

"你会捅到你自己。"妈说。

"不,我不会的。"

"你会的,杰克,你怎么能不会,绑在一块毯子里甩来甩去,带着一把锋利的刀,你会把自己切成一条条的,我到底——我的脑子真不知道长哪儿去了?"

我摇摇头,"它就在你的脑袋里。"我拍拍她的头发。

妈摸着我的背。

我检查了袜子里的牙齿,短裤里面的纸条。我们唱着歌打发时间,但是唱得很轻。《迷失自己》和《群情激昂》和《山腰上的家》。

"小鹿和羚羊在那里玩耍——"我唱。

"令人丧气的话那里几乎不讲——"

"整天都是晴空朗朗。"

"到时间了。"妈说,打开地毯。

我不想。我躺下了,把手搁在肩膀上,手肘朝外撑开。我等着妈把我卷起来。

然而她只是看着我。我的脚我的腿我的手臂我的头,她的眼睛一遍遍地扫过我的全身,好像她在数数一样。

"怎么了?"我说。

她一个字也没说。她俯身过来,甚至没有吻我,她只是把脸贴在我的脸上,直到我分不清谁的脸是谁的。我的心脏开始狂跳。我不想放开她。

"好了,"妈说,她的声音都哑了,"我们勇怕,对吧?我们非常的勇怕。外面见。"她把我的手臂按胳膊肘朝外撑开的样子放好。她把地毯叠到我身上,灯灭了。

我被卷了起来,在令人发痒的黑暗里。

"不太紧吧?"

我试了一下,看能不能把手臂举过头顶再放下来,有点儿难。

"可以吗?"

"可以。"我说。

然后我们就等着。有东西从地毯上面伸进来摸我的头发,是她的手,即使看不见我也知道。我能听见自己的呼吸,很大声。我想着袋子里的伯爵,虫子爬了进去。一直往下往下往下掉,哗地一声掉进海里。虫子们会游泳吗?

装死,卡车,跑,一个人——不对,钻出来,然后是跳下去,跑,一个人,纸条,喷火枪。我忘了喷火枪前面的警察,太复杂了,我会把一切都搞糟的,老尼克真的会埋了我,妈会一直等下去。

过了很长一会儿,我轻轻地问:"他会来吗,还是不会?"

"我不知道,"妈说,"他怎么能不来?如果他还有一点点是人的话……"

我以为只有"是人"和"不是人",我不知道有谁"有一点点是人"。那他的其他部分是什么?

我等啊等啊。我感觉不到我的手臂了。地毯蹭着我的鼻子,我想去挠。我试了试,我够到了。"妈?"

"我在这儿。"

"我也是。"

哗哗。

我跳了起来，我应该死了，可我控制不了，我想立刻从地毯里出来，可我卡住了，我甚至不能动，否则他会看见的——

有什么东西按在我身上，那肯定是妈的手。她需要我是超级魔豆杰克王子，所以我更加安静地躺着。不再动弹。我是木头人，我是伯爵，不，我是他的朋友，死得还要彻底，我全身都僵硬了，像一只坏掉的机器人，断了电。

"给你。"那是老尼克的声音。他听上去和平常一样。他甚至不知道我已经死了。"抗生素，刚过保质期。小孩只能吃半片，那家伙说的。"

妈没回答。

"他在哪里，在衣柜里？"

他说的是我，那个"他"。

"他在地毯里？你疯了吗，把一个生病的孩子这样裹着？"

"你没回来，"妈说，她的声音真的很古怪，"晚上他的情况更糟了，今天早上他没醒过来。"

没有回应。然后是老尼克弄出的一记古怪的响声，"你确定吗？"

"我确定吗？"妈在尖叫，可我没动，我没动，我全身僵硬不能听不能看什么都不能。

"啊，不。"我听见他大口地喘着气，"那太可怕了。可怜的姑娘，你——"

有一会儿谁也没说话。

"我猜肯定是很严重的病，"老尼克说，"这些药片反正不会有用的。"

"你杀了他。"妈在嚎叫。

"好了现在，冷静下来。"

"我怎么能冷静，杰克已经——"她怪异地呼吸着，说出来的话都像是哽住了。她装得太像了，我几乎要相信了。

"让我，"他的声音很近，我绷紧了，僵硬僵硬僵硬。

"别碰他。"

"好吧，好吧。"老尼克说，"你不能把他留在这里。"

"我的宝贝。"

"我知道,这是件可怕的事。但现在我得把他带走了。"

"不。"

"多久了?"他问,"今天早上,你说?也许是在夜里?他肯定已经开始——这不卫生,不能把他留在这里。我最好把他带走然后,然后找个地方。"

"不要在后院里。"妈的声音几乎是在嗥叫了。

"好的。"

"如果你把他埋在后院——你永远不该那么做,那太近了。如果你把他埋在那里,我会听见他哭的。"

"我说了好的。"

"你必须把他载到很远的地方,没问题吧?"

"没问题。让我——"

"再等等。"她不停地哭着,"你不能打扰他。"

"我会让他一直裹在里面的。"

"要是你敢碰他——"

"我不会的。"

"发誓你不会用你肮脏的眼睛看他哪怕一眼。"

"好的。"

"发誓。"

"我发誓,行了吗?"

我死了死了死了。

"我会知道的,"妈说,"如果你把他埋在后院里我会知道,我会在每次打开门的时候尖叫,我会把这地方砸烂,我发誓我再也不会安静了。你得把我也杀了好让我闭嘴,我就是再也不会在乎了。"

为什么她要对他说把她也杀了?

"放轻松。"老尼克听上去像是在对一条狗说话,"现在我要把他抬到卡车里去了,好吗?"

"轻点。找个好地方,"妈说,她哭得这么厉害,我几乎听不清她说话了,"找个有树或者别的什么地方。"

"当然。该走了。"

我被隔着地毯抓了起来。我被拽住了,那是妈,她说:"杰克,杰克,杰克。"

接着我被抬了起来。我以为是她,后来我知道那是他。别动别动别动,魔豆杰克,保持僵硬僵硬僵硬。地毯里的我被压住了。我不能正常呼吸了,可是反正死人是不用呼吸的。别让他把地毯打开。我希望我带着黄油刀。

又是哗哗的声音,然后是咔嗒一声,那说明门开了。吃人的妖怪抓住了我,窸窸窣窣。腿上热热的,哦,不,鸡鸡撒了一点儿尿出来。还有一点儿巴巴从屁股里漏了出来,妈从没说过会这样。臭臭的。抱歉,地毯。老尼克在我耳边咕哝了一声,他把我抓得紧紧的,我太害怕了,我不能勇敢,停下停下停下。可我不能发出一点儿声音,否则他会猜到这是个花招,他会先吃了我的头,他会撕下我的腿……

我数了牙齿,可我总是数错,十九,二十一,二十二。我是机器人超级魔豆杰克王子五岁先生,我不动。你在那里吗,牙齿?我感觉不到你,但你肯定在我的袜子里,在边上。你是妈的一部分,妈死掉的唾沫的一小部分和我在一起。

我感觉不到自己的手臂。

空气不一样了。还是地毯灰扑扑的味道,但是我把鼻子抬起来一点儿,我闻到的空气是……

外面。

可能吗?

不再动了。老尼克站着不动。他干吗还站在后院里?他想干什么?——

又动了。我保持僵硬僵硬僵硬僵硬。

哦哦哦哦,我被扔到很硬的东西上。我想我没有发出声音了,我没听见。我猜我咬到了嘴唇,有血的味道。

又是一声哗,不一样的。一阵咔咔的像是金属的声音。我又被举起来了,接着摔下去,脸朝下,噢,噢,噢。砰。接着所有东西都开始摇晃和跳动和轰隆响,就在我身下,是地震……

不,是卡车,肯定是。这可不是有一点儿像咂舌头,要厉害一百万倍。妈!我在脑袋里大喊。装死,卡车,九件事已经完了两件。我在棕色卡车的后厢里,和故事里一样。

我不在房间里了。我还是我吗?

在动了。我跟着卡车飞快地在动,是真的,真的都是真的。

哦,我得钻出来,我忘记了。我开始像条蛇一样地扭动,可是地毯更紧了,我不知道该怎么办,我卡住了我卡住了。妈妈妈……我不能像我们练习的时候那样出来,尽管我们练了又练,一切都错了,抱歉。老尼克会把我带去一个地方埋了我,然后虫子爬进来虫子爬出去……我又在哭了,我的鼻子在流鼻涕,我的手臂在胸腔下面缠在一起,我在和地毯打架,她不是我的朋友了,我在踢她,像空手道,可她抓着我了,她是尸体们掉进海里的裹尸布……

安静下来了。不动了。卡车停了。

它停下了,这里是一个停车牌,这说明我应该跳下去了,那是清单上的第四项,可我连第三项都还没做完,如果我没钻出来我怎么能跳下去?我不能做第四第五第六第七第八或者第九项,我在第三项卡住了,他会埋了我,虫子会……

又动了。呜-呜。

我把一只手抬过都是鼻涕的脸,我的手从地毯上面挤了出去,又把另一只胳膊拽了上去。我所有的手指都抓着新的空气,冷的东西,金属的东西,还有一样不是金属的隆起的东西。我抓着,拉啊拉啊拉啊,我踢,我的膝盖,哦哦哦。不行,没用。找到地毯的一角,是妈在我的脑袋里说话吗?像她说过的那样?或者我只是想起了她的话?我摸遍了地毯,她身上没有角,然后我找到它拉了一下,它只变松了一点儿。我翻身仰躺着,它却变得更紧了,我再也找不到那个角了。

停了,卡车又停了,我还没出来,我应该在第一个地方就跳下去的。我把地毯往下拉,一直到她快要擦破我的胳膊肘,我能看见一阵耀眼的闪光,接着它不见了,因为卡车又动了,呜呜呜呜呜。

我想我看见的就是外面，外面是真的，而且那么亮，可是我不能——

妈不在这儿，没时间哭了，我是魔豆杰克王子，我必须是魔豆杰克，要不虫子就会爬进来。我又恢复脸朝下，弯起膝盖，撑起屁股，我要从地毯里挤出来，现在她更松了，我的脸露出来了——

我能呼吸到可爱的黑色的空气了。我坐起来，解开地毯，好像我是一只被压碎的香蕉。我的马尾辫出来了，我的眼睛里都是头发。我感觉到我的腿了，一条，然后是两条，我整个人都出来了，我做到了，我做到了，我希望朵拉能看到我，她会唱那首《我们成功了》的歌。

又一束光从我头上飕飕地过去了。有东西在天空中滑过，我想他们是树。还有房子和巨大的杆子上的灯和几辆汽车都飕飕地过去了。这像是一部卡通片，我在里面，不过这里乱糟糟的。我抓着卡车的边缘，它又硬又冷。这是我看过最广阔最无边的天空，除了有一点儿粉橘色，其余的都是灰色的。我往下看，大街是黑的，一条很长很长的路。我知道该怎么跳才好，可不是在所有东西都轰隆响着、颠簸着，光线又很昏暗，空气闻起来怪得像苹果或别的什么的时候。我的眼睛不好使了，我太害怕了，我做不到勇怕。

卡车又停了。我跳不下去，我就是动不了。我站了起来，我往外看，可是——

我摔了一跤，从车厢这一头摔到另一头，我的头撞在什么东西上，好痛，我不小心大叫起来，啊啊啊啊啊——

卡车又停下了。

金属的声音。老尼克的脸。他在卡车外面，我从没见他的脸这么可怕过，然后——

跳下去。

地面弄破了我的脚擦伤了我的膝盖撞痛了我的脸，可我在跑啊跑啊跑啊，跑向"一个人"，妈说朝一个人或者一辆车或者一间亮灯的屋子大叫，我看到一辆车，可里面是黑的，而且我什么也说不出来，嘴里都是我的头发，可我继续跑着，魔豆杰克灵活点，魔豆杰克快一点。妈不在这儿,可她保证过她会在我脑袋里的,继续跑跑跑。我的后面传来一声咆哮,那是他,是老尼克要来把我撕成两半,嘿嘿吼吼。[1] 我必须找到一个人大喊救命救命,可是没有一个人,没有任何一个人,我得永远跑下去,可我喘不上气,也看不见,也——

一只熊。

一头狼?

一只狗,狗是一个人吗?

狗的后面跟着一个人,但那是一个很小的人,一个走路的小小孩,她推着一个带轮子的东西,里面躺着一个更小的婴儿。我想不起该喊什么,我哑了,我只是继续朝他们跑过去。那个小小孩笑了起来,她几乎没有头发。她推着的东西里面躺的不是真人,我想那是一只洋娃娃。狗很小,却是一只真的狗,它在路上拉巴巴,我从没见电视里的狗那么干过。小小孩后面跟来了一个人,把巴巴捡到袋子里,好像那是一件宝贝,我想那是个"他",这个人的头发像老尼克一样短,不过更卷一点儿,他的肤色比那个小小孩更深。我开始喊"救命",可是喊得并不响。我还在跑,直到我快到他们面前了,那只狗吼叫着跳了起来,它要吃了我——

我张开嘴,发出一声最撕心裂肺的尖叫,可是没有声音。

"拉亚!"

我的手指上都是星星点点的红色。

"拉亚,趴下。"那个男人抓着狗的脖子。

我的血从手上渗出来。

突然有人从背后拽住了我,是老尼克,他的大手扣在我的肋骨上。我搞糟了,他抓到我了,抱歉抱歉抱歉妈。他把我扛起来。我尖叫起来,我尖叫着,我尖叫着,只是尖叫。他把我夹在胳膊下面,他要把我带回卡车,妈说我可以打他,我可以杀了他,我踢啊踢啊可是我够不到,我只是在踢我自己——

---

1 一首英国童谣的第一句,唱的是巨人要把魔豆杰克吃掉,用他的骨头做面包。

"抱歉，"拿着狗粪袋的人说，"嘿，先生？"他的声音不低沉，更柔和。

老尼克带着我转过身去。我忘了尖叫。

"我很抱歉，你的小姑娘还好吗？"

什么小姑娘？

老尼克清了清他的喉咙，他还在带着我往卡车那儿走，不过是在倒着走，"没问题。"

"拉亚通常很友好，可她不知道从哪儿冒出来蹦到他面前……"

"就是受惊了。"老尼克说。

"嘿，等等，我想她的手在流血。"

我看着被吃过的手指，血在凝成血滴。

男人把那个小小孩抱了起来，他把她抱在手上，狗粪袋在另一只手里，他看上去真的很迷惑。

老尼克把我放到地上让我站好，他用手指抓着我的肩膀，它们在燃烧。"这不算什么。"

"还有她的膝盖也是，看上去很糟，那不是拉亚干的。她摔了一跤吗？"那个人问。

"我不是个'她'。"我说，可是声音堵在喉咙里。

"为什么你不管好自己的事情，让我来管我的呢？"老尼克几乎是在咆哮了。

妈，妈，我需要你说话。她不在我的脑袋里了，她哪儿都不在。她写了纸条，我都忘了。我把没有被吃过的那只手伸进短裤，我找不到纸条，可是后来我找到了，浸透了尿。我说不出话，但我朝那个男人挥着纸条。

老尼克从我手里抢了过去，把它弄没了。

"好吧，我不——我不喜欢这样。"男人说。他的手里有一只小电话，那是从哪儿来的？他在说话，"是的，警察局，谢谢。"

妈说过的成真了，我们在第八步，已经到警察了，可我还没把纸条拿出来，也没说过房间的事情，我倒过来了。我应该对一个人说话。我开始说"我被绑架了"，可是说出来的就像耳语，因为老尼克又把我抓了起来,他在向卡车跑去,他在跑。我全身颤抖,我打不到他,他会——

"我记住你的车牌了,先生!"

那个男人大叫着,他是在对我喊话吗?什么车牌?

"K93——"他在喊数字,为什么他在喊数字?

突然间,啊啊啊,我的肚子我的手我的脸都摔在了路上,老尼克在逃跑,可是没带着我。他丢下我了。每一秒钟他都离我越来越远。那些肯定是魔法数字,让他丢下我的魔法数字。

我试着站起来,可我忘了该怎么站。

怪兽一样的巨响,卡车在呜呜地发动,朝着我隆隆地开过来,它要从我身上碾过去,要把我在柏油路上撞成碎片,我不知道怎么办去哪里做什么——小小孩哭了,我以前从没听过真的小小孩的哭声——

卡车开走了。它就这么开了过去,一溜烟地开过转角。我还能听见一点儿声音,然后就再也听不见它了。

高出来的地方,人行道,妈说过到人行道上去。我得爬上去,可我摔破的膝盖跪不下去。人行道上都是大方块,磨人的。

一阵可怕的气味。狗鼻子就在我面前,它回来了,要把我嚼碎,我尖叫起来。

"拉亚。"那个男人把狗拉开了。他蹲下来,他把小小孩放到一只膝盖上,她扭动着。他不再拿着狗粪袋了。看上去像个电视人,可是更近,也更宽,还有味道,有点像洗洁精和薄荷和咖喱混在一块儿了。他没拉着狗的那只手试着来碰我,但是我及时翻了个身。

"没事了,甜心。没事了。"

谁是甜心?他的眼睛在看着我的眼睛,我就是甜心。我不能看他,他这么看着我又和我说话真是太奇怪了。

"你叫什么名字?"

电视人从不问问题,除了朵拉,她已经知道我的名字了。

"能告诉我你叫什么吗?"

妈说对"一个人"说话,那是我的任务。我试了试,发不出声音。我舔了舔嘴唇,"杰克。"

"什么?"他弯腰靠得更近,我蜷缩着把头埋进手臂里。"没关系,没人会伤害你。告诉我你的名字,大声点儿?"

如果我不看他,说起来就容易多了,"杰克。"

"杰基?"

"杰克。"

"哦。好的,抱歉。你爸爸已经走了,杰克。"

他在说什么?

那个小小孩在拉他,罩在衬衫外面的东西,是件外套。"我是艾吉特,只是顺便一提,"那个男人说,"这是我女儿——等等,纳莎。杰克需要一张创可贴,贴住他膝盖上的伤,让我看看……"他翻遍所有的口袋找着,"拉亚很抱歉他咬了你。"

那只狗看上去并不觉得抱歉,他的牙齿都很尖,很脏。他有没有像吸血鬼一样喝了我的血?

"你看上去不大好,杰克,你最近生过病吗?"

我摇摇头,"妈。"

"那是什么?"

"妈吐在我的T恤上了。"

小小孩又在说话了,但只是咿咿呀呀的声音。她拉着那只狗拉亚的耳朵,为什么她不怕他?

"抱歉,我没听清楚。"叫艾吉特的男人说。

我没再说什么。

"警察很快就会来了,好吗?"他转过去看着大街,那个小小孩纳莎开始哭了。他在膝盖上颠着她,"马上就回家去妈妈那儿,回家去睡觉。"

我想到了床。温暖的床。

他在按电话上的小按钮,说更多的话,可我没听。

我想逃跑。可我觉得要是我动了那只狗拉亚就会咬我,还会喝掉我更多的血。我坐在一条线上,所以我的一部分在一个方块里,另一部分在另一个方块里。我被咬过的手指很疼很疼,我的膝盖也是，右边那只，血从擦破皮的地方渗出来，刚开始是红的，接着就变黑了。我的脚边有个尖尖的椭圆的东西，我试着把它捡起来，可它粘在那里了，然后它在我手里了，是片叶子。一片从真的树上掉下来的叶子，和那天掉在天窗上的那片一样。我抬起头，我的头上有棵树，肯定是它掉了叶子。高高的路灯照花了我的眼睛。它后面广阔的天空都黑了，粉红和橙色都去哪儿了？空气在我的脸上流动，我突然打了个冷颤。

"你肯定冷了。你冷吗？"

我以为男人艾吉特是在问小小孩纳莎，但他其实是在问我，我知道是我，因为他脱了自己的外套递给我。

"拿着。"

我摇摇头，因为那是别人的外套，我从没有过外套。

"你的鞋怎么丢了？"

什么鞋？

男人艾吉特不再说话了。

一辆车停下了，我知道那是什么车，是从电视里开来的警车。有人从里面出来，他们是两个人，短头发，一个黑头发一个黄头发，动作都很快。艾吉特和他们交谈。小小孩纳莎试着逃跑，可他把她夹在臂弯里，不痛的，我想不痛。拉亚躺在什么褐色的东西上，是草地。我以为草是绿色的。草地周围贴着人行道的地方有一些方块。我希望我还带着纸条，可是老尼克把它弄没了。我不知道那些词，它们从我脑袋里溜走了。

妈还在房间里，我好想好想好想有她在这儿。老尼克开着车飞快地逃跑了，可是他去哪儿了，不是去有湖有树的地方，因为他看到我没死，我被允许杀掉他，但我没能做到。

我突然有了一个可怕的念头。也许他回房间去了，也许他现在就在那里哗哗地开门，他生气了，是我的错，我没死——

"杰克？"

我看着那张嘴在动。是警察，这是一个"她"，我想着，可是很难辨别，是黑头发的那个，不是黄头发。她又在叫"杰克"了。

她怎么知道？"我是欧警官。你能告诉我你几岁吗？"

我必须救妈，我必须对警察说去拿喷火枪，可我的嘴不管用。她的皮带上有样东西，是把枪，和电视上的警察一样。如果他们是那种把圣徒彼得关起来的坏警察怎么办？我从没想过这个。我看着皮带而不是脸。那是一条很酷的皮带，有搭扣。

"你知道自己几岁了吗？"

小菜一碟。我举起五根手指。

"五岁，好极了。"欧警官说了些什么，我没听。然后是什么裙子[1]。她说了两遍。

我尽可能大声说话，可是没看她，"我没有裙子。"

"没有？你晚上睡在哪儿？"

"在衣柜里。"

"在一个衣柜里？"

试试。妈在我的脑袋里说，可是老尼克在她旁边，他从没那么生气过而且——

"你是说，在一个衣柜里？"

"你有三条裙子，"我说，"我是说妈。一条粉红的一条绿色带条纹的一条棕色的，但是她更喜欢牛仔裤。"

"你妈，你是那个意思吗？"欧警官问。"就是有裙子的那个人吗？"

点头更容易。

"你妈今天晚上在哪里？"

"在房间里。"

"在一个房间里，好的，"她说，"哪个房间？"

"房间。"

"你能告诉我们那是在哪里吗？"

我想起来一些东西了，"不在任何地图上。"

她做了个深呼吸。我想我的答案没用。

---

1 欧警官是问杰克的住址（address），但杰克误以为裙子（a dress）。

另一个警察是个"他",也许,我从没见过真的那样的头发,几乎能看到头皮了。他说:"我们在纳瓦霍和奥尔科特街口,找到一名受惊的儿童,应该是本地的。"我想他是在和他的电话说话。好像在玩鹦鹉学舌,我听得懂那些词,却不知道它们是什么意思。他走近欧警官,"有进展吗?"

"不多。"

"目击证人也是。嫌犯是一名白人男性,大约五英尺十英寸,四五十岁左右,开一辆褐紫色也许是深棕色的轻卡,可能是F150或者道奇,K39开头,可能有一个B或P,没有州名……"

"和你在一起的男人,那是你爸爸吗?"欧警官又在和我说话了。

"我没爸爸。"

"你妈妈的男朋友?"

"我没有。"我说过这句话了,我能说两遍吗?

"你知道他的名字吗?"

我让自己想起来,"艾吉特。"

"不,不是那个人,是那个开着卡车逃跑的。"

"老尼克。"我说得很轻,因为他不会喜欢我这么说的。

"什么?"

"老尼克。"

"没有,"那个男的警察对着电话说,"嫌疑犯于到达时已离开,名字是尼克,或者尼古拉斯,没有姓。"

"你妈妈叫什么?"欧警官问。

"妈。"

"她有别的名字吗?"

我举起两根手指。

"有两个?棒极了。你能想起来它们是什么吗?"

它们在他弄没了的纸条里。我突然想起来一点了,"他偷了我们。"

欧警官在我身边坐下。那不是地板,它又硬又冷。"杰克,你想要条毯子吗?"

我不知道。毛毯不在这里。

"你身上有些很糟的伤口。这个叫尼克的家伙伤害你了吗?"

那个男的警察回来了,他说:"嘿,嘿,问重点,尤其是如果他需要特殊照顾。"他递给我一样蓝色的东西,我没碰。"继续,"他对电话说。

欧警官把蓝色的东西围在我身上,它不像毛毯是毛茸茸的灰色,它更硬一点儿。"你的这些伤口是怎么弄的?"

"那只狗是吸血鬼。"我去看拉亚和他的人类,可他们都不见了,"这只手指它咬了,我的膝盖在地上。"

"能再说一遍吗?"

"大街,它打了我。"

"继续。"是那个男的警察说的,他又在和电话说话了。随后他看着欧警官说,"我应该打给儿童保护中心吗?"

"再给我几分钟,"她说,"杰克,我打赌你很会讲故事。"

她怎么知道?那个男的警察在看表,他绑在手腕上的那只。我想起了妈那只不好使的手腕。现在老尼克在那里了吗?他在扭她的手腕或者她的脖子吗?他在把她撕成碎片吗?

"你觉得你能告诉我今晚发生了什么吗?"欧警官朝我咧了下嘴,"也许你能说得很慢很清楚,因为我的耳朵不大好使。"也许她是个聋子,可是她不像电视上的聋子那样用手指说话。

"开录。"男警察说。

"你准备好了?"欧警官问。

她的眼睛在看着的是我,我闭上眼,假装我是在和妈说话,那让我勇敢起来。"我们耍了个花招,"我说得非常慢,"我和妈,我们在假装我病了,然后我死了,但是实际上我把自己解开了,从卡车上跳下来,只是我应该在第一个慢下来的地方跳的,可我没能办到。"

"好的,然后呢?"欧警官的声音就在我的脑袋边上。

我还是没睁眼,否则我会忘记整个故事的,"我的短裤里有张纸条,可是他把它弄没了。我还留着牙齿。"我把手伸进袜子里去找他。我睁开了眼睛。

"我能看看吗?"

她试着拿走牙齿,但是我不让她那么干,"这是妈的。"

"这就是你刚才在说的你妈吗?"

我觉得不好使的是她的脑子而不是她的耳朵,妈怎么可能是一只牙齿呢?我摇摇头,"只是她掉下来的一部分死掉的唾沫。"

欧警官靠近了看着牙齿,她的脸变得很严肃。那个男的警察在摇头,说了一些话,我听不见。

"杰克,"她说,"你说你应该在卡车第一次慢下来的时候跳下来的?"

"对,可我还在地毯里,后来我把香蕉皮剥了,可是我不够勇怕。"我看着欧警官,同时我又在说话,"但是停了三次以后,卡车呜呜呜地开到——"

"开到哪里?"

"好像——"我表演给她看,"一个完全不一样的方向。"

"它转弯了。"

"没错,我被撞了,他,老尼克,他爬出来,很生气,我就是在那时候跳下去的。"

"就是这个。"欧警官拍了下她的双手。

"唔?"男警察问。

"停了三次,转了一个弯。左转还是右转?"她停了一下,"不要紧。做得好,杰克。"她看着大街,接着她的手里出现了一样什么东西,像是一个电话,那是从哪儿来的?她看着小屏幕,她说,"让他们去找那个交叉口,根据那部分车牌号……试试嘉丰大道,也许是华盛顿车道……"

我再没看见拉亚和艾吉特和纳莎,"那只狗去监狱了吗?"

"不,不,"欧警官说,"那是个真正的误会。"

"继续。"男警察对他的电话说。他朝欧警官摇了摇头。

她站起来,"嘿,也许杰克能帮我们找到那所房子。你愿意搭巡逻车兜个风吗？"

我起不来，她伸出手，可我假装没看到。我放下一只脚，然后是另一只，我站起来了，有点儿晕。我爬进那辆开着门的车里。欧警官也坐在后面，还给我系上了安全带。我缩了起来，所以她的手没碰蓝色毯子以外的地方。

车在动了，不像卡车那么吵，它很柔和，嗡嗡的。有点儿像坐在电视里的沙发上让头发蓬松的女人问问题，只不过现在是欧警官。"这个房间，"她说，"是在平房里，还是有楼梯？"

"它不是房子。"我看着亮闪闪的东西的中间，像镜子，但是很小。我看见那个男警察的脸在里面，他是司机。他在小镜子里的眼睛看着后面的我，于是我把视线转向窗外。所有的东西都在往后掠过，我觉得头晕。路面上都是汽车发出来的光，它照亮了一切。又来了一辆车，一辆白色的开得飞快的车，它要撞上了——

"没事的。"欧警官说。

当我把手从脸上拿下来的时候，另外一辆车已经不见了，是这辆车把它弄没的吗？

"有没有认识的感觉？"

我什么也不认识。只有树和房子和车还有黑暗。妈，妈，妈。我听不见她在我脑袋里，她没在说话。他的手紧紧地抓住她，越来越紧越来越紧，她不能说话，她不能呼吸，她什么都不能做。活的东西会弯曲，但是她弯了又弯又——

"这里看上去像你的街道吗？"欧警官问。

"我没有街道。"

"我的意思是这个叫尼克的家伙今晚把你带出来的地方。"

"我从来没见过。"

"什么？"

我累得说不出话来了。

欧警官咂了个响舌。

"没有任何轻运卡车的迹象，除了那后面有一辆黑色的。"男警察说。

"我们停下来吧。"

车停了,我很抱歉。

"你捡到的是个怪物吗?"他说,"长头发,没有姓,还有那颗牙齿……"

欧警官撅着嘴,"杰克,你的房子里有太阳光吗?"

"现在是晚上,"我告诉她,她没注意到吗?

"我是说在白天。有光线进来吗?"

"天窗。"

"有个天窗,棒极了。"

"继续。"那个男警察对他的电话说。

欧警官又在看她发光的屏幕了,"赛特去查查嘉丰大道上有几所带阁楼天窗的房子……"

"房间不在房子里。"我又说了一遍。

"我不懂,杰克。那它在哪里呢?"

"哪里也不在。房间是里面。"

妈在那里,老尼克也在,他想要什么人死,不是我。

"那么它的外面是什么?"

"外面。"

"再跟我说说外面有什么。"

"败给你了,"男警察说,"你可别放弃。"

我是那个"你"吗?

"继续,杰克,"欧警官说,"告诉我房间的外面是什么。"

"外面,"我大叫。我得赶紧为妈解释,妈等着,妈等我妈在等,等我,"有真的东西,比如冰激凌和树和商店和朵拉和飞机和农场和吊床。"

欧警官在点头。

我还要更努力,我不知道该怎么做,"但是它锁上了,我们不知道密码。"

"你们想打开门去外面?"

"像爱丽丝一样。"

"爱丽丝是你的另一个朋友吗?"

我点点头,"她在书里。"

"《爱丽丝漫游奇境》。真想大哭一场。"男警察说。

我知道那部分。可是他怎么能读到我们的书呢,他从没来过房间。我对他说:"你知道她哭出了一个池塘的那部分吗?"

"那是什么?"他从小镜子里看着后面的我。

"她的眼泪积成了一个池塘,记得吗?"

"你妈在哭吗?"欧警官问。

外面的人什么也不懂,我怀疑他们是不是看了太多电视,"不,爱丽丝。她总是想要到花园里去,和我们一样。"

"你也想去花园里?"

"是后院,但是我们不知道密码。"

"这个房间就在后院旁边?"她问。

我摇摇头。

欧警官揉着她的脸,"帮帮我,杰克。这个房间离后院很近吗?"

"不近。"

"好。"

妈,妈,妈。"它的周围都是。"

"房间是在后院里面吗?"

"对。"

我让欧警官高兴了,可我不知道为什么。"对了,对了,"她看着她的屏幕按着按钮,"嘉丰或者华盛顿大道上有独立后置建筑的地方……"

"天窗。"男警察说。

"对,还有天窗……"

"那是电视吗?"

"嗯?不,这是所有街道的照片。摄像机在天上。"

"外太空?"

"对。"

"酷。"

欧警官的声音很兴奋,"华盛顿大道349号,后部有工具棚,亮着灯的天窗……肯定是那里。"

"是华盛顿大道349号,"那个男警察在对他的电话说,"快。"他在镜子里往后看,"屋主的名字不匹配,不过是白人男性,出生日期,一九六一年十二月十日……"

"车型?"

"继续。"他又说了一次。他顿了顿,"2001雪佛兰,棕色,K93 P742……"

"对了。"欧警官说。

"我们对路了,"他说,"请求支援到华盛顿大道349号。"

车往另一个方向掉了头。我们开得更快了,我感觉在打转。

我们停下了。欧警官看着窗外的一所房子。"没有灯光。"她说。

"他在房间里,"我说,"他要弄死她。"可是哭泣融化了我的声音,我听不到它们。

我们后面出现了一辆一模一样的车。更多的警察人在从里面出来。"坐好,杰克。"欧警官在开门,"我们要去找你妈妈。"

我跳起来,可她用手摁住我让我待在车里。"我也去。"我试着说话,可是出来的只有眼泪。

她打开一个很大的手电筒,"这位警官会在这里陪着你——"

一张我从没见过的脸挤了进来。

"不!"

"给他点空间。"欧警官对新来的警察说。

"喷火枪。"我想起来了,可是太迟了,她已经走了。

嘎吱嘎吱的响声,汽车后面的东西突然冒了出来,行李厢,那是它的名字。

我用手捂着脑袋,这样什么都进不来了,没有脸没有灯光没有声音没有气味。妈,妈,别死别死别死……

我按她说的那样数到一百,可是我一点儿都镇定不下来。我数到五百,数数不管用。我的后背在突突地跳动,还在发抖,肯定是太冷了,毯子掉到哪去了?

可怕的响声。坐在前座的警察在擤鼻子。他微笑了一下，把纸巾塞进他的鼻子里，我把头转开了。

我看着窗外没有灯光的房子。有一个地方打开了，之前没有的，我想，车库，就是这个词，一个又大又黑的方块。我看了几百个小时，我的眼睛又酸又痛。有人从黑暗里出来了，然而却是另一个我从没见过的警察。接着又是一个人，是欧警官，在她旁边——

我使劲地撞着车门，我不知道怎么才能打开它，我得敲碎玻璃，可是我不能，妈妈妈妈妈妈妈妈——

妈打开门，我摔了出去。她接住我了，她一把抱起我。是她，是真的，她百分之一百地活着。

"我们成功了，"她说，这时我们都坐在汽车的后排，"是的，你做到了，真的。"

我在摇头，"我一直在把计划搞糟。"

"你救了我。"妈说，她亲了亲我的眼睛，把我抱得紧紧的。

"他在那里吗？"

"不，我一直是一个人，就是等着，这是我生命中最长的一个小时。我只知道接下来门就被炸开了，我以为我要心脏病发作了。"

"喷火枪！"

"不，他们用的是枪。"

"我也想看爆炸。"

"只有一秒钟。下次你可以看，我保证。"妈在咧嘴笑着，"现在我们什么都能做了。"

"为什么？"

"因为我们自由了。"

我头晕，我的眼睛自己闭上了。我太困了，我觉得我的头要掉下来了。

妈在我耳边说话，她说我们还要和其他几个警察谈谈。我依偎在她身边，我说："想去床上。"

"他们很快就会找个地方让我们睡觉的。"

"不。床。"

"你是说在房间里?"妈退后了一点儿,她在看着我的眼睛。
"对。我看过世界了,现在我累了。"
"哦,杰克,"她说,"我们再也不会回去了。"
车开始动了,我哭得那么厉害,停都停不下来。

后　来

欧警官坐在前排,她从后面看上去不大一样。她转过来朝我笑了笑,她说:"这里是分管区。"

"你能爬出来吗?"妈问,"我背你。"她打开车门,冷空气涌了进来。我缩起身体。她拉着我让我站起来,我的耳朵撞在了车上。她把我背在身上走着,我攀着她的肩膀。外面黑黢黢的,可是接着就有了光,一闪一闪的像烟火。

"秃鹫。"欧警官说。

在哪儿?

"不能拍照。"那个男警察大喊。

什么照片?我没看见什么秃鹫,我只看到很多人脸,还有很多闪光的机器和黑色的圆滚滚的棒子。他们在大喊大叫,可我听不懂。欧警官试着把毯子盖在我头上,我把它推开了。妈在跑,我全身发抖,我们在一幢大楼里,它太太太亮了,于是我把手挡在眼睛上。

这里的地板又硬又亮,和地板不一样,墙是蓝色的,还有更多的墙,太吵了。到处都有不是我朋友的人。有个长得像太空船的通体发光的物体,里面的东西——比如一袋袋薯片和巧克力棒,都待在它们的小方块格子里,我走过去看,试着碰了碰它,可它们都被锁在玻璃里。妈拉开了我的手。

"这边,"欧警官说,"不,就在这里——"

我们在一个房间里,安静多了。一个大块头的男人说:"对于媒体的出现,我真的很抱歉,电子搜索系统状态不好,我们升级成集群系统了,可他们用上了这些新的追踪扫描仪……"他伸出手。妈把我放下来,像电视里的人那样上上下下地摇着他的手。

"还有你,先生,我知道你表现得像一个勇气卓越的年轻男人。"

他在看着的是我。可是他不认识我,还有为什么他说我是个男人?妈坐到一把不是我们的椅子的椅子上,又让我坐在她的大腿上。我试着摇,但它不是摇椅。一切都不对了。

"好了,"那个大块头的男人说,"我知道现在很晚了,你儿子还有些擦伤需要照料,他们都在坎伯兰诊所待命,等着你们,那里的设备很好。"

"什么样的设备?"

"啊,精神病科的。"

"我们不是——"

他打断了妈,"他们会给你们提供所有适当的看护,很不错,那儿很重视隐私。不过当务之急是我确实需要你更详细地陈述一遍今晚发生的事情,如果你们情况允许的话。"

妈在点头。

"好的,我的某些问题可能会让你不大愉快,你希望欧警官也留下来录口供吗?"

"无所谓,不用。"妈说,她打哈欠了。

"你儿子今晚经历了很多,也许我们谈话的时候他最好在外面等着,啊……"

可是我们已经在外面了。

"没事的。"妈说,裹好我身上的蓝色毯子。"别关门。"妈说得很快。

"当然。"欧警官说着出去了,她让门半开着。

妈在和那个大块头的男人说话,他在用她另外两个名字中的一个称呼她。我看着墙,它们都变成了近乎无色的乳白。墙上挂着一些写了很多字的镜框,其中一幅上有一只老鹰,他说"天空无限"。有人从门口走过,我跳了起来。我希望它被关上了。我想吃一点儿奶,想得快疯了。

妈把她的 T 恤拉回到裤腰上。"现在不行,"她低声说,"我在和长官谈话。"

"这件事发生在——能回忆起日期吗?"他问。

她摇了摇头,"一月底。我回学校才不过几个星期……"

我还是渴,我又把她的T恤撩起来,这次她叹了口气,让我这么做了,她让我蜷在她的胸口上。

"你会,啊,情愿……"长官问。

"不用,我们就这样继续好了。"妈说。是右边的,里面没多少,可我不想爬下去换边,因为她也许会说够了,但是那不够。

妈谈了很久,关于房间和老尼克和所有那些事情,我都听累了。一个"她"走进来,对长官说了些什么。

妈说:"有问题吗?"

"不不。"长官说。

"那为什么她在盯着我们看?"她的手臂紧紧地圈住我,"我在给我儿子喂奶,这对你来说没问题吧,女士?"

也许在外面他们不知道吃奶的事情,它是个秘密。

妈和长官又说了很多。我几乎睡着了,可是这里太亮了,我不能舒舒服服地睡。

"怎么了?"她问。

"我们真的得回房间去,"我对她说,"我需要马桶。"

"没关系,他们这里也有马桶的,在分管区里。"

长官带着我们走过那个神奇的机器,我碰了碰玻璃上最接近巧克力棒的地方。我希望我知道密码好让它们出来。

他们有一、二、三、四个马桶,每个都在一个小房间里,小房间又在一个有四个水槽、全是镜子的更大的房间里。是真的,外面的马桶水箱上都有盖子,我看不到里面。妈小便完站起来的时候有可怕的响声。我哭了。"没事的,"她说,用她的手心给我擦脸,"这只是自动冲水。看,马桶透过这个小眼睛看见我们上完厕所了,它就会自己冲水,不是很聪明吗?"

我不喜欢一个聪明的马桶看着我们的屁股。

妈帮我脱掉短裤。"老尼克扛着我的时候我不小心拉了一点巴巴。"我告诉她。

"别为它担心。"她说。她做了一件奇怪的事,她把我的短裤扔进一个垃圾桶里。

"但是——"

"你不再需要它们了，我们会给你买新的。"

"周日优待的时候吗？"

"不，任何一天，随我们高兴。"

那真怪。我宁愿是在星期天。

水龙头很像房间里的真的水龙头，可是形状不对，妈把它打开，弄湿了纸给我擦大腿和屁股。她把手放到一个机器下面，然后热风吹了出来，像我们的暖气口，但是更热，而且又有噪音了。"这是干手机，看，你想试试吗？"她在朝我微笑，可我累得笑不动了。"那好吧，就在你的 T 恤上擦手好了。"接着她把蓝色毯子裹在我身上，我们又出去了。我想看看那个关着所有的罐子和袋子和巧克力棒的机器。可是妈把我一路拖回到那个房间，长官在那里等着要进行更多的谈话。

过了几百个钟头妈才带着我站起来，我整个人都摇摇晃晃的。不在房间里睡觉让我觉得恶心。

我们要去一个算是医院的地方，不过不是原来计划 A 里的那种，装病，卡车，医院？现在妈身上也围着一条蓝色毯子，我以为就是刚才在我身上的那条，可是那条还在我身上，所以她身上的肯定是条不一样的。巡逻车看上去像是同一辆，不过我不确定，外面的东西都很狡猾。我在街上绊了一下，差点儿摔倒，但是妈抓住了我。

我们在往前开。每次看到一辆车开过来，我都要用手捂住眼睛。

"他们在另一边，你知道吗？"妈说。

"什么另一边？"

"看到在路面中间的那条线了吗？他们必须总是待在它的那一边，而我们在这一边，所以我们不会撞车。"

突然我们就停下了。车门打开了，一个没有脸的人把头探了进来。我尖叫起来。

"杰克，杰克。"妈说。

"一个僵尸。"

我把脸埋在她的肚子上。

"我是克莱医生,欢迎到坎伯兰来。"那个没有脸的人用我听过的最低沉有力的声音说,"这个口罩只是为了保护你。想看看下面吗?"白色的东西被拉上去了,一个男人在微笑,他的肤色特别深,黑色的下巴轮廓很小。他让口罩弹了回去,啪。他的声音透过白口罩传出来,"给你们每人一个。"

妈接过口罩,"我们一定要吗?"

"想想周围空气里飘浮的东西,你儿子以前可能从来没接触过。"

"好吧。"她为自己和我戴上口罩,我的耳朵上套了两个圈。我不喜欢它那么压着我的。"我看不见周围有东西在飘浮。"我轻轻地对妈说。

"细菌。"她说。

过去我以为它们只在房间里,我不知道它们也充满了这个世界。

我们在一幢又大又明亮的楼里走着,我以为它又是分管区,但后来发现不是。有个叫做住院服务部的人在一台电脑——我知道,就像电视里的——上打字。他们看上去都像医学星球上的人,我必须不断提醒自己他们是真的。

我看到最最酷的东西,一只巨大的有角的玻璃缸,里面装的不是罐子和巧克力而是活的鱼,在石头间游来游去地捉迷藏。我拉了拉妈的手,可她没理我,她还在和住院服务人员说话,她的标签上也有一个名字,叫皮莱尔。

"听着,杰克,"克莱医生说,他弯下腰半蹲着,所以看起来像只大青蛙,为什么他要这么做?他的头几乎就在我的旁边,他的鬈发很短,大概四分之一英寸长。他没有再戴着口罩,只有我和妈戴着。"我们要带你妈妈到大厅对面的那个房间里去检查一下,好吗?"

他是在和我说话。可他不是已经看过她了吗?[1]

---

[1] 原文为 look,在英语中既有"看"的意思也是"检查"的意思。

妈在摇头,"杰克和我待在一起。"

"肯德里克医生——她是我们的值班全科医师——马上要过来做全套的采证检查,包括血液、尿液、头发、指甲采样,还有口腔、阴道、肛门等部位的抹片。"

妈看着他。她叹了口气,"我就在那里面,"她指着一扇门对我说,"如果你叫我,我能听见,好吗?"

"不好。"

"拜托。你是那么勇敢的魔豆杰克,就再勇敢一会儿,好吗?"

我抓着她不放。

"嗯,也许他可以一起进去,然后我们拉一块屏风?"肯德里克医生说。她的头发全是奶油色的,盘在她头上。

"一台电视?"[1] 我轻轻地问妈。"那里就有一台。"它比房间里的那台大好多,屏幕跳动着,它的颜色也更炫目。

"实际上,对了,"妈说,"能让他坐在接待室吗?那会很好地分散他的注意力。"

叫皮莱尔的女人在桌子后面打电话,她朝我笑了笑,不过我假装没看见。这里有很多很多椅子,妈为我选了一把。我看着她和医生们一起走了。我必须紧紧地抓着椅子才能不跟着她跑过去。

节目换成橄榄球赛了,戴着头盔,有着宽大肩膀的人们互相踢打,时而摔倒。我不知道那是真的在发生还是仅仅是图片。我看着鱼缸,可是它太远了,我看不见那些鱼,不过他们肯定还在那里,他们不能走路。妈走进去的那扇门开着一点儿,我觉得我听到了她的声音。她还在那里,即使我看不见她,就像我在完成我们的大逃亡时她一直在房间里一样。老尼克开着他的卡车飞快地逃跑了,现在他不在房间里了,他也不在外面,我没在电视上看到他。我脑袋里的问题太多了,快爆炸了。

我恨压着我的口罩,我把它推到头上,我觉得里面的某个地方装着一根不能弯曲的金属线。它让我的头发不再掉到我的眼睛里

---

[1] 屏风的英文 screen 和电视屏幕是同一个词,杰克搞混了。

了。现在是很多坦克在一座被炸成废墟的城市里,一个老人在哭。妈在另一个房间里很长很长时间了,他们在伤害她吗?那个叫皮莱尔的女人还在讲电话。另一个节目里很多男人在一个别提有多大的房间里谈话,都穿着夹克,我觉得他们像是在打架。他们讲了很多很多个小时。

然后画面又变了,是妈,她背着一个人,是我。

我跳起来,冲到屏幕前。有一个我,像在镜子里,只不过这个我更小。单词滑过屏幕下方,最新本地新闻。一个"她"在说话,可是我看不见她,"……一个单身的独居者将花园的棚屋改建为一个牢不可破的二十一世纪地牢。在经历了长期的噩梦般的囚禁生活后,暴君的受害者们脸色苍白得骇人,并且似乎处于一种神志不清的紧张状态。"欧警官就是在那个时候试着把毯子盖在我头上,而我没让她那么干。那个看不见的声音说:"这个营养不良的无法正常行走的男孩儿在镜头前神经质地猛打他的援救者之一。"

"妈。"我大叫。

她没来。我听见她在喊:"再等几分钟。"

"是我们。我们在电视里!"

可是画面变得空白了。皮莱尔站着,用一个遥控器指着它,她在盯着我看。克莱医生出来了,他冲皮莱尔发火了。

"再打开它,"我说,"是我们,我想看我们。"

"我真的,真的很抱歉——"皮莱尔说。

"杰克,你想过来和你妈妈一起吗?"克莱医生伸出他的手,他的手上戴着滑稽的白色塑料。我没碰。"戴上口罩,记得吗?"我把它拉到鼻子上。我走在后面,保持着一点距离。

妈坐在一张又小又高的床上,穿着一条纸做的裙子,它的背后裂开了。外面的人都穿滑稽的东西。"他们必须拿走我真正的衣服。"是她的声音,尽管我看不出它是从口罩后面的哪个地方发出来的。

我爬到她的膝盖上,纸裙子都皱了,"我看到我们在电视上。"

"我听见了。我们看上去怎么样?"

"小。"

我在拉她的裙子，可是没有地方能进去。"现在不行。"她在我的眼睛旁亲了下作为代替，可那不是我想要的。"你刚才说……"

我什么都没说。

"关于你的手腕，是的，"肯德里克医生说，"到了一定的时候可能要再弄断。"

"不！"

"嘘，没事的。"妈对我说。

"到时候她会是睡着的，"肯德里克医生看着我说，"外科医生会把一个金属钉放进去，帮助关节更好地活动。"

"像一个机器人？"

"那是什么？"

"对，有点像机器人。"妈说着朝我咧了咧嘴。

"不过就短期而言，我认为当务之急还是牙齿的治疗，"肯德里克医生说，"所以我要立刻给你开一个疗程的抗生素，还有更强效的止痛剂……"

我打了一个大大的哈欠。

"我知道，"妈说，"睡觉时间早就过了。"

肯德里克医生问："我能很快地给杰克做一个简单的检查吗？"

"我已经说过不了。"

她想给我什么？"是玩具吗？"我轻轻地问妈。

"没必要，"她对肯德里克医生说，"相信我的话。"

"我们只是按着这类案例的规定程序在办事。"克莱医生说。

"哦，你们在这里看过很多这样的案例了，是吗？"妈生气了，我能听出来。

他摇摇头，"其他的精神创伤，是的，不过我老实告诉你，没有你们这样的。这就是为什么我们必须从一开始就把它搞清楚，尽可能给你们两个最好的治疗。"

"杰克不需要治疗，他需要睡觉。"妈在咬着牙说话，"他从没离开过我的视线，什么都没发生过，没发生过任何你们在暗示的事情。"

医生们互相看了一眼。肯德里克医生说:"我的意思不是——"

"这些年来,我保护了他的安全。"

"听上去你确实做到了。"克莱医生说。

"是的,我做到了。"妈的脸上都是眼泪在往下掉,她的半边口罩都被打湿了。为什么他们把她弄哭了?"今天晚上,他却必须——他都站着睡着了——"

我没睡着。

"我完全理解,"克莱医生说,"就身高体重,她会处理他的伤口,怎么样?"

过了一会儿,妈点点头。

我不想让肯德里克医生碰我,不过我不介意站在那个能显示我重量的机器上,我不小心斜靠在墙上的时候妈让我挺直。于是我背靠数字站着,就像过去我们在门边做的那样,只不过这里数字更多、线也更直。"你做得很好。"克莱医生说。

肯德里克医生记下了很多东西。她把机器对着我的眼睛和耳朵和嘴,她说:"看来所有情况都不错。"

"我们吃完东西总会刷牙。"

"抱歉,再说一遍?"

"说慢点,大声点。"妈对我说。

"我们吃完东西总会刷牙。"

肯德里克医生说:"我希望我所有的病人都能这样照顾自己。"

妈帮着我把T恤从头上脱下来。口罩被弄掉了,我把它戴回去。肯德里克医生让我把衣服都脱掉。她说我的屁股长得很好,不过迟一点我可以做一个骨密度扫描,那是一种X光。我的手心和大腿上都有擦伤,是我从卡车上跳下来的时候弄的。右膝上都是干血块。肯德里克医生一碰它我就跳了起来。

"对不起。"她说。

我靠着妈的肚子,纸裙子满是皱痕,"细菌会从洞里钻进去,我会死的。"

"别担心,"肯德里克医生说,"我有一种特殊的纸巾,能把它们都擦掉。"

有点儿刺痛。她也擦了我被咬的手指,在左手上,那只狗吸了我的血的地方。然后她把一样东西贴在我的膝盖上,有点儿像黏胶带,但是上面有两张脸,是朵拉和布茨在朝我挥手。"哦,哦——"

"疼吗?"

"你让他高兴了。"妈对肯德里克医生说。

"你是朵拉的粉丝?"克莱医生说,"我侄子和侄女也是。"他笑得露出雪白的牙齿。

肯德里克医生把另外两个朵拉和布茨贴在我的手指上,好紧。

牙齿还好好地躺在我右脚袜子的一侧。我穿回T恤衫和披回毯子的时候,医生们轻轻地交谈着,然后克莱医生问:"你知道针是什么吗,杰克?"

妈呻吟了一下,"哦,拜托。"

"这样明天一早化验室就能做一个全面的血液测试。感染指标,缺少哪些营养素……这都是可采信的证据,而且更重要的是它能让我们知道杰克目前最需要的是什么。"

妈看着我,"你能再当一分钟的超级英雄,让肯德里克医生扎一下你的胳膊吗?"

"不。"我把两只胳膊都藏到毯子下面。

"拜托。"

可是不,我已经把所有勇敢都用完了。

"我只需要这么点儿。"肯德里克医生说,举起一根试管。

那比狗或者蚊子喝掉的要多好多,我不会再有血剩下了。

"然后你就能……他会想要什么?"她问妈。

"我想去床上睡觉。"

"她的意思是奖励,"妈对我说,"蛋糕什么的。"

"嗯,我想现在我们没有蛋糕,厨房都关门了,"克莱医生说。"棒糖怎么样?"

皮莱尔拿进来一个装满棒棒糖的罐子。

妈说:"去吧,挑一个。"

可是太多了，有黄的绿的红的蓝的还有橙色的。它们都是扁扁的圆块，不是老尼克带来的被妈丢进垃圾桶后来还是被我吃掉的那个球形的。妈给我挑了一个，是红的，可我摇了摇头，因为他带来的那个就是红的。我觉得我又要哭了。妈挑了一个绿的。皮莱尔把塑料罐拿走了。克莱医生把针扎进我的胳膊，我尖叫着试着躲开，可是妈按着我，她把棒棒糖塞进我嘴里，我吮吸着，但是疼痛一点都没缓解。"快好了。"她说。

"我不喜欢这个。"

"看，针出来了。"

"做得好。"克莱医生说。

"不，棒棒糖。"

"你已经有棒棒糖了。"妈说。

"我不喜欢这个，我不喜欢绿的。"

"没关系，把它吐出来。"

皮莱尔把它拿走了。"那么尝一个橙色的，我最喜欢橙色的。"她说。

我不知道我可以拿两个。皮莱尔为我打开一个橙色的，它不错。

一开始是暖的，后来变冷了。暖的很舒服，可是冷的湿哒哒的。妈和我在床上了，但它在缩小，而且越来越冷，下面的被单和上面的被单也都是冷的，还有羽绒被丢了她的白色，她全是蓝的——

这不是房间。

傻鸡鸡在立起来。"我们是在外面。"我轻轻地告诉他。

"妈——"

她像遭了电击似地跳起来。

"我尿床了。"

"没关系。"

"不,可是都湿了。我肚子那里的T恤也湿了。"

"忘了它。"

我试着忘记。我越过她的头去看。地板上的东西像地毯,可是毛茸茸的没有图案也没有边线,有点儿发灰,它一路延伸到墙边。我不知道墙都是绿色的。有一张怪兽的图片,但是我盯着它看的时候发现那其实是一波巨大的海浪。有一个天窗形状的东西,只不过是在墙上,我知道那是什么,那是边窗,上面挂着几百根木条,可还是有光从缝隙里漏进来。"我还记得。"我对妈说。

"当然你还记得。"她找到我的脸颊亲了亲。

"我忘不掉,因为我还是都湿着。"

"哦,那个,"她的声音变了,"我不是说你得忘记你尿湿了床,就是,别担心那了。"她在爬下床,她还穿着她的纸裙子,裙子皱成一团了。"护士们会换床单的。"

我没看见护士们。

"可是我其他的T恤——"他们在矮柜里,在下面的抽屉里。昨天它们在那里,所以我猜现在它们还在那里。可是如果我们不在里面了,房间还在那里吗?

"我们会想到办法的。"妈说。她坐在窗边,她把木条分得更开,好多的光。

"你怎么做到的?"我跑过去,桌子撞到了我的腿,砰。

她揉了揉它,好点儿了。"用绳子,看到了吗?这是百叶窗的绳子。"

"为什么它是——"

"是这根绳子让百叶窗打开关上的,"她说,"这是一个窗户——百叶窗,它叫百叶窗——我猜是因为它让你看不见东西。"

"为什么它让我看不见?"

"我说的'你'是一般的人。"

为什么我是一般的人?

"它让人看不见里面或者外面。"妈说。

可是我在看着外面,它像电视。有草有树有一幢白色的楼的一部分和三辆汽车,一辆蓝色的一辆棕色的还有一辆银色带条纹的。"草地上的——"

"什么?"

"那是一只秃鹫吗?"

"我想那不过是一只乌鸦。"

"另外一个——"

"那是一个,一个叫什么来着,一只鸽子。我要得老年痴呆了!好了,我们去洗澡吧。"

"我们还没吃早饭。"我提醒她。

"我们可以洗完再吃。"

我摇摇头,"早饭是在洗澡之前的。"

"不是非得在之前的,杰克。"

"可是——"

"我们不用非得像过去那样生活了,"妈说,"我们想做什么都行。"

"我喜欢在洗澡之前吃早饭。"

可是她已经消失在一个转角了,我看不见她了,我跑上去。我在这个房间中的另一个小房间里找到了她,地板变成发亮的冰冷的白色方块,墙也都是白色的了。有一个不是马桶的马桶和一个比水槽大两倍的水槽和一个高高的透明的盒子,那肯定是淋浴间,就是电视人会在里面噼里啪啦洗澡的那种。"浴缸藏在哪儿?"

"这里没有浴缸。"妈把盒子的正面砰地一下推到边上,于是它就打开了。她脱下纸裙子,把它揉成一团丢进一只篮子里,我想那是一个垃圾桶,可是它没有会"叮"的一下打开的盖子。"我们把那脏东西也扔了。"我的T恤刮着我的脸被脱了下来。她把它也团起来扔进了垃圾桶。

"可是——"

"那是一块破布。"

"不是的，是我的 T 恤。"

"你会有另外一件的，很多件。"我几乎听不见她了，因为她打开了淋浴，都是哗啦哗啦的水声，"快进来。"

"我不知道怎么做。"

"很舒服的，我保证。"妈等着，"那好吧，我不会很久的。"她走进去，要关上那扇看不见的门。

"不。"

"我必须关上，否则水会溅出来的。"

"不。"

"你可以透过玻璃看着我，我就在这里。"她砰地一声拉上了。我再也看不见她了，除了模糊的影子，不像真的妈，而像某个发出怪声的影子。

我打了它，我不知道怎么打开，然后我做到了，我把它撞开了。

"杰克——"

"我不喜欢你在里面我在外面。"

"那就到里面来。"

我哭了。

妈用手给我擦脸，眼泪被抹开了。"抱歉，"她说，"抱歉。我想我太急了。"她给了我一个拥抱，把我身上都弄湿了，"再没什么需要哭了。"

我还是个婴儿的时候，我哭是有正当理由的。可是妈到淋浴间里去把我关在不对的一边，那就是个正当的理由。

这次我进去了，我紧靠着玻璃站着，但还是被溅到了。妈把她的脸放进吵闹的水流里，她发出一声长长的呻吟。

"你痛吗？"我大叫。

"不，我只是在试着享受我七年来的第一个淋浴。"

有一只小袋子上写着"香波"，妈用牙齿咬开它，她把里面的东西都挤了出来，所以几乎没有剩下的。她花了很长时间冲洗自己的头发，又把另一个写着"护发素"的小袋子里的东西擦到头发上，是为了让头发变柔顺。她也想给我擦，可是我不想变柔顺，我不要把脸伸进水柱里。她用手给我洗澡，因为没有浴巾。腿上的伤口变成青紫色了，那是很久以前我从棕色卡车上跳下来时弄的。我的伤口到处都疼，尤其是贴着我那朵拉 - 布茨创可贴的膝盖处，创可贴已经微微掀起了，妈说那说明伤口正在好起来。我不知道为什么疼痛就是在好起来。

我们每人都有一条超厚的白色毛巾可以用，而不是共用一条了。我情愿用一条，可是妈说那太傻了。她把第三条毛巾包在头上，又大又尖，像个冰激凌，我们大笑起来。

我渴了，"我能吃一点儿吗现在？"

"哦，再等一小会儿。"她递给我一件很大的东西，有袖子和腰带，像一件戏服，"暂时穿这件长袍吧。"

"可它是给巨人的。"

"能穿上的。"她把袖子叠起来，直到它们变短了许多，而且鼓鼓囊囊囊的。她闻起来不一样了，我想是护发素的关系。她把长袍在我的腰上系紧。我提起长的下摆好走路。"嗒 - 哒，"她说，"杰克国王。"

她从不是衣柜的衣柜里拿出另一件一模一样的，长度刚到她的脚踝。

"'我要是国王叮铛叮铛，你就是王后'。"[1] 我唱道。

妈的皮肤都是粉色的，她咧着嘴在笑，她的头发湿了所以是黑的。我的马尾辫也是黑的，可是都缠在一块儿了，因为这里没有梳子，我们把他留在房间里了。"你应该带着梳子的。"我对她说。

"带上，"[2] 她说，"记得吗，我急着要来见你。"

"没错，但是我们需要它。"

"那把旧的掉了一半齿子的塑料梳子？我们还不如在头上打个洞呢。"她说。

---

1 这是一首英文儿歌《蓝色薰衣草》中的两句歌词。
2 杰克用了 brung，妈提醒他这里应该用 brought。

我在床边找到了我的袜子,我要穿上它们,可是妈说别穿了,因为我在街上跑啊跑啊的时候把它们都弄脏了,而且上面还有洞。她把它们也扔进了垃圾桶,她在浪费所有的东西。

"可是牙齿,我们忘记他了。"我跑过去把袜子从垃圾桶里捡回来,我在第二只里找到了牙齿。

妈翻了个白眼。

"他是我朋友。"我对她说,我把牙齿放进长袍的口袋里。我舔着我的牙齿,因为它们感觉怪怪的,"哦,不,我吃完棒棒糖没刷牙。"我用手指使劲地按着好让它们不要掉出来,不过不是那只被咬过的手指。

妈摇了摇她的头,"那不是真的。"

"它吃起来像真的。"

"不,我的意思是它们是无糖的,它们不是用真的糖做的,对你的牙齿没坏处。"

那很难懂。我指着另外一张床,"谁睡在那里?"

"是给你的。"

"可是我和你睡在一起。"

"嗯,护士们不知道。"妈在看着窗户外面。她的影子拉得长长的延伸过光滑的灰色地板,我从没见过这么长的影子。"那是一只猫在停车场里吗?"

"让我看看。"我跑过去看,可我的眼睛找不到它了。

"我们去探险好吗?"

"哪儿?"

"外面。"

"我们已经在外面了。"

"对,但是我们到外面去呼吸新鲜空气,去找那只猫。"妈说。

"酷。"

她给我们找了两双拖鞋,可是我的不合脚,所以我老要摔倒,她说我现在可以光脚。我再从窗户里看出去的时候,一个东西嗖地蹿到其他车旁边,是一辆写着"坎伯兰诊所"字样的面包车。

"如果他来了怎么办?"我低低地问。

"谁?"

"老尼克,如果他开着他的卡车来。"我几乎要忘记他了,我怎么能忘记他呢?

"哦,他不会的,他不知道我们在哪里。"妈说。

"我们又是一个秘密了吗?"

"算是吧,不过是好的那种。"

床边有一个——我知道那是什么,是一台电话。我拿起上面的东西,我说:"你好。"但是没人回答,只有一种"嗡嗡"的声音。

"哦妈,我还没吃过呢。"

"过会儿吧。"

今天所有的事情都推迟了。

妈去拉门把手,脸扭曲了一下,肯定是她的坏手腕。她换了一只手拉开门。我们走到外面一间长长的、墙壁是黄色的房间,窗户都在一边,门都在另一边。每个房间里墙的颜色都不一样,这肯定是规矩。我们的门是一扇写着"七"的通体金色的门。妈说我们不能走进别的门里去,因为它们属于其他人。

"什么其他人?"

"我们还没见过他们。"

那她怎么知道?"我们能从边窗看外面吗?"

"哦,可以,任何人都能用它们。"

"任何人是我们吗?"

"我们和任何其他人。"妈说。

任何其他人不在这里,所以只有我们。这些窗上没有让人看不见的百叶窗。这是个不一样的有更多汽车的星球,比如绿色的白色的和一辆红色的,还有一个有很多石头的地方,还有在走路的东西,是人。"他们好小,像小精灵。"

"不,那只是因为他们离得远。"妈说。

"他们是真的吗? 真的?"

"和你和我一样真。"

我试着去相信,但是很难。

有一个女人不是真的,我能分辨出来,因为她是灰色的,她是一个雕塑,而且没穿衣服。

"来吧,"妈说,"我饿坏了。"

"我只是——"

她拉起我的手。然后我们不能再往前走了,因为出现了往下的楼梯,很多楼梯。"抓着扶手。"

"什么?"

"这边的东西,栏杆。"

我抓住了。

"向下走,每次走一个台阶。"

我要掉下去了。我坐下了。

"好吧,那样也行。"

我的屁股坐在台阶上,一个台阶又一个台阶再一个台阶,巨大的袍子变松了。一个大人冲上楼梯,快快,好像她在飞,可是她没有,她是一个全身都穿着白色衣服的真人。我把脸贴到妈的袍子上,不让她看见我。"哦,"那个"她"说,"你们应该按呼叫器的——"

像蜜蜂那样?

"你们床边的呼叫器没问题吧?"

"我们能行。"妈对她说。

"我是诺琳,我给你们拿几个新的口罩来。"

"哦,抱歉,我忘了。"妈说。

"没事,为什么不让我把早饭拿到你们房间里去呢?"

"不用,我们正要下去。"

"好极了,杰克,需要我叫个人来抱你下楼吗?"

我不明白,我又把脸藏起来了。

"没事的,"妈说,"他有他的办法。"

我用屁股往下挪完了其余的十一级台阶。到了底下,妈又给我系了一次袍子,所以我们还是国王和王后,像《蓝色薰衣草》里唱的那样。诺琳又给了我一个我必须戴上的口罩，她说她是个护士，从另一个叫爱尔兰的地方来，她喜欢我的马尾辫。我们到了一个都是桌子的巨大的地方，我从没见过那么多盘子和玻璃杯和刀，其中一个戳在我的肚子上，我是说一张桌子。玻璃杯是透明的，和我们的一样，但是盘子都是蓝色的，真恶心。

这像是一个完全关于我们的电视星球，人们说"早安"和"欢迎来坎伯兰"和"恭喜"——我不知道是为了什么。有些人穿着和我们一模一样的袍子，有些穿着睡衣，还有些穿着不一样的制服。大多数人都很高大，但是没有我们这么长的头发，他们动作很快，突然就出现在四周，甚至是后面。他们走近来，他们有那么多牙齿，他们闻上去怪怪的。一个蓄着胡子的"他"说："嘿，伙计，你称得上是个英雄。"

他指的是我。我没看他。

"到目前为止，你觉得这个世界怎么样？"

我什么都没说。

"很棒吧？"

我点点头，握紧了妈的手，但是我的手指还是滑掉了，它们出汗弄湿了自己。她吞下了几片诺琳给她的药片。

我认识一个高高在上的有一小撮头发的脑袋，那是克莱医生，没戴口罩。他用他那只戴着白色塑料的手和妈握了握，他还问我们睡得怎么样。

"我太兴奋了。"妈说。

另一些穿制服的人走了过来，克莱医生说了几个名字，但是我听不懂。一个人的头发都是灰色大卷，他们说她是诊所的主管，就是老板的意思，可她笑着说那不是真的，我不知道哪里好笑了。

妈指着她边上的一把椅子让我坐下。盘子上放着最让人惊喜的东西，是银色的、蓝色的和红色的，我以为它是个蛋，不过不是一个真的蛋，是巧克力。

"哦对，复活节快乐，"妈说，"我都忘光了。"

我把那个假蛋拿在手里。我从来不知道复活节兔会到大楼里来。

　　妈把她的口罩拉到脖子上,她在喝一种颜色怪怪的果汁。她把我的口罩拉到头上,这样我也能尝尝果汁,可是果汁里有看不见的像细菌一样的小块顺着我的喉咙滑下去,所以我趁人不注意悄悄地把它吐回玻璃杯里。靠得很近的"任何人"们都在吃着奇怪的方形物体,上面都是小方块,还有皱起来的培根。他们怎么能让食物待在蓝色的盘子上蘸到颜色呢?闻上去确实很好吃,可是太多了,我的手又出汗了,我把复活节蛋放回到盘子正中间和刚才一样的位置上。我在袍子上擦了擦手,没有擦那只被咬的手指。刀叉也不对,手柄上没有白色,只有金属,肯定会痛的。

　　那些人的眼睛很大,他们的脸是各种不同的形状,有些蓄着胡子,有些戴着珠宝还化了妆。"没有孩子。"我轻轻地对妈说。

　　"怎么说?"

　　"孩子们在哪儿?"

　　"我想这里没有小孩。"

　　"你说过在外面有几百万个。"

　　"诊所只是世界的一小部分,"妈说,"把你的果汁喝了。嘿,看哪,那里有一个男孩。"

　　我偷瞄着她指的方向,可是他和一个男人差不多高,还用指甲挠着他的鼻孔和下巴和眼皮。也许他是个机器人?

　　妈喝了一种棕色的冒着热气的东西,然后她做了个鬼脸,把它放下了。"你想要什么?"她问。

　　那个叫诺琳的护士就在我旁边,我跳了起来。"这是自助的,"她说,"你能吃到,让我看看,华夫饼,煎蛋,烤薄饼……"

　　我轻声说:"不。"

　　"你要说,'不谢谢',"妈说,"那是礼貌。"

　　不是我朋友的人们看着我,看不见的射线会把我射穿,我把脸贴在妈的身上。

　　"你喜欢什么,杰克?"诺琳问。"香肠,吐司?"

　　"他们在看。"我告诉妈。

"每个人都不过是在表示友好。"

我希望他们不要这样了。

克莱医生又来了,他俯下身靠近我们,"杰克肯定是有点儿被吓到了,你们两个都是。对第一天来说也许太急进了?"

什么第一天?

妈吐了口气,"我们想看看花园。"

不,那是爱丽丝。

"不着急。"他说。

"随便吃点儿什么,"妈对我说,"你会感觉好点的,你至少应该喝掉你的果汁。"

我摇摇头。

"我装几盘东西拿到你们房间里去怎么样?"诺琳问。

妈把她的口罩啪的一下拉回到鼻子上,"那就这样吧。"

我觉得她生气了。

我抓着椅子,"那复活节呢?"

"什么?"

我指了指。

克莱医生偷走了巧克力蛋,我差点儿叫起来。"给你。"他说,他把它放进我长袍的口袋里。

楼梯在往上走的时候要难得多,所以妈抱着我。

诺琳问:"让我来,行吗?"

"我们能行。"妈说,像是要吼起来。

诺琳走后,妈紧紧地关上了我们的七号门。只有我们的时候,我们可以把口罩脱下来,因为我们有一样的细菌。她试着开窗,她推了它一下,但是没打开。

"我现在能吃一点儿吗?"

"你不想吃你的早饭吗?"

"之后再吃。"

所以我们躺了下来,我吃了一点儿,左边的,味道真好。

妈说盘子不是问题,蓝色不会沾到食物上的,她让我用手指去刮一下看看。叉子和刀子也是,没有白色手柄的金属感觉很怪,但是它不会真的弄痛我。有种用来浇在烤薄饼上的糖浆,但是我不想把我的薄饼弄湿。每样食物我都吃了一点,所有东西都很美味,除了炒蛋上的酱汁。巧克力的那个,复活节,它的里面融化了。它比我们在周日优待得到过的任何巧克力都要双倍地更像巧克力,它是我吃过的最好的东西。

"哦!我们忘了对耶稣宝宝说谢谢了。"我对妈说。

"我们现在说,他不会介意我们是不是晚了。"

接着我打了一个巨大的饱嗝。

然后我们又去睡觉了。

有人敲门,妈让克莱医生进来了,她把她的口罩戴了回去,我的也是。现在他不那么吓人了。"你怎么样,杰克?"

"挺好。"

"击个掌?"

他的塑料手举了起来,他还在摇晃他的手指,我假装我没看见。我不会给他我的手指的,[1] 我需要它们。

他和妈讨论了一些事情,比如她为什么睡不着,心动过速和重历。"试试这些,在睡觉之前,"他说,往他的本子上写了点东西。"消炎药可能对你的牙痛更有效……"

"我能自己保管我的药而不是让护士们来分发吗?搞得我像个病人。"

"啊,那应该没问题,只要你不在房间里乱放。"

"杰克知道不能乱碰药片。"

"事实上我是在想过去的几个有滥用药物史的病人。好了,我

---

1 击掌在英语中的字面意思是"给我五个手指"。

有个魔法贴片给你。"

"杰克,克莱医生在和你说话。"妈说。

贴片是贴在我手臂上的,贴着它的那块地方没有知觉。他还给我们拿来两副墨镜,在照进窗户的阳光太强烈时戴,我的是红色的,妈的是黑色的。"像饶舌歌星。"我对她说。如果我们到外面的外面去,它们会变深,如果在外面的里面就变浅。克莱医生说我的视力很好,但是它们还不习惯看远的地方,我需要经常看看窗外。我从来不知道我的眼睛里还有肌肉,我用手指去按,但是我感觉不到它们。

"贴片怎么样,"克莱医生问,"你的胳膊麻了吗?"他把它撕下来,碰了碰下面的皮肤,我看见他的手指在碰我,但是我感觉不到它。然后坏事发生了,他拿出针来说他很抱歉,可我必须再打六针,以防我会得可怕的病,贴片就是为了让打针不疼的。六针是不可能的,我跑进房间里叫厕所的地方。

"它们会杀了你的。"妈说,把我拉回到克莱医生那里。

"不!"

"细菌,我是说,不是打针。"

还是不。

克莱医生说我真的很勇敢,可是我不勇敢,我把所有的勇敢都用在计划 B 上了。我不停地尖叫。妈把我摁在她的大腿上,让他把针一次又一次地戳进去,它们真的会痛,因为他把贴片撕下来了,我大哭起来,最后妈把贴片贴回去了。

"现在都结束了,我保证。"克莱医生把针都放回墙上一个写着"针头"的盒子里。他从口袋里掏出一根棒棒糖给我,橙色的,可是我太饱了。他说我可以留着下次吃。

"——在很多方面都像一个新生儿,除了他令人惊叹的读写和算术能力。"他对妈说,我努力地听着,因为那个"他"就是我。"除了免疫系统的问题,其他可能有问题的方面,我想想,适应社会,很显然,感觉调适——要过滤和妥善处理所有可能对他造成刺激的事情——还要加上空间感知的困难⋯⋯"

妈问:"那就是他一直撞到东西的原因吗?"

"没错。他对原来空间限定的环境太熟悉了,过去他根本没必要学会测量距离。"

妈用手撑着头,"我以为他没问题的。多少吧。"

我有问题吗?

"从另一个角度来看——"

但是他停下了,因为传来一阵敲门声,他打开门,是拿着另外一个托盘的诺琳。

我打了个嗝,我的肚子里还是塞满了早饭。

"理想情况下应该做一个心理健康测试,还要看他能否达到游戏和艺术治疗[1]的标准,"克莱医生继续说,"但是今天早上我们开会决定当务之急是帮助他获得安全感。你们两个都是,确切地说。这是一个逐步慢慢扩大信任范围的过程。"他的双手在空中夸张地挥舞着,"既然我很幸运地是昨天夜里当值的收治医师——"

"幸运?"她说。

"措辞不当。"他扯了扯嘴角,"暂时我会和你们两个一起工作——"

什么工作?我不知道小孩需要工作。

"——我在儿童和青少年精神科的同事会参与这个过程,我们的神经科医师,我们的理疗师,我们还会加入一个营养师,一个物理治疗……"

又是一阵敲门声。还是诺琳,和一个警察一起,一个"他",不过不是昨天晚上黄头发的那个。

现在房间里有三个人和我们两个,等于五,这里快要被手臂、大腿和胸腔填满了。他们都一直在说话,说得我头疼。"停下来不要同时说话。"我在心里默念。我用手指堵上了耳朵。

"你想要个惊喜吗?"

---

[1] 艺术治疗是一种利用艺术材料,如绘画、粉笔与标示物等的表达性治疗的形式,结合了传统的精神疗法,并运用创意过程的心理学方法,特别是不同艺术材料的情感特性。

妈是在问我,我不知道。诺琳走了,警察也是。我摇摇头。

克莱医生说:"我不确定这是不是我们最推荐的做法——"

"杰克,是最好的消息。"妈打断了他。她拿着几张照片。我不用走近看就知道那是谁,是老尼克。是那天晚上我躺在床上时偷看到的同一张脸,但是他的脖子周围有个标记,他靠着一些数字站着,就像我们在生日的时候给我测量身高,他差不多有六英尺高,但是不到。一张照片上的他看着旁边,另一张上的他看着我。

"别害怕。警察在半夜里把他抓进监狱了,那就是他要待着的地方。"妈说。

我想知道棕色卡车是不是也在监狱里。

"看这些照片会诱发任何一个我们谈论过的症状吗?"克莱医生在问她。

她翻了个白眼,"和真人过了七年,你觉得我会因为一张照片崩溃吗?"

"那你呢,杰克,觉得怎么样?"

我不知道答案。

"我要问一个问题,"克莱医生问,"但是你不一定要回答,除非你愿意。好吗?"

我看看他,又回去看照片。老尼克被困在数字里,他不能出来了。

"这个男人曾经做过什么你不喜欢的事情吗?"

我点点头。

"你能告诉我他干了什么吗?"

"他把电源切断了,蔬菜都变得黏糊糊的。"

"好的。他曾经伤害过你吗?"

妈说:"别——"

克莱医生举起他的手。"没人在怀疑你说的话,"他对她说,"但是想想那些你睡着了的夜晚。如果我没亲自问过杰克,我就不算尽到职责,对吗?"

妈长长地呼出一口气。"好吧,"她对我说,"你可以回答。老尼克曾经伤害过你吗?"

"有的,"我说,"两次。"

他们两个都瞪大了眼睛。

"我在大逃亡的时候,他把我扔进卡车里,还扔到街上,第二次最疼。"

"好了。"克莱医生说。他在微笑,我不知道为什么。"我现在就到化验室去,看看他们是不是还需要另一份你们两个的DNA样本。"他对妈说。

"DNA?"她的声音又变得古怪了,"你认为我还有其他访客吗?"

"不,不。这只是法庭工作的程序,每一项都要确实执行。"

妈把她的整张嘴都抿了起来,所以看不见她的嘴唇了。

"每天都会因为技术问题把疯子放出来。"他听上去很严厉,"明白吗?"

"我明白。"

他一走开我就把口罩拉了下来,我问:"他生我们的气了吗?"

妈摇了摇她的头,"他在生老尼克的气。"

我不知道克莱医生还认识他,我以为我们是唯一认识他的人。

我去看诺琳拿来的托盘。我不饿,但我问妈,她说现在已经一点多了,即使吃午饭也太晚了,午饭应该在十二点左右,可我的肚子里还是没有空间。

"放轻松,"妈对我说,"一切都不一样了。"

"可是规矩呢?"

"没有规矩。我们可以在十点或者一点或者三点或者半夜吃午饭。"

"我不想在半夜吃午饭。"

妈叹了口气,"让我们定一条新规矩,我们会在……十二点到两点之间的随便什么时候吃午饭。如果我们不饿就跳过它。"

"我们怎么跳过去?"

"什么都不吃。不碰食物。"

"好。"我不介意什么都不吃,"诺琳会拿这些食物怎么办?"

"扔掉。"

"那是浪费。"

"对,但是它必须到垃圾桶里去因为它——它有点儿脏了。"

我看着盘子上五颜六色的食物,"它看上去不脏。"

"不是真的脏,但是它在我们的盘子上放过以后,这里的其他人就不会想要了,"妈说,"别为它担心。"

她一直这么说,可是我不知道怎么才能不担心。

我打了个超级大的哈欠,几乎把自己摔倒了。刚才我的手臂上没有失去知觉的地方还是疼。我问能不能再去睡觉,妈说当然,不过她要看报纸。我不知道为什么她想看报纸而不是和我一起睡觉。

我醒来的时候,光线在不对的地方。

"没事的,"妈说,用她的脸碰了碰我的,"一切都很好。"

我戴上墨镜,看着上帝黄色的脸溜进我们的窗户,它恰好穿过毛茸茸的灰色地毯。

诺琳拿进来几个袋子。

"你应该敲门的。"妈说得很大声,她给我戴上口罩,还有她自己的。

"抱歉,"诺琳说,"其实我敲过了,不过下次我会再敲得响一点。"

"不,抱歉,是我没听见——我正在和杰克说话。也许我听见了但我不知道那是敲门声。"

"没关系。"诺琳说。

"有声音从——其他房间来,我听见了可我不知道它是,从哪儿来,或者是什么声音。"

"感觉上肯定都挺怪的。"

妈勉强笑了下。

"而这个小伙子——"诺琳的眼睛亮闪闪的,"你想要看看你的新衣服吗?"

它们不是我们的衣服,它们是装在袋子里的不一样的衣服,如果它们不合身或者我们不喜欢,诺琳就会立刻把它们拿回商店去换别的。我试穿了每一件,我最喜欢睡衣睡裤,毛茸茸的,上面还有太空人。像电视上的男孩穿的衣服。鞋子上有毛糙的能黏在一起的东西,那叫搭扣。我喜欢把它们撕开和粘上时发出的"呲呲"的声音。不过很不好走,它们重得像要把我绊倒。我喜欢在床上穿着它们,我在空中挥动我的脚,鞋子们互相打架又和好。

妈穿着一条牛仔裤,太紧了。"现在他们就是这么穿的,"诺琳说,"天知道你的体型这么适合。"

"谁是他们?"

"年轻人。"

妈咧开嘴笑了,我不知道为什么。她穿上一件衬衫,也太紧了。"那些不是你真的衣服。"我悄悄地对她说。

"现在它们是了。"

门响了,是另一个护士,一样的制服,但是脸不一样。她说我们应该把口罩戴回去,因为我们有一个客人。以前我从来没有过客人,我不知道该怎么办。

有人进来了,她朝妈冲了过来,我捏着拳头跳起来,可是妈笑了,同时也在哭,这肯定是高兴的难过。

"哦,妈妈。"那是妈在说话,"哦,妈妈。"

"我的小——"

"我回来了。"

"是的,你回来了,"那个"她"说,"他们打电话来的时候我以为这肯定又是个恶作剧——"

"你们想我吗?"妈开始大笑,笑得很奇怪。

那个女人也在哭,她的眼睛下面都是黑色的泪滴,我不知道为什么她流出来的眼泪是黑色的。她的嘴唇是血的颜色,像电视上的那些女人。她有一头浅黄色的短发,不过不全是短的,在她的耳朵洞下面一点的地方插着金色的大圆球。妈还被她抱在她的手臂里,圆滚滚的身体，比妈胖两倍。我从没见过妈拥抱一个别的人。

"把那蠢玩意儿摘掉，让我看看你，就一秒。"

妈把她的口罩拉了下来，她一直在微笑。

现在那女人在盯着我看了，"我不敢相信，我不敢相信这一切。"

"杰克，"妈说，"这是你外婆。"

所以我真的有一个。

"真是个宝贝。"这个女人张开手臂，好像要挥舞它们，但是她没有。她朝我走过来。我躲到椅子后面。

"他很有感情，"妈说，"他就是还不习惯任何除了我以外的人。"

"当然，当然。"这个外婆靠近了一点儿，"哦杰克，你是世界上最勇敢的小家伙，你把我的宝贝救回来了。"

什么宝贝？

"把你的口罩拿起来一会儿。"妈对我说。

我拿起来立刻又弹了回去。

"他遗传了你的下巴。"这个外婆说。

"你这么觉得吗？"

"当然，你总是那么喜欢孩子，你会去做免费保姆……"

她们谈了又谈。我看了看我的创可贴下面手指上的疤是不是快要掉了。现在那些红色的东西有点儿裂开了。

风吹进来。门口有张脸，一张长满了胡子的脸，脸颊上和下巴上和鼻子下面全是，可是头上一点都没有。

"我告诉过护士我们不想被打扰。"妈说。

"实际上，这是里奥。"外婆说。

"嘿。"他说，晃动着自己的手指。

"谁是里奥？"妈说，没有笑容。

"照理说他应该待在走廊里的。"

"没问题。"里奥说，接着他就不见了。

"爸爸在哪里？"妈问。

"这会儿在堪培拉，不过他已经在路上了。"外婆说，"很多事都变了，甜心。"

"堪培拉？"

"哦，亲爱的，你要接受的事情也许太多了……"

原来这个胡子很多的里奥不是我真正的外公，真的那个回澳大利亚生活了，他认为妈死了以后还给她举行了一个葬礼，外婆生他的气了，因为她从没放弃过希望。她总是对自己说他们的宝贝女儿肯定是有她的理由才消失的，她会挑一个好日子再和他们联系的。

妈盯着她，"一个好日子？"

"是啊，不是吗？"外婆朝着窗户挥了挥手。

"什么样的理由会让我——"

"哦，我们绞尽了脑汁。一个社工告诉我们你这个年纪的孩子有时候就是会因为忧郁突然离家出走。毒品，可能，我翻遍了你的房间——"

"我的总平均成绩是三点七[1]。"

"当然你是，你是我们的快乐和骄傲。"

"我是从街上被拐走的。"

"哦现在我知道了。我们在全城贴了寻人启事。保罗做了一个网站。警察和大学里每个认识你的人都谈了话，还有高中的，就为了找到一个你可能和他交往过但是我们不认识的人。我一直以为自己看见你了，真是折磨，"外婆说，"我开车的时候不停地在路过的女孩身边停下来按喇叭，可结果她们都是陌生人。你生日的时候我总要烤你最喜欢的蛋糕，指望着你突然回来，记得我的香蕉巧克力蛋糕吗？"

妈点点头。眼泪顺着她的脸往下流。

"我不吃药就睡不着。没有你的消息要把我整个人掏空了，这对你哥哥真的不公平。你知道吗，哦你怎么能知道，保罗有了一个小女儿，她快三岁了，已经训练她自己上厕所了。他太太很可爱，是个放射科医生。"

---

[1] 美国大学和中学普遍采用四分制系统计算学生成绩。满分为四分。三点七分约等于百分制的九十分，是非常优异的成绩。

她们又谈了很多，我的耳朵听累了。然后诺琳拿着给我们的药片进来了，还有一杯果汁，不是橘子味的，是苹果的，是我喝过最好喝的。

现在外婆要回她的房子去了。我想知道她是不是睡在吊床上。"我能——里奥能进来很快地打个招呼吗？"她走到门口的时候说。

妈什么都没说。然后，"也许下次吧。"

"随你便。医生说要慢慢来。"

"让什么慢慢来？"

"一切，"外婆朝我转过来，"那么，杰克，你知道'拜拜'这个单词吗？"

"实际上我知道所有的单词。"我告诉她。

那让她笑个不停。

她吻了吻自己的手，朝我吹过来，"接着了？"

我想她是希望我假装在捉那个吻，所以我那么做了，她很高兴，她流了更多的眼泪。

"为什么我说我知道所有的单词让她笑了？我不是在开玩笑。"后来我问妈。

"哦，那不重要，能让人笑总是好的。"

诺琳在六点十二分拿进来一个完全不同的托盘，是晚饭，我们可以在五点左右或者六点左右甚至七点左右吃晚饭，妈说。绿色的咬起来嘎吱嘎吱响的叫做芝麻菜的东西太硬了，我喜欢边缘烤得脆脆的土豆，还有带筋的肉。面包里有什么东西卡着了我的喉咙，我试着把它们挑出来，可是弄出了几个洞，妈说让它去。还有她说尝起来像天堂的草莓，她怎么能知道天堂是什么味道呢？我们吃不完。妈说很多人不管怎么样都会把自己撑着，我们应该只吃喜欢的东西，把其余的剩下。

我最喜欢的外面的东西是窗户。每次它都会有一点儿变化。一只鸟噌地一下飞过去了，我不知道那是什么鸟。这会儿影子又拉长了，我的影子摇摆着穿过房间，映在绿色的墙上。我看着上帝的脸很慢很慢地落下去，它橙色的光芒越来越深，还有各种颜色的云，又过了一会儿，从下面开始出现深色的条纹，一点一点地往上升，我看着它直到再也看不见为止。

夜里妈和我总是撞到对方。第三次醒过来的时候，我想要吉普车和遥控器，可是他们不在这里。

现在没人在房间里了，只有东西，所有东西都静静地躺着落灰，因为妈和我在诊所里而老尼克在监狱里。他要永远被锁在里面了。

我想起我穿着太空人图案的睡衣睡裤。我摸了摸衣服里面的腿，它不像是我的。过去曾经属于我们的所有的东西都被锁在房间里，除了在这里被妈扔进垃圾桶的我的T恤，现在它也不在了，睡觉前我肯定看见一个清洁工把它拿走了。我以为清洁工是一个比其他人都干净的人，但是妈说那是一个打扫卫生的人。我以为他们和小精灵一样是看不见的。我希望清洁工能把我的旧T恤拿回来，但是那样的话妈大概又会变得很古怪。

我们必须待在世界上，我们不会再回房间去了，妈说事情就是那样，而我应该感到高兴。我不知道为什么我们不能回去，即使只是回去睡觉。我不知道我们是不是得一直住在这个叫诊所的地方，或者我们能不能到外面的其他地方去，比如有吊床的房子，不过真外公在澳大利亚，那里太远了。"妈？"

她呻吟了一声，"杰克，我刚要睡着……"

"我们在这儿多久了？"

"才刚二十四个小时。只是感觉上要更久一点。"

"不，可是——我们还要在这里待多久？几天几夜？"

"其实我也不知道。"

但妈总是知道的，"告诉我。"

"嘘。"

"可是要多久？"

"就一会儿,"她说,"现在,嘘,隔壁还有其他人,记得吗,你在打扰他们了。"

我看不见那些人,不过他们还是在那里,就是从食堂来的那些人。在房间里我从来没打扰过什么人,除了有时候牙痛得很厉害的妈。她说这些人在坎伯兰是因为他们脑袋里有点儿问题,不过不严重。他们可能因为担心什么而睡不着,或者他们吃不下东西,或者他们洗太多次手,我不知道洗手还会太多次。有些人打了自己的头,他们再也不认识自己了,有些人总是很悲伤,甚至用刀割过自己的手臂,我不知道为什么。医生和护士和皮莱尔和看不见的清洁工都没病,他们在这里是为了帮忙。妈和我也没病,我们只是在这里休息一会儿,而且我们也不想被狗仔队,也就是带着摄像机和话筒的秃鹫骚扰,因为我们现在很有名,就像饶舌歌星,可是我们不是故意要出名的。妈说基本上我们只是需要一点儿帮助,好把事情安排妥当。我不知道是什么样的事情。

我把手伸到枕头下面,想知道牙齿是不是变成钱了,可是还没有。我想是因为小精灵不知道诊所在哪里。

"妈?"

"什么?"

"我们被锁起来了吗?"

"不。"她几乎是吼出来的,"当然没有。为什么,你不喜欢这里吗?"

"我的意思是我们必须待在这里吗?"

"不,不,我们像小鸟一样自由。"

我以为所有奇怪的事情都在昨天发生过了,可是今天还有更多。我的巴巴很难拉出来,因为我的肚子还不习惯那么多食物。我们不用在淋浴间里洗我们的床单,因为看不见的清洁工也干那个。

妈在一个笔记本上写字,那是克莱医生给她的家庭作业。我以为只有去上学的孩子们才做那个,它的意思是在家里做的作业,可是妈说诊所其实不是任何人的家,每个人最后都要回家的。

我讨厌我的口罩,我不能透过它呼吸,但是妈说我可以,真的。

我们在食堂里吃了早饭,食堂就是只用来吃饭的地方,世界上的人喜欢去不同的房间做不同的事。我记得礼貌,就是一些人害怕会惹其他人生气。我说:"请问你可以再给我一点儿烤薄饼吗?"

那个穿围裙的"她"说:"真是个洋娃娃。"

我不是洋娃娃,可是妈轻轻地告诉我那说明这个女人很喜欢我,所以我应该允许她这么叫我。

我试了下糖浆,它特别超级的甜,在妈阻止我之前我喝了整整一小盆。她说那只是用来放在薄烤饼上的,但是我觉得那让人难以下咽。

不断有人拿着咖啡壶朝她走来,她说不。我吃了好多培根,我数不过来,我说"感谢你耶稣宝宝"的时候人们盯着我看,我想是因为在外面他们不知道他是谁。

妈说当一个人表现得滑稽的时候——比如那个脸上有金属东西的叫雨果的高个子男孩一直在哼哼,或者像格伯太太总是在挠她的脖子,我们不能笑,即使我们实在想笑,那也得憋在心里。

我从来不知道什么时候会有声音让我跳起来。很多时候我看不见它们是从哪里发出来的,有些声音很轻,像小虫子嗡嗡的叫声,但是有些会让我头疼。尽管一切都是那么大声,妈却一直对我说别叫,别打扰别人。可是他们常常听不见我说话。

妈问:"你的鞋子呢?"

我们回到食堂,在桌子底下找到了它们,其中一只上搭着一片培根,我把它吃了。

"细菌。"妈说。

我拎着鞋子上的搭扣。她让我把它们穿上。

"它们把我的脚弄疼了。"

"尺寸不对吗?"

"太重了。"

"我知道你还不习惯穿它们,但是你不能穿着袜子到处跑,你可能会踩到什么尖锐的东西的。"

"我不会的,我保证。"

她等着,直到我把鞋子穿上。我们在一条走廊里,不是在楼梯顶上的那条,诊所里有很多不同的地方。我觉得我们没到过这里,我们迷路了吗?

妈在从一扇新的窗户里看出去,"今天我们可以到外面去看看树和花,也许。"

"不。"

"杰克——"

"我是说不谢谢。"

"新鲜空气!"

我喜欢七号房间里的空气,诺琳把我们带了回去。从我们的窗户向外能看见汽车在停下和开走,还有鸽子,有时候还有那只猫。

过了一会儿我们去和克莱医生玩,他在一间新的房间里,里面有一块长毛地毯,和平的、有锯齿花纹的地毯不一样。我想知道地毯有没有想念我们,她还在那辆被关进监狱的卡车的后厢里吗?

妈给克莱医生看她的家庭作业,他们谈了很多事情,比如人格分裂和旧历如新症[1]。然后我帮着克莱医生打开他的玩具卡车,它是最酷的。他朝着一只手机说话,那是一只假的,"真高兴听到你的声音,杰克。我这会儿在诊所。你在哪里?"

有一只塑料香蕉,我朝着它说"我也在"。

"真巧。你喜欢这里吗?"

"我喜欢培根。"

他笑了起来,我不知道我又闹笑话了。"我也喜欢培根。太喜

---

[1] 病人接触曾经经历过的事物时,会有一种从未经历过的陌生感。

欢了。"

"喜欢怎么能太多呢?

在卡车底部我找到几个小玩偶,包括一只斑点狗、一个海盗、一个月亮和一个吐着舌头的男孩,我最喜欢那只狗。

"杰克,他在问你问题呢。"

我茫然地看着妈。

"那么你不太喜欢这里的哪个方面呢?"克莱医生问。

"人们看。"

"嗯?"

他老是用这个代替很多词。

"还有突然的事情。"

"确切一点?哪些?"

"突然的事情,"我对他说,"来得很快很快。"

"啊,没错。'世界比我们想象得更突然,越想越突然'。"[1]

"唔?"

"抱歉,只是一行诗。"克莱医生冲妈笑了笑,"杰克,你能描述一下你到诊所来之前待的地方吗?"

他从没去过房间,所以我给他讲了里面的每个部分,我们每天都做什么之类的,我忘记说的妈都补上了。他有我在电视上看过的各种颜色的橡皮泥,我们说话的时候,他把它做成球和虫子。我把手指插进一块黄色的,有一些跑到我的指甲里去了,我不喜欢指甲是黄色的。

"你从来没在周日优待时得到过培乐多[2]吗?"他问。

"它会干掉。"是妈在插嘴,"你想过吗?即使你把它放回罐子里,嗯,小心翼翼的,过一阵它还是会变硬的。"

"我想它确实会的。"克莱医生说。

"这就是为什么我要蜡笔和铅笔,不是水彩笔,还有布做的尿

---

[1] 选自路易斯·麦克尼斯的《雪》。路易斯·麦克尼斯(1907—1963),英国著名现代抒情诗人,生于北爱尔兰的贝尔法斯特,与奥顿、斯潘德、刘易斯合称为牛津四才子。

[2] 培乐多彩泥是美国孩之宝玩具公司旗下的著名品牌之一。

布,还有——所有耐用的东西,这样我就不用等到下个星期再要一次。"

他一直在点头。

"我们做面粉团,不过它总是白色的。"听起来妈在生气,"你觉得如果我可以的话,会不每天给他一种不同颜色的培乐多吗?"

克莱医生叫了妈的另外一个名字,"没人在指责你的选择和方法。"

"诺琳说如果你放和面粉一样多的盐会更好,你知道吗?我不知道,我怎么能知道呢?我甚至从来没想过问他要食用色素。如果我能有一个该死的提示——"

她一直在对他说她很好,但是她听起来并不好。她和他讨论了诸如认知扭曲之类的事情,他们做了一个呼吸训练,我和玩偶们玩。然后我们的时间到了,因为他要去和雨果玩了。

"他也被藏在一个棚屋里吗?"我问。

克莱医生摇了摇头。

"他遇到了什么?"

"每个人的故事都不一样。"

我们回到自己的房间后,妈和我躺到床上,我吃了很多。她闻上去还是不对,因为护发素,太滑了。

即使睡了个午觉,我还是困。我一直在流鼻涕和眼泪,好像我的鼻子和眼睛里面融化了。妈说我得了出生以来的第一场感冒,就是那样。

"可是我戴口罩了。"

"细菌还是会钻进去的。也许明天你就会传给我了。"

我哭了起来,"我们还没玩好。"

"唔?"她抱着我。

"我还不想去天堂。"

"甜心——"妈从来没这么叫过我,"没事的,如果我们病了,医生们会让我们好起来的。"

"我希望那样。"

"你希望什么?"

"我希望克莱医生现在就让我好起来。"

"嗯,实际上,他不能治好感冒。"妈咬了咬她的嘴唇,"但是过几天它就会走的,我保证。嘿,你想要学着擤自己的鼻子吗?"

我只学了四次,然后就能把所有鼻涕都擤进纸巾里了,她拍起手来。

诺琳拿来了午饭,有汤和烤腌羊肉块和一种实际上不是米的叫做藜麦的东西。之后还有水果沙拉,我试着辨认它们,苹果和橘子还有我不认识的菠萝和芒果和蓝莓和猕猴桃和西瓜,两个猜对了,五个错了,那就是——负三分。没有香蕉。

我想再去看一次鱼,所以我们到下面叫做接待室的地方去了。鱼的身上有条纹。"它们病了吗?"

"在我眼里它们够生龙活虎的了,"妈说,"尤其是那条又大又胖的,在水草里的。"

"不,可是它们的头呢?它们是疯掉的鱼吗?"

她笑了,"我想不是。"

"它们也是因为有病来休息一下吗?"

"这些鱼是在这里出生的,实际上,就在这个鱼缸里。"是那个叫皮莱尔的女人。

我跳了起来。我没看到她从桌子里走出来。"为什么?"

她看着我,还在笑,"啊——"

"它们为什么在这里?"

"为了让我们看,我猜。它们不是很漂亮吗?"

"好了,杰克,"妈说,"我肯定她还有工作要做。"

在外面,时间都混起来了。妈不停地说"慢一点儿,杰克"和"等等"和"现在停下来"还有"快点儿,杰克",她总是叫"杰克"所以我知道她是在和我而不是别的人说话。我几乎没猜对过时间，这里有钟，可是它们的指针是尖的，我不知道它的秘密，这里没有手表和她的那些数字，所以我不得不问妈，而她被我问烦了。"你知道现在是什么时候，是去外面的时候。"

我不想去，可她一直说："让我们试一下，就试一下。就现在吧，为什么不呢？"

我得先把鞋子穿回去。我们还要穿上外套戴上帽子，在戴着口罩的脸上和手上涂黏糊糊的东西，太阳可能会晒伤我们的皮肤，因为我们是从房间里来的。克莱医生和诺琳和我们一起，他们没戴墨镜或者任何别的东西。

出去的路不是一扇门，是一个像太空船上的气闸的东西。妈不记得那个词了，克莱医生说那是"旋转门"。

"哦对，"我说，"我在电视上看过。"我喜欢在门里转来转去的部分，可是后来我们到了外面，光线弄痛了我的墨镜，它全黑了，风刮在我的脸上，我必须回到里面去。

"没事的。"妈一直在说。

"我不喜欢这样。"旋转门卡住了，它不转了，它在把我往外推。

"拉着我的手。"

"风要把我们撕开了。"

"这只是阵微风。"妈说。

光线和在窗户里面的不一样，它从我的墨镜周围的缝隙里漏进来。太多可怕的阳光和新鲜空气了。"我的皮肤要烧掉了。"

"你棒极了，"诺琳说，"慢慢地深呼吸，那才像个男孩子。"

为什么那才像个男孩子。这里的外面根本不可能呼吸。我的墨镜上有斑点，我的心脏在胸口剧烈地跳动，风太响了，我什么都听不到。

诺琳在做一件奇怪的事情，她拉下我的口罩，把一张不一样的纸放到我脸上。我用我黏糊糊的手把它推开了。

克莱医生说，"我不确定这是一个这么——"

"在袋子里呼吸。"诺琳对我说。

我这么做了,好暖,我所做的一切就是吸进去、吸进去。

妈在捏着我肩膀,她说:"我们进去吧。"

回到七号房间里,我们在床上吃了一点儿,我还穿着鞋子,脸和手还是黏糊糊的。

后来外婆来了,这次我认得她的脸了。她从她的吊床房子里带了些书来,三本没有图片的是给妈的,她很兴奋;五本有图片的是给我的,外婆甚至根本不知道五是我最喜欢最喜欢的数字。她说这些是妈和保罗舅舅小时候看的书,我想她没有在撒谎,可是很难相信这是真的,相信妈曾经是个小孩。"你想要坐到外婆腿上来让我给你读一本吗?"

"不,谢谢。"

有《好饿的毛毛虫》和《爱心树》和《跑啊,小狗,跑啊》和《绒毛树》,还有《小兔彼得的故事》,我翻看了所有的图片。

"我是认真的,所有的细节,"外婆在和妈说话,特别轻的,"我能承受。"

"我怀疑。"

"我准备好了。"

妈不停地在摇头,"有什么意义呢,妈妈?一切都结束了,再说我都出来了。"

"可是亲爱的——"

"我希望你不要每次看到我的时候都在想那件事,好吗?"

更多的眼泪顺着外婆的脸往下流。"甜心,"她说,"我看着你的时候能想到的全部就是感谢上帝。"

她走了以后,妈给我读了兔子的那本,他是彼得但不是圣人。他穿着老式的衣服被一个护园人追赶,我不知道为什么他要费劲去偷蔬菜。偷东西是坏的,可如果我是个小偷,我会去偷比如汽车和巧克力那样的好东西。这不是一本很棒的书,但有了这么多本新书,真的很棒。在房间里我有五本,现在又多了五本,那等于十。实际上现在我没有那五本旧的书了,所以我猜我只有这五本新的。

房间里的那几本，也许他们不再属于任何人了。

外婆只待了一小会儿，因为我们还有另一个客人，那是我们的律师莫里斯。我不知道我们还有一个律师，就像法律星球，里面的人大喊大叫，法官咚咚地敲着锤子。我们到一个不在楼上的房间里去见他，那里有一张桌子，还有一股闻着像是糖的味道。他的头发很卷，他和妈说话的时候我练习了擤鼻子。

"比如这张报纸刊登了你五年级时的照片，"他说，"我们会有一场很大的隐私侵权案要打。"

"你"指的是妈不是我，我开始有点在行了。

"你是说起诉？我完全不考虑这种事情。"她对他说。我给她看我擤了鼻涕的纸巾，她竖了个大拇指。

莫里斯频频点头，"我只是说，你必须考虑你们的未来，你自己的还有这个男孩的。"那是我，这个男孩。"没错，坎伯兰会在短期内提供免费治疗，我也已经为你的关注者们成立了一项基金，但是我告诉你，迟早会有账单的，到时候你都不敢相信。你们两个的心理治疗、催眠疗法、住房、教育支出……"

妈揉了揉她的眼睛。

"我不想催你。"

"你说——我的关注者？"

"当然，"莫里斯说，"捐赠源源不断，一天一麻袋吧。"

"一麻袋什么？"

"所有你能想到的。我随便拿了点东西——"他从自己的椅子后面拿出一个大塑料袋，取出里面的包裹。

"你把它们拆开了。"妈说，看着信封里面。

"相信我，你需要把这些东西过滤一遍。粪——便[1]，这还是最起码的。"

"为什么有人寄给我们巴巴？"我问妈。

莫里斯睁大了眼睛。

---

1 莫里斯为了不让杰克听懂，故意不说单词而用字母表达。

"他拼读很好。"她对他说。

"啊，你问为什么，杰克？因为外面有很多疯子。"

我以为疯子都在这里，在诊所里接受帮助。

"不过你们收到的大多数还是好心的祝愿，"他说，"巧克力、玩具，那类东西。"

巧克力！

"我想第一次来应该给你们带花，尽管它们会让我的私人助理偏头痛。"他举起一大把裹在透明塑料纸里的花，就是那个味道。

"那些玩具是什么玩具？"我轻轻地问。

"看，这里就有一个，"妈说，把它从一个信封里拉出来。是一辆木头小火车。"不可以抢。"

"抱歉。"我让它嚓嚓地沿着桌子腿下来，开过地板爬上墙壁——在这个房间里墙是蓝色的。

"许多网站都表达了强烈的兴趣，"莫里斯继续说，"你也许可以考虑出一本书，在将来……"

妈看上去不那么友好了。"你认为我们应该在别人出卖我们之前把自己卖出去。"

"我不会这么说。我相信你有很多东西要教给这个世界。所有那些简单生活的事情，没有比这更符合时代精神的了。"

妈突然大笑起来。

莫里斯举起他的手，"不过这都要取决于你，显然。也许在未来的某天。"

她在读一封信，"'小杰克，你这个神奇的男孩儿，享受每一刻吧，因为你值得，因为你曾经亲身经历了地狱又回来了！'"

"那是谁说的？"我问。

她把纸翻过去，"我们不认识她。"

"为什么她说我神奇？"

"她只是在电视上听说过你。"

我翻着那些最厚的信封想要更多的火车。

"看这个，这些看上去不错。"妈说，拿着一小盒巧克力。

"这里更多。"我找到了一个特别大的盒子。

"不,那太多了,它们会害我们生病的。"

我已经生病了,感冒了,所以我不介意。

"我们要把那些给别人。"妈说。

"谁?"

"护士们,也许。"

"玩具什么的,我可以送到一家儿童医院去——"莫里斯说。

"好主意。挑一些你想留下的。"妈对我说。

"多少?"

"你喜欢多少就留多少。"她在读另一封信了。"'上帝保佑你和你的儿子,甜蜜的小圣徒,我祈祷你们能发现这个世界上所有美好的能实现你们所有梦想的事物,也祈祷你们的生活道路是一条充满欢乐和金光的坦途。'"她把它放在桌上,"我哪有时间来回所有这些信呢?"

莫里斯摇摇头,"那个混——那个被指控的人,我们是否该这么说,他已经夺走了你生命中最好的七年时光。我个人建议不要再浪费第二次了。"

"你怎么知道那会是我生命中最好的时光?"

他耸耸肩,"我只是说——那时你十九岁,对吧?"

超级酷的东西,一辆能呜呜开动的带轮子的小汽车,一个形状像猪的哨子,我吹了一下。

"哇!真响。"莫里斯说。

"太响了。"妈说。

我又吹了一下。

"杰克——"

我把它放下了。我找到一条和我的腿一样长的天鹅绒的鳄鱼,一只内藏铃铛的拨浪鼓,一个小丑面具,如果我按它的鼻子,它会发出哈哈哈哈的笑声。

"也不要玩那个,我讨厌。"妈说。

我轻轻地对小丑说了拜拜,把它放回信封里。还有一块方形的绑着一支算是笔的东西,我能在上面画画,不过它是硬塑料,不是纸。还有一盒猴子,手臂和尾巴都是弯曲着的,能连成串。另外还有一辆救火车和一只戴帽子的泰迪熊,就算我使劲拉它的帽子也不会掉下来。标签上有一张划了一道线的婴儿脸,还写着"0-3",也许是能在三秒内杀死婴儿的意思?

"哦,拜托,杰克,"妈说,"你不需要那么多。"

"我需要多少?"

"我不知道——"

"你能不能在这里、那里和那里签字。"莫里斯对她说。

我在口罩下面咬我的手指。妈再也没对我说过别那样做。"我到底需要多少?"

她从在写字的纸上抬起头来,"选,嗯,选五个。"

我数了数,汽车和猴子和写字板和木头火车和拨浪鼓和鳄鱼,那是六个不是五个,可是妈和莫里斯还在说啊说啊。我找了一个大信封,把六样东西都放了进去。

"好了。"妈说,把剩下的所有包裹都丢回那个大袋子里。

"等下,"我说,"我能在袋子上写字。我可以写'杰克的礼物——给生病的孩子们'。"

"让莫里斯去处理吧。"

"可是——"

妈叹了口气,"我们还有很多事要做,我们必须让别人为我们分担一点,否则我的头会爆炸的。"

为什么我在袋子上写字会让她的头爆炸呢?

我和火车玩,我把它放在衬衫上,它是我的宝贝,它蹦了出来,我把它吻了个遍。

"明年一月,也许最早到十月才能开庭审判。"莫里斯在说话。

馅饼的审判,蜥蜴比尔不得不用他的手指写字,爱丽丝大闹陪审团的时候不小心把他撞翻了,哈哈。

"不,可是,他会被关多久?"妈问。

她的意思是他,老尼克。

"哦，地方检察官告诉我她希望是二十五年到终身监禁，根据联邦法律没有假释。"莫里斯说，"罪行是性绑架，非法监禁、多次强奸、非法虐待……"他用手指而不是在脑袋里数。

妈在点头，"那么婴儿呢？"

"杰克？"

"第一个。那算不算某种程度上的谋杀？"

我从没听过这个故事。

莫里斯抿起了他的嘴，"如果它生下来就死了，不算。"

"她。"

我不知道那个"她"是谁。

"她，请你原谅，"他说，"我们能期待的最好结果是犯罪过失，或者甚至能判到刑事轻率……"[1]

他们想要用爱丽丝身高超过一英里的借口把她逐出法庭。还有一首奇怪的诗：

> 倘若我或者她碰得不巧，
> 卷入这个事件里头，
> 他便委托你把他们都放掉，
> 就像我们一个样。

诺琳在那里，我没看见她进来，她问我们是想自己单独吃晚饭还是到食堂去。

我把装在大信封里的玩具都带上了。妈不知道里面有六个而不是五个。我们走进去的时候有人朝我们挥手，所以我也朝他们挥了手，比如那个光头、脖子上都是纹身的女孩儿。只要他们不碰我，我不那么介意他们。

---

[1] 犯罪过失，是指行为人应当预见自己的行为可能发生危害社会的结果，因为疏忽大意而没有预见，或者已经预见但轻信能够避免的心理态度。刑事轻率作为犯罪心理在刑事立法中的新定义，是一个普通的英语词，直到1974年才成为一种法律术语，其基本含义是没有正当理由的冒险。所冒之险是否正当，取决于行为人所实施的行为的社会价值与可能引起的危害的严重性程度。

穿围裙的女人说她听到我去过外面了,我不知道她怎么听到我的。"你喜欢吗?"

"不,"我说,"我是说,不谢谢。"

我在学更多的礼貌。如果什么东西很难吃,我们应该说它很有意思,比如吃起来像根本没烧过的荬米。擤鼻子的时候要把纸巾叠起来,这样就不会有人看见鼻涕。如果我想要让妈只听我说话而不是其他人说话时,我要说"抱歉打扰你",有时候我说了太多遍"抱歉打扰你",等她问我什么事的时候我已经不记得要说什么了。

等我们穿上睡衣摘下口罩躺在床上吃奶的时候,我想起来了,我问:"谁是第一个婴儿?"

妈低下头看着我。

"你对莫里斯说有个'她'犯了谋杀。"

她摇摇头,"我是说她被谋杀了,算是。"她把脸转开了。

"是我干的吗?"

"不!你什么都没干,那是在你出生一年以前,"妈说,"你记不记得我说过,你第一次来的时候,在床上,你是个女孩?"

"对。"

"好吧,我说的就是她。"

我更加糊涂了。

"我想她是在试着变成你。那根脐带——"妈把她的手遮在脸上。

"百叶窗的绳子?"[1] 我看了看它,透过叶子钻进来的只有黑暗。

"不不,记得连在肚子按钮上的绳子吗?"

"你剪断了它,我获得了自由。"

妈在点头,"可是那个小女孩,她出来的时候脐带缠住了,所以她不能呼吸。"

就像我今天在外面的风里。"我不喜欢这个故事。"

她按着她的眉毛,"让我说完。"

---

1 在英文里"脐带"也是"绳子"的意思。

"我不——"

"他就在那里，看着。"妈有点歇斯底里了，"他不知道孩子生下来后要做的第一件事是什么，他甚至没费心去网上查一下。我能感觉到她的头顶，很滑，我反复地用力，我大喊着'救命，我做不到，救救我——'而他就是站在那里。"

我等了一会儿，"她也住在你的肚子里吗？那个小女孩？"

有一会儿妈什么也没说。"她出来的时候浑身都是青的。"

青的？

"她从没睁开过她的眼睛。"

"你应该问老尼克要点药给她，周日优待的时候。"

妈摇了摇头，"脐带都缠在她的脖子上了。"

"她还连在你身上吗？"

"直到他剪断它。"

"然后她就自由了吗？"

有眼泪掉在毯子上。妈点着头在哭，可是没有声音。

"现在结束了吗？这个故事？"

"差不多了。"她的眼睛闭着，可是泪水还在流出来，"他把她带走了，埋在后院的一丛灌木下面。只是她的尸体，我是说。"

她是青色的。

"她的那个她的部分直接回天堂去了。"

"她重生了吗？"

妈好像是笑了一下，"我喜欢那么想。"

"为什么你喜欢那么想？"

"也许那就是你，一年以后你又下来试了一次，回来成了一个男孩。"

"那次我就是我。我没有回去。"

"没门。"眼泪又在掉出来，她把它们擦掉了，"那次我没让他进房间来。"

"为什么不？"

"我听见门的声音，哔哔，于是我大吼'出去'。"

我打赌那让他生气了。

"我准备好了,我希望这次只有我和你。"

"我是什么颜色的?"

"热呼呼的粉红色。"

"我睁开眼睛了吗?"

"你生下来的时候眼睛就是睁开的。"

我打了一个特别大的哈欠,"现在我们能睡觉了吗?"

"哦,没问题。"妈说。

夜里,我砰地一下摔到地上。我哭了,流了很多鼻涕,可我不知道在黑暗里该怎么擤它。

"这张床对两个人来说太小了,"到了早上妈说,"你在另一张床上会睡得更舒服。"

"不。"

"如果我们把床垫放在这里,就在我的床旁边,那样我们就能握着手了,也不行吗?"

我摇摇头。

"帮我想个办法,杰克。"

"我们两个都睡在这张床上,但是都把我们的胳膊肘收起来。"

妈很响地擤了下她的鼻子,我想感冒是从我身上跳到她那里去了,可我也还没好。

我们做了个约定,我和她一起去淋浴,但是我要把头放在外面。手指上的创可贴掉了,我找不到它。妈给我梳了头,打结的头发弄疼了我。我们有了一把梳子和两把牙刷和所有的新衣服和木头小火车还有其他玩具,妈还是没数过,所以她不知道我拿了六个而不是五个玩具。我不知道应该把东西放在哪里,有些在柜子上,有些在床边的桌子上,有些在衣柜里,我得不停地问妈把它们放到哪去了。

她在读她的一本没有图片的书,我把有图片的那几本换给她。《好饿的毛毛虫》是个可怕的爱浪费的家伙,他只在草莓和腊肠和所有东西上咬出几个洞,剩下其他的。我真的能把手指从洞里穿过去,我以为有人撕过这本书,可妈说这是故意弄的,为了让书更有趣。我喜欢《跑啊,小狗,跑啊》,尤其是他们用网球拍打架的时候。

诺琳敲门了,她带来一些让人非常激动的东西:第一样是有弹性的像袜子一样的鞋子,不过是皮革做的,第二样是一块只有数字的手表,这样我就能像看我以前的手表一样看懂它了,我说:"现在的时间是九点五十七分。"对妈来说它太小了,它只属于我,诺琳教我怎么在手腕上系紧表带。

"每天都有礼物,他会被宠坏的。"妈说,把她的口罩推上去好再擤一次鼻子。

"克莱医生说过,要尽全力培养小家伙的掌控感。"诺琳说。她笑的时候眼睛会皱起来。"或者你有点儿想家了,是吗?"

"想家?"妈在瞪着她。

"抱歉,我不是——"

"那里不是一个家,那是一个隔音牢房。"

"我说错话了,请你原谅。"诺琳说。

她匆匆忙忙地离开了。妈一句话也没说,她只是在她的笔记本上写字。

如果房间不是我们的家,那是说我们没有一个家吗?

今天早上我和克莱医生击了掌,他激动坏了。

"我们都已经得流感了还戴着这些口罩,看上去不是有点可笑吗?"妈说。

"嗯,"他说,"但是外面的情况更糟。"

"没错,而我们必须不停地把口罩拉下来擤鼻子——"

他耸耸肩,"你有最终决定权。"

"脱下来,杰克。"妈对我说。

"好耶。"

我们把它们丢进垃圾桶。

克莱医生的蜡笔都住在一个特别的硬纸板盒子里,上面写着120,那代表里面有多少种不同的颜色。蜡笔的侧面偏上的地方用小小的字写着它们神奇的名字,比如原子柑橘和毛茸茸和尺蠖和外太空——我从来不知道它还有颜色,还有紫色高山国王和活力和轻佻的黄色和遥远的狂野蓝色。有些为了搞笑故意拼错了,比如神紫色[1],那不好笑,至少我不那么觉得。克莱医生说我可以用任何一支,但我只挑了五支和房间里的那几支颜色一样的,一支蓝的一支绿的一支橙色的一支红的还有一支棕色的。他问我是不是能画画房间,可我已经在用棕色的画一只火箭飞船了。甚至还有一支白色的蜡笔,那不就看不见了吗?

"如果纸是黑色的,"克莱医生说,"或者是红色的呢?"他给我找来一张黑色的纸试验一下,他是对的,我能在上面看见白色。"火箭周围的方块是什么?"

"墙。"我告诉他。纸上有是个女婴儿的我在挥手拜拜,还有耶稣宝宝和施洗约翰,他们什么衣服都没穿,因为是晴天,上帝的脸是黄色的。

"你妈在这张图片里吗?"

"她在底下打盹呢。"

真的妈笑了一下,擤了擤鼻子。这提醒我也去擤一下鼻涕,因为它快滴下来了。

"那么你们叫他老尼克的那个男人,他在哪里呢?"

"好吧,他可以在这个角落里,在他的笼子里。"我画了他和很粗的栅栏,他在咬他们。有十根铁条,那是最厉害的数字,就算是个天使也不能用他的喷火枪把它们打开,而妈说一个天使无论如何都不会为了一个坏家伙打开他的喷火枪的。我向克莱医生展示了数数的能力,我能数到一百万零二十九甚至更多,如果我想的话。

---

[1] 原文为 Mauvelous,正确的拼法是 marvelous,神奇的意思。mauve 在英语中是淡紫色。

"我认识一个小男孩,他紧张的时候会一遍又一遍地数同样的东西,他停不下来。"

"什么样的东西?"我问。

"人行道上的线,纽扣,那类东西。"

我觉得那个男孩应该数他的牙齿,因为它们永远在那里,除非它们掉出来。

"你一直在说分离焦虑[1],"妈在对克莱医生说话,"可我和杰克不会被分开的。"

"但是现在不再是你们两个人了,不是吗?"

妈在咬她的嘴唇。他们谈了社会复归和自责。

"你做过的最好的事情是,你早早把他弄出来了,"克莱医生说,"五岁这个年纪,他们还是有可塑性的。"

可我不是塑料的,我是一个真的男孩。[2]

"——也许还足够小去忘记,"他说,"那是种恩赐。"

那是西班牙语的谢谢,我想。

我还想继续和吐着舌头的男孩玩偶玩,可是时间到了,克莱医生要去陪格伯太太玩了。他说我可以借这个玩偶到明天,不过他仍然属于克莱医生。

"为什么?"

"嗯,这个世界上的每样东西都属于某个人。"

就像我的六个新玩具和我的五本新书,还有牙齿也是我的,我想,因为妈不再想要他了。

"除了那些我们共享的东西,"克莱医生说,"比如河流和高山。"

"大街?"

"没错,我们都要用大街。"

"我在街上跑。"

"当你在逃跑的时候,没错。"

---

1 精神医学的诊断系统中,被归类为儿童或青少年时期的疾患。主要特征是离开家里或离所依附对象(例如父母)时,会产生过度的焦虑。
2 在英语里,"可塑的"和"塑料的"是一个词。

"因为我们不属于他。"

"没错。"克莱医生在微笑,"你知道你属于谁吗,杰克?"

"嗯。"

"你自己。"

他错了,其实我属于妈。

诊所里总是有更多的地方,比如有一个房间里放着一台别提多大的电视,我跳上跳下地希望能看到《朵拉》或者《海绵宝宝》,我好久没看到过他们了,可是只有高尔夫节目,三个我不知道名字的老人在看。

在走廊里我想起来了,我问:"'恩赐'是什么?"

"唔?"

"克莱医生说我是塑料的,我会忘记。"

"啊,"妈说,"他指的是,很快你就不会再记得房间了。"

"我不会的。"我盯着她,"我应该忘记吗?"

"我不知道。"

现在她总是那么说。她已经到我前面去了,她到了楼梯那里,我得跑着赶上去。

午饭后,妈说是时候再试一次到外面的外面去了。"如果我们一直待在室内,那就等于我们从来没大逃亡过。"她听上去不太高兴,她已经在系鞋带了。

我又一次戴上帽子、墨镜,穿上鞋子,涂上黏糊糊的东西,我累了。

诺琳在鱼缸旁边等着我们。

妈让我在门里转了五次。她推了一下,我们在外面了。

太亮了,我觉得我要尖叫了。接着我的墨镜变黑了,我看不见了。空气涌进我酸痛的鼻子里,闻起来很奇怪,我的脖子都缩紧了。"假装你是在看电视一样看着风景。"诺琳在我耳边说。

"唔?"

"就试一下。"她用一种特别的声音说,"这里有一个叫杰克的男孩和他的妈妈还有他们的朋友诺琳在散步。"

我是在看这一切。

"杰克脸上戴着的是什么呀?"她问。

"很酷的红色墨镜。"

"对,他戴着。看,他们正在穿过一个停车场,在一个温暖的四月天。"

停车场里有四辆汽车,一辆红的一辆绿的一辆黑的和一辆金棕色的。烧赭石,是那种颜色蜡笔的名字。从汽车的窗户看进去,它们像带座位的小房子。红色的那辆车的镜子上挂着一只小泰迪熊。我轻轻地摸着汽车头,它又滑又冷,像一块冰。"当心,"妈说,"你会触动警报器的。"

我不知道,我把手收了回来。

"我们走到草地上去。"她轻轻地推了我一下。

我的鞋子踩在绿色的草地上咯吱咯吱响。我弯下腰去摸,它没割伤我的手指。我偷看着创可贴的下面,拉亚试着要吃掉的那只手指快愈合了。我又去看草地,有一根嫩枝和一片棕色的叶子和一个什么东西,它是黄色的。

一阵嗡嗡声,于是我抬头往上看,天空太大了,它几乎要当头一棒把我击倒。"妈,又一架飞机!"

"飞机云,"她说,指着,"我刚想起来,这就是那道痕迹的名字。"

我不小心踩到一朵花上,还有几百朵,不像那些疯子寄来的,它们不是一捧的,它们直接长在地上,就像我头上的头发。"水仙,"妈说,指给我看,"木兰,郁金香,丁香,那是苹果花吗?"她闻着每一种,她把一朵花放到我的鼻子下面,可是它太甜了,它让我头晕。她选了一朵丁香给我。

近看那些树真是巨大,它们也有皮肤,但摸起来疙疙瘩瘩的。我找到一个有我的鼻子那么大的多棱多角的东西,诺琳说那是一块石头。

"有几百万年了。"妈说。

她怎么知道? 我看看那东西的下面,没有标签。

"嘿，看——"妈跪了下来。

有什么东西在爬。一只蚂蚁。"不要。"我大叫起来，我用双手围着它，像盔甲一样。

"怎么了？"诺琳问。

"拜托拜托拜托，"我对妈说，"不要是这只。"

"没事的，"她说，"我当然不会踩扁它。"

"保证。"

"我保证。"

我把手拿开之后，蚂蚁不见了，我哭得更厉害了。

可是后来诺琳找到了另一只，再一只，它们俩一前一后地抬着一块有它们十倍大的东西。

有东西从天空中盘旋着落下来掉在我面前，我往后跳开了。

"嘿，一只枫树翅果。"妈说。

"为什么？"

"它是这棵枫树的种子，有一对小的——算是一双翅膀，帮它飞到很远的地方去。"

它太薄了，我能透过它细小的干掉的叶脉看见东西，它的中间是深一点儿的棕色。有一个小洞。妈把它扔到空中，它又跳着舞飞远了。

我给她看了另一个有点儿问题的，"它只有一边的，它丢了另一边的翅膀。"

我把它扔起来，它还是飞得不错，我把它放进口袋。

但是最酷的事情是，传来一阵巨大的飕飕的响声，我抬头看见一架直升机，比飞机大得多——

"我们进去吧。"诺琳说。

妈一把拽起我的手，往回拉。

"等等——"我在说话可是我不能呼吸了，她们在两边拖着我往前跑，我的鼻涕在流。

我们穿过旋转门回去的时候，我的脑袋昏昏沉沉的。那架直升机里都是想要偷拍我和妈的狗仔队。

午睡后，我的感冒还是没好。我在和我的宝贝们玩，我的石头和我受伤的枫果和我的丁香，它变得软趴趴的。外婆带着更多的客人来敲门，但是她等在外面，这样就不会有太多人挤在一块儿了。她带来的两个人，他们是我的舅舅——那是保罗，他蓬松的头发只留到耳朵那里，还有狄安娜——那是我的舅妈，她戴着方框眼镜，扎着一百万根像蛇一样的黑色小辫子。"我们有个叫布朗温的小姑娘，知道要来见你，她可激动了，"她告诉我，"她甚至不知道她有个表哥——嗯，我们都不知道，直到两天前你外婆打电话来告诉我们这个消息。"

"我们会直接跳进车里过来的，要不是医生说——"保罗不说了，他把拳头放到眼睛上。

"没事的，亲爱的。"狄安娜一边说一边摸着他的腿。

他很响地清了清喉咙，"只是，这一直刺痛我。"

我没看到什么东西在刺他。

妈用手臂围住他的肩膀，"这些年来，他一直认为他的小妹妹已经死了。"她对我说。

"布朗温？"我没说出声来，但她还是听见了。

"不，是我，记得吗？保罗是我哥哥。"

"对，我知道。"

"我不知道该——"他的声音又停下了，他擤了下鼻子。比我响多了，像大象。

"可是布朗温在哪里？"妈问。

"哦，"狄安娜说，"我们觉得……"她看着保罗。

他说："你和杰克很快就会见到她了。她去跳跳蛙屋了。"

"那是什么？"我问。

"一幢房子，家长们把孩子送到那里去，在他们忙着做别的事情的时候。"妈说。

"为什么孩子们会忙着——"

"不,是爸爸妈妈们忙的时候。"

"事实上布朗温对那个地方都疯狂了。"狄安娜说。

"她在学签名和街舞。"保罗说。

他想拍几张照片电邮给在澳大利亚的外公,他明天就要上飞机了。"别担心,一旦他见到他就会好的。"保罗对妈说,我不知道那些"他"都是谁。我也不知道怎么到照片里去,但是妈说我们只要看着照相机,假装它是个朋友,然后微笑就行了。之后保罗给我看那个小小的屏幕,他问我觉得哪张最好,第一张第二张还是第三张,可是它们都一样。

听了那么多话,我的耳朵都累了。

他们走了以后,我以为只剩我们两个人了,但是外婆走进来给妈一个时间很长的拥抱,还在离我很近的地方又朝我飞来一个吻,所以我能感觉到她的呼吸。"我最亲爱的外孙怎么样啦?"

"那是你,"妈对我说,"别人问你怎么样的时候你要说什么?"

又是礼貌,"谢谢你。"

她们都大笑起来,我不小心又成了个笑话。"'很好',然后才是'谢谢你'。"外婆说。

"很好然后才是谢谢你。"

"除非你并不好,当然,那时候就可以说'今天我感觉不是百分之一百的好'。"她转向妈,"哦,顺便一提,莎朗、迈克尔·基洛、乔伊斯她姓什么来着——他们都打电话来了。"

妈点点头。

"他们想死了要见你。"

为什么他们都要死了?

"我——医生说我还没有完全准备好见客。"妈说。

"没问题,当然。"

那个叫里奥的男人站在门边。

"他能进来吗,就一会儿?"外婆问。

"我不介意。"妈说。

他是我的第二个外公,所以外婆说我可以叫他二外公,我不知道她也懂单词沙拉。他闻上去怪怪的,像香烟,他的牙齿歪七扭八的,眉毛连成了一条。

"他的头发怎么会都长在脸上而不是头上?"

他笑了起来,尽管我是偷偷对妈说的。"检查我呢。"他说。

"我们在一个印第安头部按摩主题周末上遇到的,"外婆说,"我选了他,因为那是手感最光滑的对象。"他们都大笑起来,妈没有。

"我能吃一点儿吗?"我问。

"等一会儿,"妈说,"等他们走了。"

外婆问,"他想要什么?"

"没事的。"

"我可以叫护士。"

妈摇摇头,"他的意思是喂奶。"

外婆瞪着她,"你不是说你还在——"

"没理由要停下。"

"好吧,被困在那个地方五年,我猜所有事情都——可是还是,五年——"

"你根本一点都不懂。"

外婆瘪了瘪嘴,"这可不是想要什么就得给。"

"妈妈——"

二外公站了起来,"我们应该让他们休息了。"

"我想是的,"外婆说,"拜拜,那么,明天见……"

妈又给我读了一遍《爱心树》和《绒毛树》,可是很轻,因为她喉咙痛,头也痛。我吃了一点,我吃了很多代替晚饭,吃到一半的时候妈睡着了。我喜欢在她不知道的时候看着她的脸。

我找到一张叠起来的报纸,肯定是客人们带来的。第一页上有一张图片,是一座从中间折断了的桥,我怀疑它是不是真的。第二页上有一张我和妈和警察的照片,她正在把我带进分管区。报纸上写着"盆栽男孩的希望"。我花了一点儿时间才认出所有的单词。[1]

> 他是"神奇的杰克",与世隔绝的坎伯兰诊所里所有的职员都爱上了这个迷你英雄。他们在周六夜里醒来,看见了一个勇敢的新世界。这个让人着魔的长发小王子是他年轻漂亮的妈妈的杰作,她在花园棚怪(在一场戏剧性的对峙中被当地州警官于周日凌晨两点抓获)的手中遭受了一次又一次的折磨。杰克说每样东西都很"好",也喜欢复活节彩蛋,不过他还是像一只猴子那样用四肢上下楼梯。整整五年,他都被关在一间破败的贴着软木砖的牢笼里,专家们还不能肯定会有什么样的或什么程度的长期发育迟缓——

妈起来了,她把报纸从我手里拿走了。"你的那本《小兔彼得》呢?"

"可那是我,盆栽男孩。"

"精神的什么?"[2]她又看了看报纸,把头发从脸上撩开,她发出呻吟似的声音。

"什么是盆栽?"

"一种非常小的树。人们把它们放在室内的花盆里,每天修剪它们,这样它们就会一直弯曲着生长。"

我在想植物。我们从没修剪过她,让她按自己喜欢的样子生长,可是她却死了。"我不是一棵树,我是一个男孩。"

"这只是一种说话的方式。"她把报纸团起来,扔进垃圾桶。

"它说我让人着魔,可是鬼魂才那么干。"[3]

"报纸人总是弄错很多事情。"

报纸人,听上去像《爱丽丝》里的人,他们实际上是一副纸牌。"他们说你漂亮。"

---

[1] 报纸标题用的都是大写字母,杰克还不习惯读。
[2] 英语中"盆栽"与"精神的"谐音。
[3] 原文为 haunting,在英语中多用于形容鬼魂。

妈大笑起来。

实际上她是的。现在我见过很多真人的脸了,但她的是最漂亮的。

我不得不再擤一次鼻子,皮肤变红了,有点儿疼。妈吃了止痛片,可我不觉得它们能干掉头痛。我不觉得她到了外面还会痛。我在黑暗里抚摸她的头发。七号房间里并不完全是黑的,上帝银色的脸映在窗户上,妈是对的,它完全不是一个圆了,它的两头都是尖的。

晚上有很多吸血虫戴着口罩飞来飞去,不让我们看见它们的脸,还有一具空的棺材变成一只巨大的马桶,把整个世界都冲走了。

"嘘,嘘,只是一个梦。"是妈。

然后是疯了的艾吉特把拉亚的巴巴放在一只包裹里寄给我们,因为我留下了六个玩具,有人打断我的骨头后把针钉进去。

我哭着醒过来,妈让我吃了很多,是右边的,不过奶味也很重。

"我留下了六个玩具,不是五个。"我告诉她。

"什么?"

"那些疯子关注者们送来的玩具,我留下了六个。"

"没关系的。"她说。

"有关系,我留下了第六个,我没把它送给那些生病的孩子们。"

"这些玩具本来就是给你的,是你的礼物。"

"那为什么我只能有五个?"

"你想要多少就要多少。接着睡吧。"

我不能,"有人关上了我的鼻子。"

"那只是鼻涕积压起来了,说明你很快就会好了。"

"可是如果我不能呼吸的话,我不会变好的。"

"那就是为什么上帝给了你一张嘴,好用它来呼吸,像计划 B 那样。"妈说。

天渐渐亮起来的时候,我们数了数我们在这个世界上的朋友,诺琳和克莱医生和肯德里克医生和皮莱尔和我不知道名字的穿围裙的女人和艾吉特和纳莎。

"他们是谁?"

"叫来警察的那个男人和那个小小孩和那只狗。"我告诉她。

"哦,是嘛。"

"只是我觉得拉亚不是朋友,因为他咬了我的手指。哦,还有欧警官和那个我不知道名字的男警察和长官。十个朋友和一个敌人。"

"外婆和保罗和狄安娜。"妈说。

"布朗温,我表妹,只是我还没见过她。里奥,二外公。"

"他快要七十岁了,身上都是臭烘烘的尼古丁味,"妈说,"她肯定是心灰意冷了。"

"什么是心灰意冷?"

她没回答而是问,"我们数到几了?"

"十五个和一个敌人。"

"那只狗是害怕了,你知道,那是个正当的理由。"

虫子咬人就没理由。"睡吧睡吧,睡个安稳觉,别被小虫子咬。"妈再没记得说过那个。"好吧,"我说,"十六。加上格伯太太和有纹身的女孩和雨果,只是我们几乎不和他们说话,那样也算吗?"

"哦,当然了。"

"那就是十九了。"我必须去拿另一张纸巾,它们比厕纸柔软,但它们被弄湿了以后偶尔会破掉。然后我完全醒了,所以我们开始比赛穿衣服,我赢了,除了忘了穿鞋。

现在我能用屁股在楼梯上很快地下楼了,砰砰砰,太快了我的牙齿打架了。我不觉得自己的动作像只猴子,就像报纸人说的,可是我不知道,那些生活在野生动物星球里的猴子没有楼梯。

早饭我吃了四片法式吐司。"我在长大吗?"

妈上下打量着我,"每分钟。"

我们去见克莱医生的时候,妈让我说了我的梦。

他认为我的大脑可能是在进行一次春季大扫除。

我瞪着他。

"现在你安全了,它在收集所有你不再需要的让你害怕的念头,把它们变成噩梦扔出去。"他的手做出丢东西的样子。

我没说话,为了礼貌,可是事实上他弄反了。在房间里我是安全的,外面才让人害怕。

克莱医生在和妈说话,讨论她有多想扇外婆一巴掌。

"那是不可以的。"我说。

她朝我眨眨眼,"我不是真的想。只是偶尔。"

"在你被绑架之前,你想过要扇她一巴掌吗?"克莱医生问。

"哦,当然,"她看看他,然后有点儿呜咽着笑了,"太棒了,我找回了我的生活。"

我们找到另一个房间,里面有两样我知道是什么的东西,它们是电脑。妈说:"好极了,我要给几个朋友发邮件。"

她的意思是真的人类,不是朵拉,我觉得不是,"十九个里的谁?"

"啊,我的几个老朋友,你还不认识他们。"

她坐下来,在键盘上噼里啪啦地打了一会儿,我看着。她对着屏幕皱起了眉头,"不记得我的密码了。"

"什么是——"

"我真是个——"她掩住了嘴。她从鼻子里"哧哧"地呼出一口气,"没关系。嘿,杰克,我们来给你找点乐子,好吗?"

"哪儿?"

她动了动鼠标,突然出现了一张朵拉的图片。我凑近去看,她指给我看怎么点击移动那个小箭头,这样我就能自己玩游戏了。我把魔法杯垫的所有碎片都拼了回去,朵拉和布茨拍起手来,唱了一首感谢歌。这比电视还好。

妈在另一台满是脸孔的电脑上查找着,她打进几个名字,屏幕上显示出他们微笑的脸。"他们都很老很老吗?"我问。

"差不多二十六岁,和我一样。"

"可是你说他们都是老朋友。"

"那只是说我认识他们很长时间了。他们看上去么不一样……"她靠近图片,她咕哝着"韩国"或者"已离异,怎么可能——"这样的话。

在另一个新的网站上她找到一些歌曲和其他东西的视频,她给我看两只穿着芭蕾鞋跳舞的猫,真滑稽。然后她去了其他只有文字的网站,我看到监禁和毒品交易等字眼,她问我能不能让她看一会儿,所以我又玩了一次朵拉游戏,这次我赢了一颗闪烁星。

有人站在门口,我跳了起来。是雨果,他没在笑。"我两点要斯盖普[1]。"

"唔?"

"我两点要斯盖普。"

"抱歉,我不知道你在说什么。我已经——"

"我每天下午两点和我妈妈斯盖普,她从两分钟前就在等着我了,这都写在日程表上了,就在那边,在门上。"

回到我们的房间,床上放着一个小机器和一张保罗留下的纸条,妈说它就像老尼克偷走她之前她在听的那个,只不过这个有可以用手指移动的图片,而且不只有一千首而是有几百万首歌。她把花苞一样的东西插进她的耳朵,跟着一首我听不见的歌在点头,还用很轻的声音唱着什么每天变成一百万个不同的人。

---

[1] 即 Skype,近年来流行的网络视频电话。

"让我听听。"

"它叫《悲欢交响曲》[1]，我十三岁的时候整天听它。"她把一只耳机塞到我耳朵里。

"太响了。"我把它拽了出来。

"轻点儿，杰克，这是保罗给我的礼物。"

我不知道这是"她的-不是-我的"。在房间里每样东西都是"我们的"。

"等等，这是披头士，有一首五十年前的老歌你可能会喜欢，"她说，"《你要的只是爱》。"

我糊涂了，"人不需要食物什么的吗？"

"对，但是如果你没有一个爱的人，那么那些都不会有意义。"妈说，她太大声了，她还在滑动着手指，很多名字在她的指缝里闪过。"比如，有一个用小猴子做的实验，一个科学家把它们从妈妈身边带走了，让每只小猴子都单独待在一个笼子里——你知道吗，它们都没有正常地长大。"

"为什么它们不长大？"

"不，它们长大了，但是它们很古怪，因为没有得到过拥抱。"

"怎么个古怪法？"

她把她的机器关上了，"实际上，抱歉，杰克，我不知道我为什么要说起这个。"

"怎么个古怪法？"

她咬着自己的嘴唇，"脑袋不正常了。"

"像疯子那样？"

她点点头，"咬它们自己什么的。"

雨果割他的手臂，但是我认为他不会咬他自己。"为什么？"

妈叹了口气，"你看，如果它们的妈妈在那里，就会去抱小猴子，可是因为牛奶只是从管子里流进来，它们——结果证明它们像需要牛奶一样需要爱。"

---

1 迷幻摇滚乐团神韵合唱团（The Verve）的一首歌，选自他们的第三张专辑《Urban Hymn》。

"这是个坏故事。"

"抱歉。我真的很抱歉。我不应该对你说的。"

"对,你不应该。"我说。

"可是——"

"我不希望有我不知道的坏故事。"

妈紧紧地拥抱我。"杰克,"她说,"这星期我有点儿奇怪,是吗?"

我不知道,因为一切都很奇怪。

"我一直在搞砸。我知道你需要我做你妈妈,可是同时我也要试着想起来怎么做我自己,而这……"

但我以为"她"和"妈"是一样的。

我想再到外面的外面去,可是妈太累了。

"今天早上是星期几?"

"星期四。"妈说。

"什么时候是星期天?"

"星期五,星期六,星期天……"

"还有三天,就和在房间里一样?"

"对,一周有七天,哪里都一样。"

"周日优待我们要什么?"

妈摇了摇头。

下午我们坐到写着"坎伯兰诊所"的卡车里,我们真的从大门里开了出去,开到世界的其他地方去。我不想去,但我们必须去牙医那里看妈还在疼的牙齿。"那里会有不是我们朋友的人吗?"

"只有牙医和一个助手,"妈说,"他们让其他人都离开了,这是个只有我们的特别拜访。"

我们戴上帽子和墨镜,没有涂防晒霜,因为有害的光线被玻璃挡开了。我穿上了我那双有弹性的鞋。卡车里有一个戴鸭舌帽的司机,我觉得他是哑巴。椅子上还有一个特别垫高的椅子好让我坐得高一点儿,这样如果我们急刹车的话,安全带就不会卡着我的喉咙了。我不喜欢绷紧的安全带。我看着窗外,用鼻子呼吸,今天它不那么干了。

有很多很多的"他"和"她"走在人行道上,我从没见过这么多人,我不知道他们都是真的还是只有一些是真的。"有些女人像我们一样留着长头发,"我对妈说,"可是男人们没有。"

"哦,有一些留的,摇滚歌星。这不是规矩,这是惯例。"

"什么是——"

"每个人都有的一种愚蠢的习惯。你想剪头发吗?"妈问。

"不。"

"那不痛的。我以前也是短发——我十九岁的时候。"

我摇摇头,"我不想失去我的强壮。"

"你的什么?"

"我的肌肉,像故事里的参孙。"[1]

那让她大笑起来。

"看哪,妈,一个男人要烧了他自己!"

"只是在点他的烟,"她说,"我也那么干过。"

我瞪着她,"为什么?"

"我不记得了。"

"看哪,看哪。"

"别叫。"

我指着的地方有很多小孩沿着大街在走,"小孩们都绑在一起了。"

"他们没有被绑起来,我想不是。"妈把她的脸贴近窗户,"呐,他们只是拉着那根绳子,这样他们就不会丢了。还有,看,那些很

---

[1] 参孙是《圣经·士师记》中的一位犹太人士师(民长),生于前十一世纪的以色列,玛诺亚的儿子,力大无穷,后因头发被剪而力量全失。

小的孩子都在手推车里，六个人一辆。他们肯定是日托班，就是布朗温去的那种。"

"我想去见布朗温。你能把我们带到孩子待的地方去吗？就是小孩和我表妹布朗温在的地方？"我对司机说。

他没听见我说话。

"牙医正在等着我们呢。"妈说。

孩子们不见了，我一直盯着窗户外面。

牙医是洛佩兹医生，有一会儿她把口罩拉了上去，她的唇彩是紫色的。她先要给我检查，因为我也长牙了。我躺到一把会动的大椅子上。我看着天花板，嘴巴张得大大的，她让我数数在她的天花板上看到的东西。有三只猫和一只狗和两只鹦鹉和——

我把那个金属的东西吐了出来。

"这只是一面小镜子，杰克，看到了吗？我在数你的牙齿。"

"二十颗。"我告诉她。

"没错。"洛佩兹医生笑了笑，"我从没见过一个能数他自己牙齿的五岁大的孩子。"她又把镜子放了进去，"嗯，间距很大，我就想看这个。"

"为什么你想看那个？"

"那代表着……有足够的发展空间。"

妈要在椅子上躺很长时间，让钻子把坏东西从她的牙齿里拿出来。我不想在候诊室里等，但是助手杨说："来看看我们很酷的玩具。"他给我看一只粘在棍子上咔嗒咔嗒响的鲨鱼和一只可以坐在上面的牙齿形状的凳子，不是人类的牙齿，而是一只巨大的全白的没有蛀斑的牙齿。我看了一本讲变形金刚的书，还有另一本没有封面、画着畸形海龟写着抵制毒品的书。然后我听到一阵奇怪的声音。

杨站在门边。"我想也许你妈妈想要——"

我从他的手臂下面钻过去，洛佩兹医生在把一个发出尖锐声音的机器放进妈的嘴里。"放开她！"

"没事的。"妈说，可是她的嘴巴破了，牙医对她干了什么？

"如果他感觉在这里更安全,那就让他待着吧。"洛佩兹医生说。

杨把牙齿凳子搬到角落里,我看着,这很可怕,但比不看要好。有一次妈在椅子上颤抖着呻吟起来,我站了起来,但是洛佩兹医生问:"多一点儿麻醉剂?"然后打了一针,妈又安静下来。几百个小时过去了。我需要擤一下我的鼻子,可是皮都快掉了,所以我只是把纸巾按在我的脸上。

妈和我回到停车场的时候,光线哐哐地打在我头上。司机又在那里了,在读一张报纸,他出来为我们开门。"谢-哦。"妈说。我奇怪为什么她现在总要说错话。比起那样说话,我情愿牙痛。

回诊所的路上,我一直在看飞驰而过的大街,唱着那首"漫步在公路旁,看到头上无边无际的天空"的歌。[1]

牙齿还在我们的枕头底下,我给了他一个吻。我应该带上他的,也许洛佩兹医生也能把他安回去。

我们吃了放在托盘上的晚饭,是一种叫做红烧牛肉蘑菇的东西,有肉块和看上去像肉块但其实是蘑菇的东西,都放在松软的米饭上。妈还不能吃肉,只咽了一点儿饭,不过她基本上又能正常说话。诺琳来敲门说她有个惊喜要给我们,妈的爸爸从澳大利亚来了。

妈在哭,她跳了起来。

我问:"我能吃我的牛肉吗?"

"为什么不让我过几分钟再把杰克带下去呢,等他吃完了?"诺琳问。

妈什么都没说,她只是跑开了。

---

[1] 即伍迪·戈斯里的《这片国土是你的土地》。

"他给我们办了个葬礼,"我告诉诺琳,"可是我们不在棺材里。"

"真高兴听见这个。"

我吃着盘子里的碎米粒。

"这肯定是你生命中最累人的一个星期。"她说,坐到我身边。

我朝她眨眨眼,"为什么?"

"因为,嗯,每件事都是陌生的,你像是从另一个星球来的游客,不是吗?"

我摇摇头,"我们不是游客,妈说我们要永远待下去,直到我们死了。"

"啊,我的本意是……一个新来的人。"

我吃完以后,诺琳带我找到了那个房间,妈坐着,握着一个戴着鸭舌帽的人的手。他跳了起来,对她说:"我告诉过你母亲我不想——"

妈打断了他,"爸爸,这是杰克。"

他摇了摇头。

可我是杰克,他是想要另外一个吗?

他在看着桌子,他的脸上都是汗水。"别见怪。"

"你说别见怪是什么意思?"妈几乎是在歇斯底里地大叫了。

"我不能待在同一个房间里。它让我发抖。"

"这里没有它。他是个男孩。他五岁了。"她咆哮着。

"我说错了。我——是时差。晚点我从宾馆打给你,好吗?"那个是外公的男人从我身边走过,看都没看我一眼,他快走到门口了。

一声巨响,妈用手捶了桌子。"不好。"

"好了,好了。"

"坐下,爸爸。"

他没动。

"他是我的整个世界。"她说。

她爸爸?不,我想这个"他"是我。

"当然,这是自然。"那个是外公的男人擦了擦他眼睛下面的皮肤。"可是我能想到的只有那个野兽还有他干的——"
"哦,所以你宁肯想着我死了,被埋了?"
他又摇了摇头。
"那就接受现实,"妈说,"我回来了——"
"这是个奇迹。"他说。
"我回来了,带着杰克。那是两个奇迹。"
他把手放到门把手上。"这会儿我就是不能——"
"最后一次机会,"妈说,"坐下。"
没人动。
然后外公走回到桌旁坐下了。妈指着他边上的椅子,所以我坐了上去,虽然我不想坐在那儿。我看着我的鞋子,它们的边缘起皱了。
外公脱下帽子,他看着我,"很高兴看到你,杰克。"
我不知道这是哪种礼貌,所以我说:"不客气。"
晚一点儿的时候,妈和我躺在床上,我在黑暗里吃了一点儿。
我问:"为什么他不想见我?那是另外一个错误吗?和棺材一样?"
"算是吧。"妈叹了口气,"他以为——他以为如果没有你我会更好。"
"在其他地方?"
"不,如果你从没出生过。想象一下。"
我试了,可是我做不到。"那你还会是妈吗?"
"嗯,不,我不是了。所以那个念头傻透了。"
"他是真的外公吗?"
"恐怕是的。"
"为什么恐怕——"
"我的意思是,对,他是。"
"从你是个小女孩儿躺在吊床里的时候起就是你爸爸吗?"
"从我是个婴儿,六周大的时候,"她说,"就是那时候他们把我从医院里抱了回来。"

"为什么她把你留在那里，那个生你的妈妈？那是个错误吗？"

"我想她是累了，"妈说，"她很年轻。"她坐起来很响地擤了下她的鼻子。"爸爸很快就会理清他的头绪了。"她说。

"什么是他的头绪？"

她差点儿笑了，"我是说他会表现得好一点儿。更像一个真正的外公。"

像二外公，只不过他不是真的外公。

我很快就睡着了，可是我哭着醒了过来。

"没事了，没事了。"那是妈，在吻我的头。

"为什么他们不抱小猴子？"

"谁？"

"那些做实验的人，为什么他们不抱小猴子？"

"哦。"过了一会儿她说，"也许他们抱的。也许小猴子学着喜欢上了人类的拥抱。"

"不，可是你说过它们很古怪，咬它们自己。"

妈什么都没说。

"为什么科学家们不把猴子妈妈带回来说对不起？"

"我不知道为什么我要告诉你那个老故事，那发生在很久以前，在我出生之前。"

我在咳嗽，却没有鼻涕流出来。

"别再想着那些小猴子了，好吗？它们现在没事了。"

"我不觉得它们没事了。"

妈把我抱得那么紧，我的脖子都痛了。

"嗷。"

她移开了。"杰克，这世界上有很多很多的事情。"

"千千万的？"

"千千万又千千万。如果你想把它们都装进你的脑袋里，它会爆炸的。"

"可是小猴子们呢？"

我可以听见她奇怪的呼吸声。"对,有些事情是坏事情。"
"比如那些猴子。"
"比那些更糟。"妈说。
"什么更糟?"我试着去想一件更糟的事情。
"今晚不说了。"
"也许等我六岁的时候?"
"也许。"
她轻轻地拍了拍我。
我听着她的呼吸,我数了十下,然后是我自己的十下。"妈?"
"嗯。"
"你会想更糟的事吗?"
"有时候,"她说,"有时候我不得不想。"
"我也是。"
"但是我会把它们赶到脑袋外面去,然后我就睡着了。"

我又数了一次我们的呼吸。我试着咬我自己,我的肩膀,是疼的。我没有想那些猴子而是想着世界上所有的孩子,想着他们不是电视里的他们是真的,他们像我一样吃饭睡觉上厕所。如果我用尖利的东西刺他们会流血;如果我挠痒他们会笑。我喜欢看见他们,可是那让我头晕,他们太多了,而我只有一个。

"所以,你懂了吗?"妈问。

我躺在七号房间里我们的床上,而她只是坐在床边上。"我在这里睡午觉,你在电视里。"

"其实是这样,真的我在楼下克莱医生的办公室里和电视人说话,"她说,"只有我的图像会出现在摄像机里,今天晚上晚一点儿的时候它会出现在电视上。"

"为什么你想和那些秃鹫说话?"

"相信我，我不想的，"她说，"我只是需要一次性回答他们所有的问题，那样他们就不会再问了。在你醒过来之前我就会回来了，好吗？就在你起来的时候，差不多肯定就在那时候。"

"好吧。"

"明天我们要去探险，还记得保罗和狄安娜和布朗温要带我们去哪里吗？"

"自然历史博物馆，去看恐龙。"

"没错。"她站了起来。

"唱首歌。"

妈坐下来唱了《摇荡缓兮，仁惠之车》，可是太快了，而且因为我们的感冒，她的声音还哑着。她拉起我的手腕看了看我的数字手表。

"再唱一首。"

"他们在等了……"

"我也想去。"我坐起来抱住妈。

"不，我不想让他们看见你，"她说，让我躺回到枕头上，"现在睡吧。"

"我一个人睡不着。"

"如果你不睡会累坏的。让我走吧，拜托。"妈要把我的手从她身上拿下来。我更紧地圈住她，所以她拿不下来。"杰克！"

"留下来。"

我把腿也勾到她身上。

"让我走。我已经迟到了。"她的双手按在我肩膀上，可是我抱得更紧了。"你不是婴儿了。我说了放开——"

妈推得太厉害了，我突然松开手，我的头被推到了小桌子上，哐啷铛。

她用手掩住了自己的嘴。

我尖叫起来。

"哦，"她说，"哦杰克，哦杰克，我太——"

"怎么了？"克莱医生的头出现在门口，"这帮家伙都收拾好了在等着你呢。"

我从来没哭得这么大声过,我抱着被撞到的头。

"我觉得这行不通,"妈说,她擦着我湿漉漉的脸。

"你还是可以退出的。"克莱医生说,走近了一点儿。

"不,我不能,为了杰克的大学基金。"

他撅起了嘴,"我们讨论过这是不是一个足够充分的理由——"

"我不想去大学,"我说,"我想和你一起去电视里。"

妈长长地叹了一口气,"计划变了。如果你非常安静地待着,你就可以下去,好吗?"

"好。"

"不说一个字。"

克莱医生在对妈说话:"你真的觉得这是个好主意吗?"

可是我很快很快地穿上了我的搭扣鞋,我的头还是晕乎乎的。

他的办公室全变了,都是人和灯光和机器。妈让我坐到角落的一把椅子上,她吻了吻我头上被撞到的地方,轻声说了些什么,可我没听见。她坐到一把大一点的椅子上,一个男人把一个黑色的小话筒别到她的外套上。一个女人拿来一盒颜料往妈的脸上涂。

我认出了我们的律师莫里斯,他在看几张纸。"我们要看剪掉的部分和粗剪过的样片。"他在对一个人说话。他盯着我看,然后挥了挥手指。"伙计们?"他更大声了,"能听见吗?这个男孩在房间里,但是不能对他进行摄像,不能摄影,不能进行个人用途的快照,任何一样都不行,清楚了吗?"

然后每个人都看着我,我闭上了眼睛。

等我睁开眼睛,另一个人在和妈握手,哇,是红沙发上那个头发蓬松的女人。尽管这里没有沙发。我从没见过一个真的电视里的人,我希望这是朵拉。"开头是你的画外音配上空中拍摄的棚屋镜头,对,"一个男人在对她说话,"然后我们会淡入淡出到她的特写,然后是两个人的镜头。"那个头发蓬松的女人朝我笑得更夸张了。每个人都在说话在走动,我又闭上眼睛塞住了耳朵,像克莱医生说过的那样,他说如果觉得太多了就这么做。有人在数数。"五,四，三，二，一——"是要发射火箭吗？

那个头发蓬松的女人换上一种特别的嗓音，她把双手握在一起祈祷。"首先请允许我表达我的感激之情，以及我们观众的感激之情，感激你能在获释后仅过了六天就来到我们的访谈。也感激你不再继续保持沉默。"

妈勉强微笑了一下。

"首先能请你告诉我们，在过去漫长的七年囚禁生涯中，你最想念的是什么？除了你的家人，当然。"

"牙医，实际上，"妈的声音很高很急，"真是讽刺，因为过去我讨厌刷牙，相当的。"

"你现在进入了一个全新的世界。全球性的经济和环境危机，一个新的总统——"

"我们在电视上看到就职典礼了。"妈说。

"好的！可是那么多事情都变了。"

妈耸耸肩，"没什么看上去是彻底不一样了。不过我还没有真的到外面去过，除了去看牙医。"

那个女人笑了，好像这是一个笑话。

"不，我的意思是什么东西感觉上都不一样了，但那是因为我不一样了。"

"更坚强了？在那个破地方？"

我揉了揉头上被撞到的还在痛的地方。

妈做了个鬼脸，"之前——我曾经那么普通。我甚至不是，你知道，素食者。我甚至从没经历过叛逆期。"

"现在你是个不同寻常的年轻女性，有一个与众不同的故事可以讲述，我们很荣幸是我们，是我们大家——"那个女人转开视线去看其中一个扛着机器的人。"让我们再试一遍。"她转回去看着妈，换上那个特殊的声音，"我们很荣幸你选择在这个节目里讲述它。现在，没必要用术语，也就是斯德哥尔摩综合症，我们的很多观众都很好奇，我是说，关切地想要知道你是否发现自己在某种程度上……在感情上依赖你的劫持者。"

妈摇摇头,"我恨他。"

那个女人在点头。

"我踢打、尖叫。有一次我用马桶盖打了他的头。我很长时间没洗过澡,我拒绝说话。"

"那是在你产下死婴的悲剧之前还是之后?"

妈把手掩在嘴上。

莫里斯插了进来,他在翻阅那些纸,"条款……她不想谈论那件事。"

"哦,我们不会谈到任何细节的,"那个头发蓬松的女人说,"但是感觉上这很关键,为了循序渐进——"

"不,实际上关键是要遵守合同。"他说。

妈的双手都在颤抖,她把它们放到腿下。她没在看我,她忘了我在这里吗?我在脑袋里和她说话,可是她没听见。

"相信我,"那个女人在对妈说,"我们只是在帮助你向这个世界讲述你的故事。"她看了看她大腿上的纸,"那么,你发现自己怀孕了,第二次,在那个地狱一般的地方艰难地撑过了你两年的宝贵青春之后。那些日子里你有没有觉得自己被,啊,被迫养育这个男人的——"

妈打断了她,"事实上我觉得被拯救了。"

"被拯救了。那真美妙。"

妈抿了抿她的嘴,"我不能代表别的任何人说话。就像,十八岁时我流过一次产,而我从没后悔过。"

那个头发蓬松的女人微微张开了嘴。然后她低头扫了一眼那张纸,又抬头看着妈,"五年前,在那个寒冷的三月的一天,你独自在中世纪般简陋的条件下生下了一个健康的婴儿。那是你曾经做过的最艰难的事吗?"

妈摇摇头,"最好的事。"

"没错,那也是,当然。每个母亲都说——"

"对,但是对我来说,你知道,杰克是我的全部。我又活过来了,我是有意义的。所以从那以后我变得温和了。"

"温和？哦，你是说对——"

"那都是为了保护杰克的安全。"

"那是不是很令人痛苦、很难做到，像你说的，温和？"

妈摇了摇头，"我那么做的时候是机械的温和，你知道的，复制娇妻[1]。"

那个头发蓬松的女人点了很多次头，"现在，考虑到你是完全靠自己把他养大的，没有书本或者专业指导甚至没有亲戚，那肯定非常困难。"

她耸耸肩，"我觉得婴儿最想要的无非就是能有妈妈在身边。不，我只是害怕杰克会生病——还有我也是，他需要我是健康的。所以，就是那些我在保健课上记得的事情，比如要洗手，要把每样东西彻底烧熟……"

那个女人点点头，"你给他喂奶。实际上，那让我们的一些观众感到惊奇，我想你还在那么做？"

妈笑了。

那个女人瞪着她。

"在整个故事里，那是最令人震惊的细节？"

那个女人又低头去看她的纸，"在那里，你和你的孩子，被迫身陷坚不可摧的囚笼——"

妈摇摇头，"我们俩从没分开过一分钟。"

"好吧，是的。可是非洲谚语说，养育一个孩子需要一个村庄呢……"

"如果你有一个村庄的话。如果你没有，那么也许只要两个人就够了。"

"两个？你是说你和你的……"

妈的表情凝固了，"我是说我和杰克。"

"啊。"

"我们一起办到的。"

---

[1] 惊悚小说大师埃拉·雷文 (Ira Levin) 的经典畅销作品。

"那真好。我能问问——我知道你教他向耶稣祷告。你的信仰对你来说非常重要吗?"

"那是……一部分我必须传给他的东西。"

"另外,我想是电视帮助你缓解了那些无聊的日子,过得更快一点儿?"

"杰克从没让我觉得无聊,"妈说,"反过来也一样,我想是那样的。"

"棒极了。现在,也许你能谈谈被一些专家们称之为'一个奇怪的决定'的事情,告诉杰克这个世界只有十一英尺乘十一英尺;其他东西——所有他在电视上看到的东西,或者在他的那几本书里听到的东西——都是幻想。你不觉得欺骗他是不好的吗?"

妈看上去不大友好。"难道我要刻意告诉他——嘿,外面有一个充满乐趣的世界而你什么都得不到吗?"

那个女人咂了下她的嘴唇,"好的,我相信我们的观众对你们整个救援行动的惊险细节都很熟悉了——"

"逃亡。"妈说。她冲着我笑了。

我很惊讶。我也冲她笑了,可是她没在看。

"逃亡,对,以及那个,啊,抓捕那个所谓的劫持者。现在,你有没有感觉到过,这些年来,这个男人——在某些基本的人性层面,哪怕是用一种乖戾的方式——关心过他的儿子?"

妈的眼睛眯缝成一条线,"杰克不是任何人的儿子,除了我。"

"那恐怕不太正确,从一个非常现实的角度来看,"那个女人说,"我只是好奇是否,从你的角度来看,基因的,生物上的联系——"

"不存在任何联系。"她咬着牙说出这句话。

"你也从没有发现看着杰克会让你痛苦地想起他的来历吗?"

妈的眼睛眯得更紧了,"他什么都不会让我想起,除了他自己。"

"嗯,"那个电视女人说,"现在当你想起你的劫持者时,你会充满仇恨吗?"她顿了顿,"一旦你在法庭上面对他,你觉得自己有可能原谅他吗?"

她的嘴唇扭曲了。"它不是,嗯,一个首选,"她说,"我尽可能不去想起他。"

"你意识到自己成了一个指路明灯了吗?"

"一个——抱歉你说什么?"

"一个带来希望的指路明灯,"那个女人说,笑着,"我们一宣布要做这个访问,我们的观众就开始打电话、写邮件、发短信,告诉我们你是个天使,一个善良的护身符……"

妈做了个鬼脸,"我所做的一切就是,我活了下来,而且过去在抚养杰克方面我干得相当不错。足够好了。"

"你太谦虚了。"

"不,过去的我一直很急躁,真的。"

头发蓬松的女人眨了两次眼。

"所有这些溢美之词——我不是个圣人。"妈的声音又变大了,"我希望人们不要再把我们看做唯一从这类可怕的事情中生存下来的人。我在网上找到了你们不会愿意相信的案例。"

"其他像你这样的案例?"

"对,但不仅仅是——我的意思是,当然我在那个棚屋里醒过来的时候,我想过没人会像我一样在经历着这么可怕的事情。然而事实是,奴役并不是一个新的发明。而监禁——你知道么,在美国我们有超过两万五千个犯人被关在隔离牢房里?有些人被关了超过二十年。"她的手指着那个头发蓬松的女人,"而孩子们——在一些地方的孤儿院里,婴儿五个五个挤在一张床上,用胶布把安抚奶嘴粘在他们嘴里,每晚都有孩子被爸爸强奸,孩子们在监狱一样的地方,编织地毯直到他们失明——"

有一会儿房间里鸦雀无声。那个女人说:"你的经历让你,啊,对全世界饱受折磨的儿童有了无限的同情心。"

"不仅仅是孩子们,"妈说,"人们都被各种不同的方式囚禁着。"

那个女人清了清喉咙,看着她腿上的那张纸,"你说过去,你过去在抚养杰克方面做得'相当不错',尽管这项任务还远没有结束。不过现在你有了那么多来自家人的以及许多投身于此的专业人士的帮助。"

"实际上更难了。"妈的眼睛垂了下来,"当我们的世界只有十一英尺的时候,它更容易控制。现在外面的很多事情都会吓到杰克。可是我恨媒体把他叫做一个怪胎,或者一个低能学习者,或者一个野蛮人,那个词——"

"嗯,他是一个非常特别的男孩。"

妈耸耸肩,"他只是在一个特殊的地方度过了他的第一个五年,就是那样。"

"你不觉得他被影响了——被伤害了——因为他的磨难?"

"它对杰克来说不是磨难,只是事情就是那样的。不过,当然,也许,可是每个人都会被一些事情伤害。"

"他看上去毫无疑问正在朝恢复的方向大步前进,"那个头发蓬松的女人说,"现在,刚才你说在你们被监禁的时候'更容易控制'杰克——"

"不,控制情况。"

"你肯定会感觉到一种近乎病态的需要——当然是可以理解的——去站在你儿子和世界之间保护他。"

"对,那就叫做一个妈妈。"妈几乎是喊出来的。

"你有没有在一定程度上怀念被关在一扇上锁的门后面?"

她转向莫里斯,"她可以问我这么愚蠢的问题吗?"

那个头发蓬松的女人伸出手,另一个人给了她一瓶水,她抿了一口。

克莱医生举起手,"如果我可以的话——我觉得我们应该理解我的病人已经达到她的极限了,事实上是超过了。"

"如果你需要休息,我们可以等会儿再录。"那个女人对妈说。

妈摇了摇头,"就让我们把它做完吧。"

"那么好吧,"那个女人说,又露出一个假得像个机器人的夸张笑容,"有件事我真的很想谈谈,如果我可以的话。在杰克出生的时候——我们的一些观众也许会想知道是否有过这样一个瞬间,你想过……"

"什么,把一个枕头压在他头上?"

妈是在说我吗?可枕头是垫在头下面的。

那个女人左右摇摆着她的手,"千万不要。可是你有没有考虑过让你的劫持者把杰克带走?"

"带走?"

"把他留在一家医院的门口,就是说,那样他就能被收养了。像你自己就是,很幸运的,我相信。"

我能看到妈咽了一口口水,"为什么我要那么做?"

"嗯,那样他就自由了。"

"离开我的自由?"

"那会是一个牺牲,当然——最大限度的牺牲——可是如果杰克能在一个有爱心的家庭里拥有一个正常的、快乐的童年呢?"

"他有我。"妈一字一顿地说,"他有一个和我在一起的童年,不管你认为它是不是正常。"

"可是你知道他错过了什么,"那个女人说,"每天他都需要一个更广阔的世界,而你唯一能给他的就是越来越窄小的空间。你肯定记得让你饱受折磨的回忆——杰克甚至不懂得渴望一些东西。朋友,学校,草地,游泳,在游乐园玩耍……"

"为什么每个人都要谈论游乐园?"妈的声音都嘶哑了,"我是小孩子的时候,我恨游乐园。"

那个女人发出一声轻轻的嗤笑。

妈的眼泪顺着脸颊滚下来,她抬手去接。我从椅子上下来,朝她跑过去,什么东西倒了,哗啦啦啦,我跑到妈跟前,擦掉她所有的眼泪,莫里斯在大喊:"这个男孩不能被拍到——"

早上我起来的时候妈不在了。

我不知道她在这个世界上也会有这样的日子。我摇晃着她的手臂,可她只是轻轻地呻吟了一下,把头埋在枕头下面。我渴极了,我扭着靠过去,想要吃一点儿,可是她没有转过去让我吃。我蜷缩着躺在她边上过了几百个小时。

我不知道该怎么办。在房间里,如果妈不在,我可以自己起来吃早饭看电视。

我吸了吸,鼻子里没有东西,我想我已经把感冒丢了。

我去拉绳子,让百叶窗打开一点儿。太亮了,光线从一扇车窗上反射过来。一只飞过的乌鸦吓到我了。我觉得妈不喜欢光线,所以我把绳子拉了回去。我的肚子咕咕地叫了。

然后我想起了床边的呼叫器。我按了一下,什么动静都没有。可是过了一分钟,门响了,嗒嗒。

我打开一条缝,是诺琳。

"嗨,宝贝,今天怎么样?"

"饿。妈不在了。"我轻轻地说。

"好吧,让我们去找她,好吗?我肯定她只是溜出去一会儿。"

"不是,她在这里可她不是真的在。"

诺琳的表情看上去很迷惑。

"看。"我指着床,"今天是她不会起床的日子。"

诺琳叫了妈一声,用她的另一个名字,问她是不是还好。

我轻轻地说:"别和她说话。"

她更大声地问妈:"我能为你做什么吗?"

"让我睡觉。"我从没听过妈在她不在的时候说过什么话,她的声音有点儿像怪兽。

诺琳走到衣柜那里去给我拿衣服。在几乎全黑的房间里很难,有一会我把两条腿都穿进一只裤管里去了,我不得不靠在她身上。故意碰到别人不是那么可怕,他们碰我的时候更糟,像电击。"鞋子。"她轻轻地说,我找到它们穿上了,粘上搭扣,它们不是我喜欢的有弹性的那双。"好孩子。"诺琳站在门口,她朝我挥手让我跟着她。我绑好松掉的马尾辫,找到牙齿和我的石头和我的枫果放进我的口袋里。

"你妈被采访累坏了,"诺琳在走廊里说,"你舅舅已经在接待室等了半个小时了,等着你们两个起来。"

探险!可是现在我们不能去了,因为妈不在了。

克莱医生在楼梯上,他和诺琳说话。我用两只手紧紧地抓着栏杆,我把一只脚放下去然后是另一只,我让我的手滑下去,我没摔倒,只有一秒钟我觉得自己摇摇欲坠,然后我就用另一只脚站稳了。"诺琳。"

"等一下就好。"

"不,可是,我能走楼梯了。"

她朝我笑了,"哦你看哪!"

"给我击个掌。"克莱医生说。

我伸出一只手和他击掌。

"那么你还想去看那些恐龙吗?"

"没有妈?"

克莱医生点点头,"但是你会一直和你的舅舅还有舅妈在一起,你会很安全的。或者你情愿等到另一天?"

对,但是不,因为另一天恐龙也许会不在的,"今天,拜托。"

"好孩子,"诺琳说,"这样你妈能好好睡一觉,你回来的时候可以告诉她看到的有关恐龙的一切。"

"嘿,伙计。"是保罗,我的舅舅,我不知道他被放进食堂来了。我想"伙计"是男人叫"甜心"的方式。

我吃早饭的时候保罗一直坐在旁边,真怪。他用他的小电话讲话,他说另一头是狄安娜。另一头是看不见的。今天的果汁里没有小块,好喝,诺琳说这是他们今天特别为我点的。

"你准备好你第一次到外面的旅行了吗?"保罗问。

"我已经在外面六天了,"我告诉他,"我到空气里去过三次,我看过蚂蚁和直升机和牙医。"

"哇。"

吃过松饼之后,我穿上外套戴上帽子和墨镜,抹了防晒霜。诺琳给了我一个棕色的纸袋,以免我不能呼吸。"无论如何,"我们走出旋转门的时候保罗说,"可能今天你妈不和我们一起去最好,因为经过昨天晚上的电视访问,每个人都认识她的脸了。"

"全世界的每个人?"

"差不多。"保罗说。

在停车场里,他把手伸到身体旁边,好像我想要握着它似的。然后他又把它放下了。

什么东西掉在我脸上,我大叫起来。

"只是一小滴雨。"保罗说。

我仰望天空,它是灰色的。"它会掉到我们身上吗?"

"没事的,杰克。"

我想回七号房间去和妈待在一起,即使她不在了。

"我们到了……"

一辆绿色的面包车,狄安娜坐在有方向盘的位子上。她隔着窗户朝我晃了晃她的手指。我看见中间有一张比较小的脸。面包车不往外开门,它的一个部分滑开了,我爬了进去。

"终于见面了,"狄安娜说,"布朗温,亲爱的,你能对你的表哥杰克说'你好'吗?"

一个和我身材差不多的女孩,她的头发像狄安娜一样都是小辫子,但是辫梢上有亮闪闪的小珠子,她有一头毛茸茸的大象和一个装着谷物的饭盒,盖子是一只青蛙的形状。"嗨,杰克。"她的声音很清脆。

布朗温边上放着一个给我的坐垫。保罗教我扣上搭扣,我想试一试。第三次我能完全靠自己做到了,狄安娜鼓起掌来,布朗温也是。然后保罗把面包车门滑上了,发出沉闷的响声。我跳了起来,我想妈,我觉得我也许要哭了,但是我没有。

布朗温不停地说"嗨杰克,嗨杰克"。她还不能很好地说话,她说"大大唱歌",还有"漂亮的狗狗",还有"麻麻,还要卷饼,轻","轻是她说请的方式。大大是保罗,麻麻是狄安娜,可他们是只有布朗温叫的名字,就像没人叫妈"妈",除了我。

我觉得勇怕,不过勇敢比害怕更多一点儿,因为这比不上我在地毯里装死那么糟。每次一辆车朝我们开过来的时候，我都在我的脑袋里说它必须待在自己的那一边，否则欧警官会把它扔到监狱里和棕色卡车在一起。从窗户看出去的画面就像电视上的，只是更模糊，我看见停着的汽车、一台水泥搅拌器、一辆摩托车和一辆拖车，上面有一二三四五辆车，那是我最好的数字。一个孩子在前院里推着一辆独轮车，里面坐着一个更小的孩子，那真滑稽。一个人用一根绳子牵着一条狗穿过马路，我想那是真的拴上了，不是像日托班那样只是拉着。交通灯变成绿色，一个女人挂着拐杖一跳一跳地走路，一只大鸟站在一堆垃圾上。狄安娜说那只是一只鸥，它们什么都吃，任何东西。

"它们是杂食动物。"我告诉她。

"我的天，你还知道些复杂的词呢。"

我们在有树的地方打弯了。我问："这里又是诊所了吗？"

"不，不是，我们只是要在商场停一下，给布朗温今天下午要去参加的一个生日派对买个礼物。"

商场就是老尼克给我们买杂货的商店的意思，但是他不会再买了，我猜。

只有保罗要去商场里，可是他说他不知道该选什么，所以狄安娜要代他去，可是布朗温开始不停地喊"我和麻麻，我和麻麻"。所以最后是狄安娜推着红色手推车里的布朗温进去，保罗和我在面包车里等着。

我盯着红色手推车看，"我能试一下吗？"

"等会儿，在博物馆里。"狄安娜对我说。

"听着，再不去厕所我就要憋死了，"保罗说，"如果我们一起进去也许能更快。"

"我不知道……"

"不是周末，人不会太多的。"

狄安娜严肃地看着我，"杰克，你愿意坐在手推车里进商场吗？就几分钟？"

"哦耶。"

我坐在后面保证布朗温不会掉出去,因为我比她大,"好像施洗者圣约翰。"我对布朗温说,可是她没在听。我们走到门口的时候,它们短促地叫了一下,自动打开了,我差点从手推车上掉下去,但保罗说这都是小电脑在互相传送信息,别为这个担心。

里面别提多大多亮了,我不知道里面会和外面一样大,甚至还有树。我听见音乐却看不见演奏乐器的人。还有最让我惊讶的东西,朵拉的包,我跑下去摸她的脸,她在朝我微笑和跳舞。"朵拉。"我轻轻地叫她。

"哦,对了,"保罗说,"布朗温过去也疯狂地迷恋她的一切,不过现在是汉娜·蒙塔娜[1]了。"

"汉娜·蒙塔娜,"布朗温唱了起来,"汉娜·蒙塔娜。"

朵拉包上有肩带,就像背包,可是上面有朵拉而不是只有背包的表面。它还有一个拎把,我试了试,它被拉起来了,我以为我把它弄坏了,可是接着它滚了起来,这是一个手拖包同时也是一个背包,真神奇。

"你喜欢它吗?"是狄安娜在问我,"你想把你的东西放在里面吗?"

"要么给他买只不是粉红色的。"保罗对她说。"这只怎么样,杰克,很酷对吧?"他拿着一只蜘蛛人的包。

我给了朵拉一个大大的拥抱。我觉得她在轻轻地叫我,你好,杰克。

狄安娜试着把朵拉包拿走,可是我不让她那么干。"没事的,我只是要去付钱给那位小姐,两秒钟后,你就能拿回来了……"

不是两秒,是三十七秒。

"厕所在那里。"保罗说,他跑开了。

那个小姐在用纸把包包起来,那样我就看不到朵拉了,她把它放进一个大纸盒里,然后狄安娜把它给了我,它在自己的绳子上摇荡着。我把朵拉拿出来,把我的手臂穿过她的背带,我在背着它

---

[1] 由麦莉·塞勒斯主演的一部美国迪士尼同名热播电视剧。

了,我真的在背着朵拉了。

"你要说什么?"狄安娜问。

我不知道我要说什么。

"布朗温漂亮的包。"布朗温说,她挥着一个亮晶晶的缀着心形挂件的包。

"好了,亲爱的,可是你在家里有很多漂亮的包了。"她拿走了那个亮闪闪的包。布朗温尖叫起来,其中一颗心掉在地上。

"能不能有一天,我们可以至少前进个二十英尺,再制造第一次核难吗?"保罗问,他又回来了。

"要是你刚才在这儿就能转移她的注意力了。"狄安娜对他说。

"布朗温漂亮的包包包包包!"

狄安娜把她举起来放进手推车里,"我们走吧。"

我捡起那颗心放进我的口袋里,和其他宝贝一起,我在手推车旁边走。

然后我改变主意了,我拉开朵拉包最前面的拉链,把我所有的宝贝都放了进去。我的鞋子很磨脚,所以我把它们脱掉了。

"杰克!"那是保罗在叫我。

"别在外面大声嚷嚷他的名字,记得吗?"狄安娜说。

"哦,对。"

我看见一个巨大的木头做的苹果,"我喜欢那个。"

"很疯狂,不是吗?"保罗说,"买这个鼓给席瑞拉怎么样?"他问狄安娜。

她翻了个白眼,"会害她脑震荡的。想都别想。"

"我能要这只苹果吗,谢谢?"我问。

"我觉得它放不进你的包里。"保罗笑着说。

接着我发现一个银蓝的像火箭的东西,"我想要这个,谢谢。"

"那是个咖啡壶。"狄安娜说,把它放回架子上,"我们已经给你买了一个包了,今天就这么多了,好吗?我们就给布朗温的朋友找个礼物,然后我们就离开这里。"

"抱歉,请问这是你大女儿的吗?"一个年纪很大的女人拿着我的鞋子问。

狄安娜瞪着她。

"杰克,伙计,怎么啦?"保罗说,指着我的袜子。

"非常感谢。"狄安娜说,从那个女人手里拿过鞋子跪下来。她把我的脚塞进右脚的鞋子里然后是左脚的。"你一直在叫他的名字。"她咬着牙对保罗说。

我不知道我的名字有什么问题。

"抱歉,抱歉。"保罗说。

"为什么她说大女儿?"我问。

"啊,因为你的长头发和你的朵拉包。"狄安娜说。

那个年纪大的女人不见了,"她是坏人吗?"

"不,不是。"

"可是如果她认出你就是那个杰克,"保罗说,"她可能会用她的手机给你拍照什么的,你妈妈会杀了我们的。"

我的心跳加速了,"为什么妈会——"

"我的意思是,抱歉——"

"她会非常生气,那就是他的意思。"狄安娜说。

我想着躺在黑暗里不在了的妈,"我不喜欢她生气。"

"不,当然不会。"

"能请你把我送回诊所吗,现在?"

"很快。"

"现在。"

"你不想看博物馆了吗?我们马上就要到了。网娃[1],"狄安娜对保罗说,"那个应该够安全了。我记得美食广场过去有一个玩具店的……"

我一直拖着我的包,我的鞋子扣得太紧了。布朗温饿了,所以我们去吃爆米花,那是我吃过的最脆的东西了,它卡在我喉咙里让

---

[1] Webkinz 是由加拿大玩具公司 Ganz 建立的一个在线游戏社区网站,孩子们可以在这个虚拟社区里领养宠物,和社区里的朋友们交流,积攒虚拟货币。

我咳嗽起来。保罗从咖啡店给他和狄安娜买了拿铁。一些爆米花从我的包上掉了下去,狄安娜说让它们去吧,因为我们有很多,而且我们不知道地板上有什么。我弄得一塌糊涂,妈会生气的。狄安娜给了我一张湿巾来擦我黏糊糊的手指,我把它放进我的朵拉包里。这里太亮了,我觉得我们迷路了,我希望我在七号房间里。

我想小便,保罗把我带到一个洗手间里,墙上有很多滑稽的下垂的水槽。他朝它们挥挥手,"去吧。"

"马桶在哪里?"

"这些是特别给我们这些家伙的。"

我摇摇头,又走了出去。

狄安娜说我可以和她还有布朗温一起,她让我选了一个房间。"棒极了,杰克,一点儿都没溅出来。"

为什么我会溅出来?

她脱下布朗温的内裤的时候,那里不像鸡鸡,也不像妈的阴道,她的那部分身体是胖胖的一小块,中间有条缝,没毛。我把手指放到上面按了按,它软乎乎湿哒哒的。

狄安娜推开了我的手。

我尖叫着停不下来。

"冷静点,杰克。我有——你的手受伤了吗?"

我的手腕上都是血在冒出来。

"我很抱歉,"狄安娜说,"我太抱歉了,肯定是我的戒指。"她看着她的戒指,上面有金色的东西。"可是听着,我们不碰其他人的私处,那不好。懂吗?"

我没听过私处。

"好了吗,布朗温?让妈妈给你擦擦。"

她在擦刚才我碰过的布朗温身上的地方,可是之后她没打她自己。

洗手的时候,流血的地方更痛了。狄安娜一直在她的包里翻创可贴。她把一些棕色的餐巾纸叠起来,让我压在伤口上。

"好了没好了没?"保罗在外面问。

"别催了，"狄安娜说，"我们能出去了吗？"

"给席瑞拉的礼物呢？"

"我们可以包一个布朗温的，看上去新点儿的。"

"不要我的东西。"布朗温大叫起来。

他们在吵架。我想和妈一起躺在床上，躺在黑暗里，靠着她柔软的身体，没有看不见的音乐，没有脸红脖子粗的人从身边走过，没有嘻嘻哈哈的手挽着手的姑娘们，也没有她们从衣服里露出的身体。我按着伤口不让血流出来，我闭上眼睛走了出去，我撞在一个花盆上，那不是一株真的植物，不像死之前的植物，它是塑料的。

然后我看到有人在朝我微笑，是丹尼！我跑过去给了他一个大大的拥抱。

"一本书，"狄安娜说，"好极了，给我两秒钟。"

"那是挖掘机丹尼，他是我从房间来的朋友。"我告诉保罗，"这里这里是丹尼，强壮的挖掘机！他挖出来的土越来越多。看他长长的手臂铲进土地里——"

"真棒，伙计。你能找对地方把它放回去吗？"

我摸着丹尼的封面，又滑又亮，他是怎么到商场里来的？

"小心别把你的血弄上去。"保罗把一张纸巾按在我手上，我的棕色纸巾肯定是掉了。"为什么不选一本你从来没读过的书呢？"

"麻麻，麻麻。"布朗温在试着把一个亮闪闪的东西从书的封面上拿下来。

"去付钱。"狄安娜说，把书放到保罗手里，她朝布朗温跑了过去。

我打开我的朵拉包，我把丹尼放进去安全地拉起来。

狄安娜和布朗温回来之后，我们走到喷泉边上听着哗啦哗啦的水声，但是水没有溅在我们身上。布朗温在说"钱，钱"，于是狄安娜给了她一个硬币，布朗温把它扔进水里。

"要一个吗？"那是狄安娜在跟我说话。

这肯定是一种特殊的垃圾，因为那些钱太脏了。我接过硬币丢进水里，拿出湿巾擦干净我的手指。

"你许愿了吗?"

从前我丢垃圾的时候从不许愿,"什么愿?"

"任何你想要的世界上最好的东西。"狄安娜说。

我最想要的是待在房间里,可是我不觉得它还在世界上。

有个男人在和保罗说话,他指着我的朵拉。

保罗走过来打开朵拉包拿出了丹尼,"呀——伙计!"

"我很抱歉。"狄安娜说。

"他在家里还有一本,你知道,"保罗说,"他以为这本就是他那本。"他把丹尼递给那个男人。

我冲过去抓了回来,我说:"这里这里是丹尼,强壮的挖掘机!他挖出来的土越来越多。"

"他不懂。"保罗说。

"看他长长的手臂铲进土地里——"

"杰克,甜心,这本书是商店的。"狄安娜要把书从我手里拿走。

我抓得更紧了,我把他贴到我的衬衫上。"我是从一个其他地方的星球里来的,"我对那个男人说,"老尼克把我和妈关了起来现在他在监狱里和他的卡车在一起可是天使不会把他救出来因为他是个坏人。我们很有名如果你给我们拍照我们就杀了你。"

那个男人茫然地眨着眼睛。

"啊,这本书多少钱?"保罗问。

那个男人说,"我必须扫描它——"

保罗伸出手,我蜷缩在地板上抱着丹尼。

"不如我另外拿一本给你扫描吧。"保罗说,他跑回到商店里。

狄安娜在四处张望,大叫着:"布朗温?宝贝?"她冲到喷泉那里,沿着它一直往里面看,"布朗温?"

其实布朗温在一面放着很多衣服的橱窗后面,把她的舌头伸到玻璃上。

"布朗温?"狄安娜在尖叫。

我也吐出了我的舌头,布朗温在玻璃窗后面笑了。

在绿色面包车里我几乎睡着了,但是没有真的睡着。

诺琳说我的朵拉包漂亮极了,亮晶晶的心也是,《挖掘机丹尼》看上去是一本很有趣的书,"恐龙怎么样?"

"我们没时间去看。"

"哦,真可惜。"诺琳给我的手腕拿来一张创可贴,但是上面没有图片。"你妈睡了一整天,看到你她会很激动的。"她敲了敲然后打开了七号门。

我脱掉鞋子但没脱衣服,我终于和妈躺在一起了。她既温暖又柔软,我钻了上去,但是很小心。枕头闻上去很糟糕。

"晚饭时候见。"诺琳轻轻说着关上了门。

糟糕的气味是呕吐物,我想起了我们的大逃亡。"起来,"我对妈说,"你把枕头弄脏了。"

她没有起来,她甚至没有呻吟或者翻身,我推她的时候她没动。这是她最不在的一次了。

"妈,妈,妈。"

她是个僵尸,我想。

"诺琳?"我大叫起来,我跑到门口。我不想打扰其他人可是——"诺琳!"她在走廊的尽头,她转过身来。"妈吐了。"

"没事的,我们两秒钟就能清理干净。让我去拿推车——"

"不,现在就来。"

"好的,好的。"

她打开灯看了看妈,她没说好的,她拿起电话说:"蓝色警报,七号房间,蓝色警报——"

我不知道那是什么——然后我看到妈的药瓶打开着放在桌上,它们看上去差不多都空了。从不多于两片,那是规矩,它们怎么会差不多都空了呢,药片去哪儿了?诺琳按着妈的喉咙旁边,喊着她的另外一个名字:"你能听到我吗?你能听到我吗?"

可我不觉得妈能听见,我不觉得她能看到。我大叫起来:"坏主意坏主意坏主意。"

很多人跑了进来,他们中的一个把我拖到外面的走廊里。我用我能发出的最大的声音尖叫着"妈",可是它还不够响,不能把她叫醒。

活 着

我在有吊床的房子里。我从窗口看出去找它,但是外婆说它会在后院里,不在前院,而且它还没被挂起来,毕竟现在只是四月十号。有灌木和花丛和人行道和大街和其他的前院和另外的房子,我数了数,有十一栋,那是邻居们住的地方,像"抢邻居"的游戏。我咂了下嘴,牙齿就在我的舌头的正中间。那辆白色的汽车在外面,没动,我乘着它离开诊所即使里面并没有坐垫,克莱医生希望我留下来,为了持续性和隔离治疗,可是外婆冲着他大吼大叫,说他没有权利把我像个犯人似地留在那里,我是有一个家庭的。我的家庭是外婆二外公布朗温保罗狄安娜和外公——只是他对我感到恐惧。也包括妈。我把牙齿移到腮帮里,"她死了吗?"

"不,我一直在告诉你。绝对没有。"外婆把头靠在玻璃窗的木头窗框上。

有些时候,当人们说绝对的时候,其实听起来可信度更低。"你是在假装她还活着吗?"我问外婆,"因为如果她死了,我也不想活着。"

大颗大颗的眼泪又在顺着她的脸颊滚落,"我不——我不能告诉你任何我不知道的事情,甜心。他们说一旦有最新进展他们会立刻打电话来。"

"什么是最新进展?"

"她怎么样,就在现在这时候。"

"她怎么样?"

"嗯,她不大好,因为她吃了太多不好的药,就像我对你说过的,可是现在他们也许已经把它们从她的胃里都抽出来了,或者抽出一大半了。"

"可是为什么她会——"

"因为她不大好。在她的脑袋里。有人在照顾她了,"外婆说,"你不需要担心。"

"为什么?"

"因为,那样也不会有什么用。"

上帝通红的脸卡在一个烟囱上。越来越暗了。牙齿戳进了我的牙肉里,他是一颗坏的让人疼痛的牙齿。

"你没碰你的肉酱面,"外婆说,"你想要杯果汁或者别的什么吗?"

我摇摇头。

"你累了吗? 你肯定累了,杰克。天知道,反正我累了。下楼来看看空房间。"

"为什么它是空的?"

"意思是我们不用它。"

"为什么你们有一个你们不用的房间?"

外婆耸耸肩,"你不会知道我们什么时候可能需要它。"下楼的时候她等着我,因为没有扶手可以拉着,我屁股坐在台阶上往下挪。我把我的朵拉包拖在身后,哐哐地撞在地上。我们穿过那个叫做起居室的房间,我不知道为什么,因为外婆和二外公在所有的房间里生活,[1] 除了那个不用的房间。

那种可怕的唔啊唔啊的声音又响了,我捂上了我的耳朵。"我最好去接。"外婆说。

她很快回来把我带到一个房间里,"你准备好了吗?"

"准备什么?"

"上床睡觉,亲爱的。"

"不在这里。"

她按了按自己嘴边有酒窝的地方,"我知道你想你妈了,可是现在你得自己睡。你会没事的,二外公和我就在楼上。你不用害怕怪物,你会吗?"

这取决于是什么样的怪物,是真的还是假的,是不是在我身边出现。

"嗯。你妈的旧房间在我们的边上,"外婆说,"可是我们把它改

---

[1] 起居室在英语里是"living room",living 有生活的意思。

成健身房了，我不知道那里是不是还有空间放下一个气垫床……"

这次我是用脚走上楼梯的，只是要扶着墙壁，外婆拎着我的朵拉包。那个房间里有蓝色的有黏性的毯子和杠铃和健身器，就像我在电视里看到的那些。"过去她的床放在这里，她是个婴儿的时候这里就放着她的婴儿床。"外婆说，指着一辆固定在地板上的自行车。"墙上都贴着海报，你知道的，她喜欢的乐队，一个狂热的粉丝，一个追梦人……"

"为什么它要抓她的梦？"

"那是什么？"

"那个粉丝。"

"哦，不，它们只是比喻。把所有这些都送到社区捐赠点去让我觉得很糟糕，那是一个互助小组的顾问建议的……"

我打了一个大大的哈欠，牙齿差点掉出来，但是我用手接住了他。

"那是什么？"外婆问，"一粒珠子还是什么？别把小东西放在嘴里，你没有——"

她试着掰开我的手指把他拿走。我的手重重地打在她的肚子上。

她瞪大了眼睛。

我把牙齿放回到我的舌头下面，把牙齿咬上了。

"我说，为什么不让我把气垫床放到我们床边呢，就今晚，直到你适应了？"

我拉着我的朵拉包。隔壁是外婆和二外公睡觉的地方。气垫床是一个大包一样的东西，打气筒不停地从孔里蹦出来，她大喊着让二外公来帮忙。然后它鼓起来了，像个气球，不过是个长方形的，她把床单铺在上面。那些往妈的胃里打气的"他们"是谁？他们把打气筒插在哪里？她不会爆炸吗？

"我问你的牙刷在哪里，杰克？"

我在装着我所有东西的朵拉包里找到了它。外婆告诉我穿上我的衣裤，就是睡衣睡裤的意思。她指着气垫床说"跳进去"，如果人们想假装什么东西很有趣，他们总是说跳或者蹦。外婆俯下身来，撅着她的嘴巴像是要亲吻的样子，可是我把头藏到被子下面。

"抱歉,"她说,"想听一个故事吗?"

"不。"

"太累了听不动故事了吧。好的,那么晚安。"

一切都黑了。我坐了起来。"那小虫子呢?"

"床单都特别干净。"

我看不见她,可是我认得出她的声音。"不,小虫子。"

"杰克,我累得快不行了——"

"小虫子,不让他们咬人。"

"哦,"外婆说,"睡吧睡吧,睡个安稳觉……没错,我过去是这么说的,在你妈还是个——"

"把它说完。"

"睡吧睡吧,睡个安稳觉,别被小虫子咬。"

有光漏了进来,是门,它打开了。"你要去哪?"

我能看见门口外婆笼罩在黑暗里的身影。"只是到楼下去。"

我从气垫床上滚下来,它晃动着。"我也去。"

"不,我是要去看我的节目,它们不是给小孩看的。"

"你说过你和二外公会在床上而我在旁边的气垫床上。"

"那要晚一点儿,我们还不累。"

"你说过你累了。"

" 我觉得累是——"外婆好像要大叫起来,"我睡不着,我就是需要看看电视,停止思考一会儿。"

"在这里你也可以不思考。"

"就试着躺下来,闭上眼睛。"

"我做不到,不能只有我一个人。"

"哦,"外婆说,"哦你这个可怜的小家伙。"

为什么我可怜,为什么是动物?[1]

她弯下腰靠在气垫床旁边,碰了碰我的脸。

我躲开了。

1　原文为 creature,既有人的意思也有动物的意思。

"我只是要给你闭上眼睛。"

"你在床上。我在气垫床上。"

我听见她叹了口气,"好吧。我就躺下来一会儿……"

我看见她的身影在被子上面。有什么东西砰地一声掉了下来,是她的鞋子。"你想要一首摇篮曲吗?"她轻轻地问。

"唔?"

"一首歌?"

妈给我唱歌,但是她再也不唱了。她让我的头撞在七号房间里的桌子上。她吃了不好的药,我想她是太累了所以不能再唱了,她急着要去天堂所以她不等了,为什么她不等等我?

"你在哭吗?"

我没说话。

"哦,亲爱的。好了,出来比在里面好。"

我想吃一点儿,我真的真的想吃一点儿,没吃奶我睡不着。我吮着牙齿,那是妈,无论如何是她的一部分,是她那些变成棕色的腐坏的坚硬的细胞。牙齿弄疼了她,或者是他被弄疼了,可是不再有疼痛了。为什么出来比在里面好?妈说我们自由了,可是这感觉上不像是自由。

外婆在很轻地唱着,我知道这首歌,可是它听上去不对,"公共汽车的轮子跑——"

"不谢谢。"我说,于是她停下了。

我和妈在海里,我被她的头发缠住了,我被拖住了,我要淹死了——

只是一个噩梦。那是妈会说的,如果她在这里,可是她不在。我躺着数了五个手指五个手指五个脚趾五个脚趾,我一个接一个地摆动它们。我试着在脑袋里说话,妈?妈?妈?我听不到她的回答。

周围开始亮起来的时候,我把被子盖到脸上让它暗下来。我想这肯定就是不在的感觉。

有人在周围走路和低声说话。"杰克?"那是外婆在我耳边,所以我蜷了起来,"你怎么样?"

我记得礼貌,"今天不是百分之一百的好,谢谢你。"我说得含含糊糊的,因为牙齿还在我的舌头上。

她走了以后,我坐起来数了数我的朵拉包里的东西,我的衣服和鞋子和枫果和火车和画图板和拨浪鼓和亮闪闪的心和鳄鱼和石头和猴子们和汽车和六本书,第六本是从商店里来的《挖掘机丹尼》。

过了很长时间,呜啊呜啊的声音响起来了,那是电话。外婆上来了,"是克莱医生,你妈稳定了。听上去不错,不是吗?"

听上去像马的嘶鸣。

"还有,早饭是蓝莓烤薄饼。"

我静静地躺着,仿佛我是一具骨架。被子闻起来灰扑扑的。

叮咚叮咚,她又下楼去了。

下面传来各种声音。我把我的脚趾然后我的手指然后我的牙齿都数了一遍。每次的结果都对,可我就是不敢确定。

外婆又上来了,气喘吁吁的,说我外公等着要说再见。

"和我?"

"和我们所有人,他要飞回澳大利亚去了。快起来,杰克,赖床对你没好处。"

我不知道那是什么。"他希望我没生下来。"

"他希望什么?"

"他说我不应该出生然后妈就不会必须是妈了。"

外婆什么都没说,所以我认为她下楼去了。我把脸探出去看。她还在这里,她的手臂紧紧地箍着自己的身体。"你永远别在意那个混[1]——"

---

[1] 原文为 a-hole,是 asshole 的文雅说法。

"什么是——"

"快下来吃一块烤薄饼。"

"我不能。"

"看看你,"外婆说。

我怎么能做到?

"你在呼吸在走路在说话在没有你妈的时候一个人睡觉,不是吗?所以我打赌你也能在没有她的情况下吃饭。"

安全起见,我把牙齿藏在我的腮帮里。我花了很长时间下楼。

在厨房里,外公——真的那个,他的嘴上有紫色的东西。他的烤薄饼都浸在一堆糖浆里,很多的紫色,它们是蓝莓。

盘子都是正常的白色,可是杯子的形状都不对,是有角的。有一大碗香肠。我没意识到我饿了。我吃了一根香肠然后又是两根。

外婆说她没有不带果肉的果汁,但是我一定得喝点儿什么,否则我会被香肠噎到的。那个巨大的冰箱里都是盒子和瓶子。碗柜里有那么多食物,外婆得踩到梯子上才能看见里面全部的东西。

她说现在我应该去洗个澡,但是我假装没听见。

"什么是稳定?"我问外公。

"稳定?"一滴眼泪从他眼睛里流出来,他把它擦掉了。"不好,不坏,我猜。"他把他的刀叉一起放到他的盘子上。

比什么不好不坏?

牙齿舔上去都是果汁的酸味。我回到楼上继续睡觉。

"甜心,"外婆说,"你不能又在电视机前面待一整天。"

"什么?"

她关上电视,"克莱医生刚才在电话里问你的进展,我不得不告诉他我们在玩跳棋。"

我眨了眨又揉了揉我的眼睛。为什么她要对他说谎?"是妈——"

"她还是稳定着,他说。你想真的来玩跳棋吗?"

"你的跳棋是给巨人的,它们会摔倒。"

她叹了口气,"我一直在告诉你,它们是普通的跳棋,和国际象棋和纸牌都一样。你和你妈的那副迷你吸铁石跳棋是旅行用的。"

可是我们没旅行过。

"我们去游乐园吧。"

我摇摇头。妈说等我们自由了我们会一起去。

"你到外面去过,好多次了。"

"那是在诊所里。"

"空气是一样的,不是吗?来吧,你妈告诉我你喜欢攀岩。"

"没错,我爬到桌子上和椅子上和床上几千次了。"

"不要爬到我的桌子上,先生。"

我的意思是在*房间*里。

外婆给我扎了一个很紧的马尾辫,把它塞进我的外套里,我又把它拉了出来。她没说要涂那种黏糊糊的东西,也没说要戴帽子,也许在世界的这个地方皮肤不会被晒伤?"戴上你的墨镜,哦还有你那双合适的鞋子,那些滑不溜叽的东西一点儿支撑都没有。"

走路的时候,我的脚被压得很痛,即使我把搭扣松开也一样。只要我们待在人行道上,我们就是安全的,可是如果我们不小心走到大街上,我们会死。妈没死,外婆说她不会骗我。她骗了克莱医生,跳棋的事情。人行道不断地停下来,所以我们必须穿过大街,只要我们拉着手,我们就会没事的。我不喜欢牵手,可是外婆说太糟了。空气都在吹到我的眼睛里,照在我的墨镜边缘上的阳光那么刺眼。一个粉红色的东西,那是一只发圈;一只瓶盖和一只轮胎,不是真的汽车上的而是玩具车的;一袋坚果,不过坚果都不见了,一只果汁盒,我还能听见一些果汁在里面哗啦啦地流动;还有一堆黄色的巴巴。外婆说那不是人的而是一些让人恶心的狗干的,她拽我的外套说"快离开那东西"。垃圾不应该在那里,除了叶子,树没法阻止它们掉下来。法国人让他们的狗随地大小便,有天我可以去那里。

"去看巴巴?"

"不,不,"外婆说,"埃菲尔铁塔。有天你真的擅长攀登的时候。"

"法国在外面吗?"

她用奇怪的眼神看着我。

"在世界上?"

"所有地方都是在世界上的。我们到了!"

我不能去游乐园,因为那里有不是我朋友的孩子们。

外婆翻了个白眼,"你和他们一起玩就行了,孩子们就那么干。"

我能透过菱形的金属栅栏看到里面。它和墙还有地板里的妈不能挖穿的秘密栅栏一样,可是我们出来了,我救了她,只是后来她不想再活下去了。一个大女孩头冲下地待在一架秋千上。两个男孩在一个我不记得名字的上上下下的东西上,他们用力地撞它,大笑着还摔下来,我觉得他们是故意的。我数了我的牙齿,二十,再数一遍。我抓着栏杆,手指上有白色的条纹。我看着一个女人把一个婴儿抱到爬行器那儿让他钻过隧道,她透过侧面的窟窿做了个鬼脸,假装她不知道这是哪里。我看着那个大女孩,可是她只是荡来荡去,有时她的头发几乎要落进泥土里,有时候垂直地竖起来。男孩们互相追逐,把手比作枪砰砰地开,一个摔倒了,他哭了起来。他跑出大门,跑进一所房子,外婆说他肯定住在那里,她怎么知道?她轻声说:"现在你为什么不去和另外那个男孩玩呢?"然后她大喊了起来,"嘿小家伙。"那个男孩朝我们看过来,我钻进一丛灌木里,它戳到了我的头。

过了一会儿她说外面比看上去更冷,也许我们最好回屋去吃午饭。

回去要走几百个小时,我的腿要断了。

"也许下次你会更喜欢的。"外婆说。

"这很有趣。"

"这是你妈教你在不喜欢什么东西的时候说的吗?"她微微地笑

了,"那是我教给她的。"

"现在她要死了吗?"

"不。"她像是要叫起来了,"如果有消息里奥会打电话来的。"

里奥是二外公,所有这些名字把我搞糊涂了。我希望只有我的一个名字,杰克。

回到外婆的房子里,她指给我看地球仪上的法国,那像是一个世界的雕塑,而且总是在转。我们住的这一整个城市仅仅是一个小点,诊所也在这个小点里面。房间也是,可是外婆说我不需要再想着那个地方了,把它丢到脑袋外面去。

午饭我吃了很多面包和黄油,是法国面包,但是上面没有巴巴,我觉得没有。我的鼻子又红又热,我的脸颊和我的胸口上面和我的手臂和我的手背也是,还有袜子上面的踝关节。

二外公对外婆说别埋怨自己了。

"外面根本没什么太阳。"她一直在说,抹着她的眼睛。

我问:"我的皮肤要掉下来了吗?"

"只是一小部分。"二外公说。

"别吓这孩子,"外婆说,"你会没事的,杰克,别担心。再涂一点儿这个很棒的晒后修复乳液,现在……"

我很难够到自己的后面,可是我不喜欢其他人的手指碰我,所以我想办法做到了。

外婆说她应该再打一个电话去诊所,可是她现在没准备好。

因为我晒伤了,我躺在沙发上看卡通片。二外公在躺椅里读《旅行者》杂志。

夜里牙齿来找我了,他在大街上蹦跳着,哗啦哗啦哗啦十英尺高,都蛀坏了,碎成一片片掉下来,他撞在墙上。后来我在一艘船里漂浮着,他被钉上了,虫子爬进来,虫子爬出去——

黑暗里有一阵嘶嘶的声音，我不知道是什么，然后发现是外婆。"杰克。没事的。"

"不。"

"回去睡觉吧。"

我觉得我做不到。

早餐时，外婆吃了一粒药丸。我问是不是她的维生素。二外公笑了。她对他说："要你多事！"然后对我说："每个人都需要点什么。"

这所房子很难弄明白。我随时随地都能进去的几扇门是厨房和起居室和健身房和空房间和地下室，还有卧室外面叫做露台的地方，就像飞机降落的地方，不过它们不在这里降落。我可以进卧室，除非门关上了，那时候我就要敲门然后等着。我能进浴室，除非它的门没开，那就是说有其他人在里面，我就得等着。浴缸和水槽和马桶是牛油果的绿色，除了马桶圈是木头的所以我能坐在上面。我要把马桶圈翻起来，用完之后再放下去，作为对女士们，也就是对外婆的尊重。马桶的水箱上有一个盖子，就像妈用来打老尼克的那个。肥皂是一个硬的球，我必须反复地搓它才能管用。外面的人和我们不一样，他们有一百万件东西，每件东西还有不同的样子，比如不同的巧克力棒和机器和鞋子。他们的东西都有不同的用处，比如指甲刷和牙刷和扫帚和马桶刷和洗衣刷和扫院子的扫把和发梳。有次我把一种叫做滑石粉的粉末撒到地上，我把它扫干净了，可是外婆进来说那是马桶刷，我是在传播病菌，她生气了。

这也是二外公的房子，但是他不定规矩。大部分时间他都在他的书房里，那是专门给他用的特殊房间。

"人不总是想和人在一起，"他告诉我，"那很累人的。"

"为什么？"

"就拿我来说吧，我结过两次婚。"

我不能不和外婆说一声就走出前门，可是反正我也不会的。我坐在楼梯上，用力吮吸着牙齿。

"为什么不去玩或者干点别的呢？"外婆问，从我身边挤过。

有很多事情可做，我不知道该干什么。我有疯狂的祝福者送来的玩具，妈以为只有五个但实际上我拿了六个；有狄安娜带来的各种颜色的粉笔，只是我没见到她，它们把我的手指都弄脏了。有一大卷纸和放在一个透明塑料长盒子里的四十八色记号笔。有一盒画着动物的小方块，那是布朗温不用的，我不知道为什么，它们堆成一座比我还高的塔。

而我盯着我的鞋子，它们是弹性鞋。如果我扭动我的脚，还能隐约看到皮革下面的脚趾。妈！我在脑袋里大喊。我认为她不在那儿。不好不坏。除非每个人都在说谎。

地毯下面有一个小小的棕色的东西，那里是木头楼梯开始的地方。我把它挖了出来，它是金属的。一个硬币。上面有一个人的脸和几个单词，我们信仰上帝，自由 2004。我把它翻过去，看到一个男人，也许是同一个人，不过他在一所小房子里挥手，上面写着美利坚合众国，合众为一，分。

外婆在楼梯下面看着我。

我跳了起来。我把牙齿移到我的牙龈后面。"这里有一句西班牙语。"我对她说。

"这里有？"她皱起眉头。

我用手指给她看。

"合众为一。唔，我想那是类似于'我们团结地站在一起'之类的意思。你想再要一些吗？"

"什么？"

"让我看看我的钱包里……"

她回来了，带着一个圆圆的扁平的东西，如果你摁下去，它会像一张嘴似地张开，里面有不一样的钱币。另一个银币上有一个像我一样绑着马尾辫的男人，还写着五分，可她说所有人都叫它钢镚儿，比较小的银币叫一毛，等于十分。

"既然它只有五分，为什么它比十分的更大？"

"它就是那样的。"

即使是一分都比十分大，我觉得"它就是那样"是傻瓜。

最大的一枚银币上有个不一样的不高兴的男人，反面写着新罕布什尔1788，不自由，毋宁死。外婆说新罕布什尔是美国的另一个地方，不是这个地方。

"免费地活着，那是不用花钱的意思吗？"[1]

"啊，不，不。它的意思是……没有人是你的主宰。"

另一枚硬币的正面一模一样，可是当我把它翻过去的时候看到的图片是一个小人坐在一艘帆船里，还有一个杯子和更多的西班牙语，关岛合众为一 2009 和关岛，查摩洛土著的领土。[2] 外婆对着它眯起眼睛，然后起身去拿她的眼镜。

"那是美国的另一个地方吗？"

"关岛？不，我想它是别的地方。"

也许外面的人就是这么拼写房间的。

门廊里的电话开始尖叫，我跑上楼去躲开它。

外婆上来了，又在哭了，"她挺过来了。"

我瞪着她。

"你妈。"

"什么角落？"[3]

"她在恢复了，她会没事的，应该会的。"

我闭上了我的眼睛。

外婆把我摇醒了，她说我已经睡了三个小时了，她担心我今晚会睡不着。

把牙齿含在嘴里很难说话，所以我把他放到口袋里了。肥皂还是会黏在我的指甲缝里。我需要一些尖的东西把它弄出来，比如遥控器。

"你想你妈了吗？"

我摇摇头，"遥控器。"

"你想你的……壕沟？"

"遥控器。"

---

1 原文为 live free，杰克理解成它的字面意思了。
2 这句话是用查莫洛土著语写的。
3 外婆说的那句话原文为 she's turned the corner，杰克以为是"她转过拐角了"。

"电视遥控器?"

"不是,我的遥控器,本来它能让吉普车呜呜地开起来,可是后来它坏在衣柜里了。"

"哦,"外婆说,"好吧,我肯定我们能把它们弄回来。"

我摇摇头,"它们在房间里。"

"我们列个清单。"

"为了冲到马桶里去吗?"

外婆看上去完全糊涂了,"不,我会打给警察。"

"是紧急状况吗?"

她摇了摇头,"他们会把你的玩具带过来的,等他们检查完了。"

我瞪着她,"警察可以进房间去?"

"可能这会儿他们就在那里呢,"她对我说,"搜集证据。"

"什么是证据?"

"证明发生了什么,拿给法官看。照片,指纹……"

在写清单的时候,我想着跑道上的黑色和桌子下面的洞,所有那些我和妈留下的痕迹。法官会看着我画的蓝章鱼。

外婆说浪费掉一个这么美好的春日是可耻的,所以我如果穿上一件长袖衬衫和我那双合适的鞋子,戴上帽子和墨镜,抹上很多防晒霜,我就能到外面的后院里去。

她把防晒霜挤到自己的手里,"你说走和停,任何你喜欢的地方。我会是你的机器人。"

这有点儿好笑。

她开始把防晒霜抹在我的手背上。

"停!"过了一分钟我说"走",于是她又开始动了。"走。"

她停下了,"你的意思是继续?"

"对。"

她抹了我的脸。我不喜欢它抹在我的眼睛附近,不过她很小心。

"走。"

"已经涂好了,杰克。准备好了?"

外婆走在第一个,穿过两扇门到外面,一扇是玻璃门一扇是纱门，她招着手让我出去，阳光弯弯扭扭的。我们站在全木的露台上，像一艘船的甲板。上面有一小团一小团毛茸茸的东西。外婆说那是一种花粉，从一棵树上来的。

"哪棵？"我抬起头来瞪着那些不同的树。

"我恐怕没办法告诉你。"

在房间里，我们知道所有东西的名字，可是在世界上就不是那么回事了，人们甚至连名字都不知道。

外婆挑了一把木头椅子，扭动屁股挤进去。院子里有一踩就断的树枝，还有几片黄色的小叶子和棕色的烂叶子，她说到十一月她会让里奥去对付它们的。

"二外公有工作吗？"

"没有，我们两个早就退休了，不过当然了，现在我们的股票大幅缩水……"

"那是什么意思？"

她把头向后靠在椅子背上，闭着眼睛，"什么意思都没有，别为它担心。"

"他很快就会死吗？"

外婆睁开眼睛看着我。

"或者你会在他前面？"

"我得让你知道，我才五十九，年轻人。"

妈只有二十六。她转过拐角了，那是她已经在回来的意思吗？

"没人会死的，"外婆说，"你别瞎嚷嚷。"

"妈说每个人都会死的，有一天。"

她抿紧了自己的嘴，周围出现了好像太阳光的线条。"你才刚遇到我们大部分人，先生，所以别急着说拜拜。"

我低头看着院子里绿色的地方，"吊床在哪里？"

"既然你这么有兴趣，我想我们可以把它从地下室里翻出来。"她咕哝着站起身来。

"我也去。"

"好好坐着，享受下阳光，我很快就回来。"

可是我没坐着，我是站着的。

她离开以后一切都安静了，除了树丛里发出的叽叽喳喳的声音，我想那些是鸟，可是我没看见。风把树叶刮得瑟瑟发抖。我听见一个孩子的叫声，也许是在另一个院子里，在大树篱后面或者别的地方，他是看不见的。一朵云飘在上帝黄色的脸的上面。突然变冷了。世界总是在变化，光线和温度和声音，我永远不知道下一分钟它是什么样。云朵看起来像是一种蓝灰色，我不知道里面是不是藏着雨水。如果雨滴开始掉下来砸到我身上，我会在它泡烂我的皮肤之前跑进屋子里。

有什么东西嗞嗞嗞嗞地响着，我在花丛里看到了最令人惊奇的东西，是一只活的巨大的蜜蜂，身上黑黄相间，它在花朵的中央跳着舞。"嗨。"我说。我伸出手指去碰它然后——

啊啊啊啊啊。

我的手要爆炸了，从没这么疼过，"妈！"我尖叫着，在我脑袋里的妈，可是她不在后院她不在我的脑袋里她不在任何地方，我是一个人被疼痛包围着包围着包围着——

"你把自己怎么了？"外婆冲过露台。

"我什么也没干，是蜜蜂干的。"

她给我涂了特殊的软膏之后疼得不那么厉害了，但还是很疼。

我得用我的另一只手去帮她。吊床用两只钩子挂在后院最后面的两棵树上，比较矮的那一棵只有我的两倍高，而且是弯的；另一棵比它高一百万倍，上面长着银光闪闪的叶子。由于放在地下室里，绳子做的地方压扁了一点儿，我们必须一直拉扯它，直到那些洞恢复正常的大小。还有两根绳子断了，也就是说有几个洞我们不能坐。"也许是蛀虫。"外婆说。

我没见过大到能咬断绳子的蛀虫。

"老实说，我们好多年没把它吊起来过了。"她说她不会冒险爬进去，无论如何她还是喜欢有靠背的东西。

我伸展开来，用我的全身把吊床填满。我的脚在鞋子里扭动着，我让它们从洞里穿过去，还有我的手，不过不是右手，蜜蜂咬的地方还疼着。我想象着小小的在吊床里摇晃着的妈和保罗，真怪，现在他们在哪儿呢？长大的保罗和狄安娜还有布朗温在一起，也许，他们说我们可以另外找一天去看恐龙，可是我觉得他们是在撒谎。长大的妈在诊所里，转过拐角。

我推了推绳子，我是一只黏在网上的苍蝇。或者是一个被蜘蛛人抓住的强盗。外婆推了一下，我晃了起来，我头晕了，不过是一种挺酷的晕。

"电话。"是二外公在露台上，大喊着。

外婆跑过草地，她又把我一个人留在外面的外面了。我跳下吊床，差点儿摔倒，因为一只鞋子被卡住了。我把我的脚拉出来，鞋子掉了。我跟着跑过去，我几乎和她一样快。

外婆在厨房里讲电话，"当然，要事第一，他就在这里。有人想和你说话。"她是在对我说，她把话筒递过来，可是我没接。"猜是谁？"

我直愣愣地看着她。

"是你妈。"

是真的，电话里是妈的声音，"杰克？"

"嗨。"

我没听到别的，所以我把它还给外婆。

"又是我，你感觉怎么样，我是说真的？"外婆问。她不断地点头，然后说："他一直没气馁。"

她又把电话给了我，我听见妈说很抱歉。

"你不会再被不好的药下毒了吧？"我问。

"不不，我在好起来。"

"你不在天堂里？"

外婆掩住了她的嘴。

妈发出一种我说不清是哭还是笑的声音，"但愿我在。"

"为什么你希望你在天堂里？"

"我不是认真的，我只是在开玩笑。"

"它不好笑。"

"是的。"

"别希望你在。"

"好的。我在诊所里。"

"你玩累了吗?"

我什么都没听见,我以为她不在了,"妈?"

"我累了,"她说,"我犯了一个错误。"

"你不会再累了吗?"

她什么都没说。然后她说:"还是累。不过没事的。"

"你能来这里坐在吊床上摇晃吗?"

"很快。"她说。

"什么时候?"

"我不知道,要看情况。外婆那里一切都好吗?"

"还有二外公。"

"对。有什么新鲜事?"

"每一件事。"我说。

那让她笑了,我不知道为什么。"你觉得有趣吗?"

太阳把我的脸晒得蜕皮了,一只蜜蜂叮了我。

外婆揉了揉她的眼睛。

妈说了什么,我没听见。"我得挂了,杰克,我需要再睡一会儿。"

"你会醒过来吗?"

"我保证。我太——"她的呼吸听上去很急促,"我很快会再打给你的,好吗?"

"好的。"

没有说话声了,所以我把电话放下了。外婆问:"你的另外一只鞋子哪儿去了?"

我看着面条锅底下舞蹈着的橘色火焰。火柴在长桌上,它的一头都黑了,弯曲着。我用它碰了碰火苗,它嗞嗞地叫了,又蹿起一阵巨大的火苗，于是我把它扔到炉子上。小火苗几乎看不见了，它在一点一点地吞噬着火柴，直到它全成了黑色，然后一阵轻烟升起，仿佛一条银色丝带。它的气味好神奇。我从盒子里拿了另一根火柴，我就着火焰点燃了它的——头，这次我坚持拿着它，即使它在嗞嗞叫。这是属于我的小火苗，我能带着它和我一起。我挥动它划了一个圆圈，我以为它熄灭了可是它又回来了。火苗越烧越旺，烧焦了整根火柴，这是两种不同的火苗，连接它们的木棒上有一条细细的红线——

"嘿！"

我跳了起来，是二外公。我的火柴不见了。

他踩在我的脚上。

我哀号起来。

"它在你的袜子上。"他给我看那根烧弯了的火柴，他擦着我袜子上的一个小黑点，"你妈没教过你不要玩火吗？"

"那里没有。"

"那里没有什么？"

"火。不是真的。"

他瞪着我，"我猜你们的炉子是电磁的。想想看吧。"

"怎么了？"外婆进来了。

"杰克正在认识厨房工具。"二外公说，搅拌着意大利面。他拿起一样东西看着我。

"刨丝器。"我想起来了。

外婆在布置餐桌。

"这个呢？"

"大蒜粉碎器。"

"大蒜压榨器。比粉碎暴力多了。"他冲我笑了笑。他没告诉外婆火柴的事，那算是撒谎，但是不让我惹上麻烦是个正当理由。他举着一样别的东西。

"另外一个刨丝器？"

"刨丝刀。这个呢？"

"啊……打蛋器。"

二外公拿起一根长长的意大利面,哧溜一声吸进自己的嘴巴里。"我哥哥三岁的时候把一碗饭倒在自己身上,打那以后他的胳膊一直皱巴巴的像一片薯片。"

"哦耶,我在电视上看过它们。"

外婆瞪着我,"别告诉我你从没吃过薯片。"然后她踩到梯子上,倒腾着一只碗柜里的东西。

"再过两分钟就吃饭了。"二外公说。

"哦,一把不会有什么问题的。"外婆拿着一只皱巴巴的袋子爬下来,把它打开了。

每片薯片上面都有很多线条,我拿了一片,在它的边缘上咬了一口。然后我说"不谢谢",接着把它放回袋子里。

二外公大笑起来,我不知道有什么可笑的。"这孩子是留着肚子等我的意大利面呢。"

"我能看看那个皮肤吗?"

"什么皮肤?"外婆问。

"哥哥的。"

"哦,他住在墨西哥。他是你的,我想想,你的大舅公。"

二外公把水一股脑地倒进水槽里,弄出一朵巨大的蒸汽云。

"为什么他了不起?"[1]

"只是说他是里奥的哥哥。我们所有的亲戚,现在你和他们也都有联系了,"外婆说,"我们的就是你的。"

"乐高。"二外公说。

"什么?"她说。

"像乐高玩具。一个一个小家庭搭成一个大家庭。"

"那个我也在电视上看过。"我对他们说。

外婆又在瞪着我看了。"长这么大没有玩过乐高,"她对二外公说,"我真的不能想象。"

---

[1] 原文为 great-uncle。

"可是世界上的那么多孩子都这么长大了。"二外公说。

"我想你是对的。"她看上去有点儿迷惑,"不过我们在地下室里肯定收着一盒……"

二外公用一只手打了一只鸡蛋,它扑通一声掉在意大利面上。"晚饭好了。"

我在那辆不会动的自行车上骑了很长时间,只要我伸长脚趾,我就能碰到踏板,我飞快地踩了几千个小时,这样我的腿就会变得特别强壮,我就能跑回妈那里再救她一次。我躺到蓝色的垫子上,我的腿累了。我举起杠铃,我不知道它们和自由有什么关系。[1] 我把一个放到肚子上,我喜欢它撑着我让我不会从这个晕头转向的世界上掉下去。

叮咚,外婆在叫我,因为我有客人,是克莱医生。

我们坐在平台上,如果有蜜蜂他就会警告我。人类和蜜蜂应该止于挥手,不要触碰。不要摸狗,除非它的人类说可以,不要跑过马路,不要碰私处,除非是自己的,而且只能在私下里。还有一些特例,比如警察可以开枪可是只能对着坏人。有太多的规矩要塞进我的脑袋里,所以我们用克莱医生那支特别重的金笔列了一份清单。然后是另一份清单,写着所有新的东西比如杠铃和薯片和鸟。

"不是在电视里而是真的看到这些东西你兴奋吗?"他问。

"嗯。只不过电视里的东西从来没有叮过我。"

"说得好,"克莱医生点着头说,"'人类不能忍受太多的真实'。"

"这又是一首诗吗?"

"你怎么猜到的?"

"你念诗的声音怪怪的,"我告诉他,"什么是人类?"

---

[1] 原文为 free weights。

"人种，我们所有人。"

"也是我吗？"

"哦当然了，你是我们中的一个。"

"还有妈。"

克莱医生点点头，"她也是一个。"

可是我的意思实际上是，也许我是一个人，可是我也是"我和妈"。我不知道一个给我们两个用的单词。房间人？"她会很快来接我吗？"

"她会尽快来的，"他说，"比起住在你外婆家里，你觉得待在诊所里会更舒服吗？"

"和妈在七号房间里？"

他摇了摇头，"她在另一栋楼里，她需要自己待一会儿。"

我觉得他错了，如果我病了我会更需要妈和我在一起。

"可是她真的很努力地要好起来。"他对我说。

我以为人们就是病了或者好起来了，我不知道那是一项工作。

再见的时候，我和克莱医生击了三次掌，高的，低的，手背的。

我坐在马桶上的时候，听见他在门廊里和外婆说话。她的声音是他的两倍高。"看在上帝的分上，我们只不过是在谈论一次轻度晒伤和被蜜蜂叮了一下，"她说，"我养大了两个孩子，别告诉我什么是适度关照。"

夜里，一百万台微型电脑在互相谈论着我。妈沿着豆茎爬了上去而我在地面上不停地摇晃它，这样她就会掉下来——

不。那只是在做梦。

"我有一个主意，"外婆在我耳边说，她半坐在床上俯下身子，"我们早饭前开车去游乐园吧，这样就不会有其他孩子在了。"

我们的影子拉得长长的。我挥动自己巨大的拳头。外婆差点坐到一条长椅上，但上面有水渍，所以她改靠在栏杆上。每样东西上都有小小的水渍，她说那是露水，看上去像雨水但不是从天上来的，它算是夜晚流的汗。我在滑梯上画了一张脸。"即使你把衣服弄湿了也没关系，放开玩儿吧。"

"其实我觉得冷。"

有个坑里填满了沙子，外婆说我可以坐在里面玩沙。

"什么？"

"唔？"她问。

"玩什么？"

"我不知道，挖下去或者铲起来或者别的什么。"

我碰了碰，可是它的手感毛毛糙糙的，我不想把它弄得全身都是。

"攀岩怎么样？或者秋千？"外婆问。

"你会去吗？"

她轻笑了一下，她说她可能会弄坏什么的。

"为什么你会——"

"哦，不是故意的，只是我太重了。"

我爬了几步，像一个男孩而不是像一只猴子那么站着，它们是金属的，带有粗糙的叫做铁锈的橘红色小块，还有用来抓着的杆子，把我的手都冻僵了。末端有一座小房子，像是给小精灵们住的，我坐在台子上，屋顶就在我的头上，它是红的，台子是蓝的。

"哟嗬。"

我跳了起来，是外婆透过窗户在招手。然后她又绕到另一边挥了挥手。我也向她挥手，她喜欢那样。

在台子的角落里我看见有东西在动，是一只小蜘蛛。我不知道蜘蛛是不是还在房间里，她的网是不是越织越大。我打着拍子，像在哼歌，可是只有拍子，然后妈就要猜，她能猜对大部分。我的鞋子打在地板上发出不一样的声音，因为它是金属的。墙上写着一些我读不懂的东西，都很潦草，还有一幅我觉得是一个鸡鸡的图画，可是它和那个人一样大。

"试试滑梯，杰克，它看上去很有趣。"

是外婆在叫我。我从小房子里出去，往下看，滑梯是银白色的，上面还有一些小石头。

"嘿！来吧，我会在底下接着你的。"

"不谢谢。"

有一架像吊床的绳梯，只不过它是倾斜着往下的，我的手指酸痛得抓不住它。还有很多让人挂在上面的长条杆，前提是如果我有更强壮的手臂或者如果我真的是一只猴子。我给外婆看一个地方，小偷们肯定把楼梯偷走了。

"不，看，实际上那是一根消防滑竿。"她说。

"哦对，我在电视上看到过。可是他们为什么住在那上面？"

"谁？"

"消防员。"

"哦，那不是一根真的，只是用来玩的。"

四岁的时候，我以为电视上的每样东西都只在电视里，然后我五岁了，妈不再说谎了，她告诉我很多事，说它们是真的东西的图片，外面全部都是真的。现在我在外面了，可是原来外面也有很多东西完全不是真的。

我回到小精灵的房子里。蜘蛛爬到别的地方去了。我把鞋子脱在台子下面，舒展我的脚。

外婆在秋千那里。两个是平的，第三个上装着一个橡皮桶，还有让腿伸出来的洞。"你不会掉出来的，"她说，"想荡一下吗？"

她得把我举起来，她的手托在我的腋窝下面，感觉怪怪的。她推着桶的后面，可是我不喜欢那样，我一直扭过身去看，所以她改从前面推我。我荡得越来越快越来越高，这是我做过的最奇怪的事。

"把你的头仰到后面去。"

"为什么？"

"相信我。"

我把头仰过去,所有东西都飞快地从上往下滑动着,天空和树和房子和外婆和所有的一切,真不可思议。

有一个女孩坐在另一架秋千上,我甚至没看到她进来。她荡起来的时间和我不一样,她往后的时候我在往前。"你叫什么名字?"她问。

我假装我没听见。

"这是杰——杰克逊。"外婆说。

为什么她那样叫我?

"我是科拉,我四岁半了,"那个女孩说,"她是个婴儿吗?"

"他是个男孩,他五岁了,实际上。"外婆说。

"那她为什么在婴儿秋千里?"

我想出去,马上,可是我的腿卡在橡皮里,我踢起腿来,我拉着链子。

"放松,放松。"外婆说。

"她在抽筋吗?"那个叫科拉的女孩问。

我的脚不小心踢到了外婆。

"停下。"

"我朋友的弟弟就会抽筋。"

外婆把手伸到我的胳膊下面,把我拉了出来,我的脚绊住了,然后我出来了。

她在大门那里停下来说:"鞋子,杰克。"

我努力地想了起来,"它们在小房子里。"

"那就赶紧跑回去把它们拿回来,"她等着,"那个小女孩不会来烦你的。"

可是我不能爬上去,她可能在看。

于是外婆去拿了,她的屁股卡在小精灵房子里,她生气了。她把我的左脚鞋子扣得太紧了,所以我又把它脱掉了,还有另一只也是。我穿着袜子朝白色汽车走去。她说我的脚会踩到玻璃的,可是我没有。

我的裤子湿了,因为露水,我的袜子也是。二外公在他的躺椅里,拿着一个大马克杯,他问:"怎么样?"

"一点点来吧。"外婆说着上楼了。

他让我尝了一口他的咖啡,它让我发抖。

"为什么那些吃饭的地方要叫咖啡店呢?"我问他。

"嗯,因为咖啡是他们卖的最重要的东西,因为我们大多数人都需要它让自己继续前进,就像汽车里的汽油一样。"

妈只喝水和牛奶和果汁,和我一样,我不知道是什么让她继续前进的。"孩子们有什么?"

"啊,孩子们都装满了豆子[1]。"

烤过的豆子对我来说没问题,可是青豆是我的死对头。外婆在几天前的晚饭时做过,而我只是假装没看见它们在我的盘子里。现在我在世界上,我再也不吃青豆了。

我坐在楼梯上,听女士们说话。

"嗯。比我懂更多数学,却不会滑滑梯。"外婆说。

我想那是我。

她们在举行读书会,可我不明白为什么,因为她们没在读书。她忘了告诉她们活动取消,所以她们都在三点半的时候端着一盘盘蛋糕什么的来了。我吃了一只小盘子里的三块蛋糕,可是我得靠边站。外婆还给了我五把串在一只钥匙扣上的钥匙,上面写着波卓披萨屋,我不知道一间屋子怎么能是披萨造的,它不会倒吗?它们不是真的可以打开哪里的钥匙,但是它们叮当作响,我拿了它们就得保证不再拿酒柜里的钥匙。第一块蛋糕是椰子的,它的味道令人作呕。第二块是柠檬的,第三块是我不知道的味道,不过我最喜欢它。

---

[1] 原文为 full of beans,意为精力十足。

"你肯定精疲力尽了。"一位声音最尖的女士说。

"英雄式的。"另一位说。

我还有一只借来的相机,不是二外公的豪华相机,那架有一个巨大的光圈,这个藏在外婆手机的眼睛里,如果它响了我就得喊她而不是接起来。到目前为止我拍了十张照片,第一张是我那双有弹性的鞋子,第二张是健身房天花板上的反光,第三张是地下室里的黑暗(只是拍出来的照片太亮了),第四张是我的手心和它的纹路,第五张是冰箱旁边的一个洞,我希望它会是一个老鼠洞,第六张是我裹在裤子里的膝盖,第七张是楼上起居室里的地毯,第八张应该是今天早上电视里的朵拉,可是图片上都是扭曲的线条,第九张是严肃的二外公,第十张是从卧室的窗户拍出去的,一只海鸥恰好经过,只不过它不在照片里。我打算拍一张镜子里的我,可是那样我就成了一个狗仔。

"我说,他从照片里看上去就像一个小天使。"一位女士在说。

她怎么看到我的十张照片的?而且我看上去一点儿都不像天使,他们都背着又重又厚的翅膀。

"你是说在警察局外面照得很不清楚的那张?"外婆问。

"哦不,是近照,做采访的时候,他们和……"

"我女儿,是的。怎么会有杰克的特写?"她听上去很生气。

"哦亲爱的,它们在网络上到处都是。"另一个声音说。

然后是很多人同时在说话,"你不知道?"

"这年头没有不透风的墙。"

"这个世界就是随心所欲。"

"太可怕了。"

"这些恐怖的事情,新闻里每天都有,有时候我真想拉上窗帘,永远不下床。"

"我还是不敢相信,"那个低沉的声音说,"记得七年前,我对比尔说过,像这样的事情怎么可能发生在一个我们认识的女孩身上呢?"

"我们都以为她死了。当然我们绝不愿意说——"

"而且你怀抱着这样的信念。"

"谁能想到——"

"还有人想要点茶吗?"那是外婆。

"哦,我不知道。我曾经在苏格兰的一座修道院里住了一个星期,"有一个声音说,"太宁静了。"

我的蛋糕都吃完了,除了椰子的。我把盘子留在台阶上,回到楼上的卧室里去看我的珍宝。我把牙齿放进嘴里吮了一会儿。他的味道不像妈。

外婆在地下室里找到一大盒过去属于保罗和妈的乐高。"你想搭什么?"她问我,"一间房子? 一幢摩天大楼? 也许一座城镇?"

"最好你把目标放低一点儿。"二外公在他的报纸后面说。

盒子里有许许多多各种颜色的小块,就像一碗汤。"好吧,"外婆说,"发挥你的想象力。我还有东西要熨。"

我看着那些乐高,可是我没碰,以防我把它们弄坏了。

过了一会儿二外公把他的报纸放下了,"我很久没玩过这个了。"他开始随手抓起一块块乐高,把它们固定起来。

"为什么你没——"

"问得好,杰克。"

"你和你的孩子们玩过乐高吗?"

"我没有孩子。"

"怎么会的?"

二外公耸耸肩,"就是从来没生过。"

我看着他的手,它们骨节丛生,可是很灵巧。"有没有一个给还不是父母的大人们的单词?"

二外公哈哈大笑,"有别的事要干的家伙们?"

"什么样的事?"

"工作,我猜。朋友。旅行。兴趣爱好。"

"什么是兴趣爱好?"

"在周末消磨时间的方式。比如,过去我收集钱币,全世界的古钱币,我把它们保存在丝绒盒子里。"

"为什么?"

他又笑了,"嗯,它们比孩子好对付,没有臭烘烘的尿布。"

那让我大笑起来。

他递给我一块组装好的乐高,它们被神奇地搭成了一辆小汽车。它有一二三四个轮子,能转动的,还有一个顶盖和一个司机和所有该有的部分。

"你怎么做到的?"

"一次一块。现在你拿一块。"他说。

"哪一块?"

"随便哪块。"

我选了一块红色的大方块。

二外公给了我一块小小的带轮子的,"拼上去。"

我把这一块放到另一块的洞下面按紧。

他递给我另一块轮子,我把那个也拼了上去。

"好漂亮的自行车!呜呜呜!"

他说得太大声了,我把乐高摔到地上了,一只轮子掉了。"抱歉。"

"不用抱歉。我给你看一样东西。"他把自己的汽车放到地板上踩了一脚,哗啦啦。它成了碎片。"看见了吗?"二外公说,"没问题。我们重新开始。"

外婆说我身上有味道。

"我用毛巾洗过的。"

"没错,可是脏东西藏在缝隙里。我放一浴缸水,你进去泡一下。"

她把水开得很大,都是蒸汽,她往里面倒了什么东西,泡泡堆成了亮晶晶的小山。浴缸的绿色几乎看不见了,可是我知道它还在那里。"脱衣服,甜心。"她站了起来,两手搭在髋骨上,"你不想让我看着?你宁愿我待在外面?"

"不!"

"有问题吗?"她等着,"你觉得没有你妈在浴缸里,你会淹死什么的?"

我不知道人会在浴缸里淹死。

"我会一直坐在这里的。"她说,拍拍马桶的盖子。

我摇摇头,"你也在浴缸里。"

"我?哦杰克,我今天早上冲过澡了。不如我坐在浴缸边上,像这样?"

"在里面。"

外婆瞪着我。然后她呻吟了一下,她说:"好吧,如果必须得这样,就这一次……但是我要穿我的游泳衣。"

"我不知道怎么游泳。"

"不,我们不是真的要游泳。我只是,我就是不想脱光了,如果你觉得没问题的话。"

"那让你害怕吗?"

"不,"她说,"我只是——我就是不想,如果你不介意的话。"

"我可以脱光吗?"

"当然,你是个孩子。"

在房间里我们有时候光着身子有时候穿着衣服,我们从来不介意。

"杰克,我们能在水变冷之前进浴缸吗?"

它还没有变冷,还有蒸汽从里面升起来。我开始脱我的衣服。外婆说她马上就回来。

雕塑们可以光着身子,即使它们是成年人的,或者也许它们必须光着身子。二外公说那是因为它们想让自己看上去像过去的雕塑，那时候它们都是光着身子的，因为过去的罗马人认为身体是最美丽的东西。我靠在浴缸上，可是坚硬的外沿顶在我的肚子上冷冷的。《爱丽丝》里有一段：

> 他们告诉我，你曾经去找她，
> 而且对他提起我这人。
> 她对我的评语很不差，
> 可是说我游泳不在行。

我的手指们是潜水员。肥皂滑到水里，我假装它是一只鲨鱼。外婆进来了，穿着一件带条纹的像是用珠子把短裤和T恤拼在一起的东西，她的头上还套着一个塑料袋，她说那是一个浴帽，即使在我们淋浴的时候也可以戴。我没笑她，只是在心里那么干了。

她爬进浴缸的时候水面高了一点儿，我也爬进去之后水几乎要溢出来了。她坐在光滑的那一端，妈总是坐在有水龙头的那一端的。我确保我的腿不会碰到外婆的腿。我的头撞在水龙头上了。

"当心。"

为什么人们只在碰痛了以后才说这句话？

除了"划啊划啊划你的船"之外外婆不记得任何泡澡游戏了，我们玩的时候水溅在地板上。

她什么玩具都没有。我假装指甲刷是一艘扫过海底的潜水艇，它找到了肥皂，那是一只黏糊糊的水母。

我们把自己擦干之后，我抠着自己的鼻子，一小块东西掉下来卡在我的指甲里。镜子上布满了模糊不清的小圆圈，我一点点地出现在里面。

二外公进来找他的拖鞋。"我过去喜欢这么干……"他碰了碰我的肩膀，突然出现了一条又细又白的东西，我根本没感觉。他递给我拿着，"这可是个好东西。"

"别那么干。"外婆说。

我搓了搓那个白色的东西,它卷了起来,从我身上来的一个小小的晾干的球。"再来一次。"我说。

"等一等,让我在你背上找一条长的……"

"男人啊。"外婆说,做了个鬼脸。

今天早晨厨房是空的。我把剪刀从抽屉里拿出来,把马尾辫全剪了。

外婆走进来瞪着我。"哦,如果你不反对的话,我帮你再修一下。"她说,"你可以去拿扫帚和簸箕。真的,我们应该留一束,毕竟这是你第一次剪头发……"

大多数头发都进了垃圾堆,不过她捡了三股长的绑了一根麻花辫,那是给我的一个手镯,末端扎着绿色的丝线。

她说去镜子里看看,可是我首先检查了我的肌肉,我没有失去我的强壮。

报纸的顶端写着星期六,四月十七日,就是说我已经在外婆和二外公的房子里待了整整一个星期了。之前我还在诊所里住了一个星期,那等于我已经在世界上两个星期了。我不断地相加,确保它是对的,因为感觉上像是过了一百万年,而妈还是没来接我。

外婆说我们必须得到这所房子外面去。现在没人会认识我了,我的头发都剪短了,而且还卷卷的。她对我说把墨镜摘了,因为现在我的眼睛肯定已经习惯外面了,再说墨镜只会招来注意。

我们穿过很多条马路,我们牵着手不让车把我们轧扁。我不喜欢牵着手,我假装她在牵着的是其他男孩的手。然后外婆有了个好主意，我可以拉着她手袋上的包带作为代替。

世界上有各种各样的东西，可是都要花钱，即使是要扔掉的东西，比如在便利店里排在我们前面的男人买了一样装在一个盒子里的东西，他撕开盒子又立刻把它丢进垃圾桶里。那些全是小数字的卡片叫乐透，傻瓜才买它们，梦想出现奇迹让他们一夜暴富。

我们在邮局买了邮票，我们给妈寄了一张我自己做的卡片，是我和朵拉在一艘火箭里。

我们走进一幢摩天大楼里，那是保罗的办公室，他说他忙得快疯了，但他还是复印了一张我的手，又在售贩机里给我买了一条糖果。乘在电梯里按着按钮下楼，我假装自己其实是在一个售贩机里。

我们走进一个政府部门去给外婆办一张新的社保卡，因为她把旧的那张给丢了，我们不得不等了好久好久。然后她把我带进一家咖啡店里，那里没有青豆，我选了一块比我的脸还要大的曲奇饼干。

有一个婴儿在吃奶，我从没见过这种事。"我喜欢左边的，"我边说边用手去指，"你最喜欢左边的吗？"可是那个婴儿没在听。

外婆把我拉开了。"真抱歉。"

那个女人把她的围巾拉起来，我看不到婴儿的脸了。

"她想要自己待着。"外婆轻轻地说。

我不知道人们在这世界里可以自己待着。

我们走进一家自助洗衣店，只是去看看。我想爬进一台转动着的机器里，可外婆说那会杀了我。

我们走到公园里去喂鸭子，还有狄安娜和布朗温。布朗温一下就把她所有的面包都扔了进去，包括她的塑料袋，外婆不得不用一根树枝把它弄出来。布朗温想要我的面包，外婆要我给她一半，因为她还小。狄安娜说恐龙的事情她很抱歉，我们肯定会再去一次自然历史博物馆的，就这几天。

我们到了一家只有外面陈列着鞋子的商店，颜色鲜艳、布满了洞的弹性鞋，外婆让我试一双，我挑了黄色的。没有鞋带，甚至没有搭扣，我只要把脚伸进去。它们很轻，就像什么都没穿。我们走进店里，外婆付了五张纸钞，那等于二十个硬币，我告诉她我很喜欢这双鞋。

我们出来的时候，有个女人坐在地上，她的帽子掉了。外婆给了我两个硬币，指了指帽子。

我把一个硬币放进帽子里，然后跑回外婆那里。

她给我系安全带的时候问："你手里是什么？"

我举起第二个硬币，"这是内布拉斯加州，我要留着它给我的收藏。"

她弹了下舌头，把它拿了回去，"你应该按我说的把它给那个流浪者。"

"好吧，我会——"

"现在太迟了。"

她发动了车子。我只能看到她后脑勺上的黄头发。"为什么她是大街上的人？"[1]

"她住在那里，在大街上。她一无所有。"

我没有把第二个硬币给她让我觉得很难过。

外婆说那叫做有良心。

在一家商店的橱窗里我看见一些方砖，很像房间里的软木砖，外婆让我进去找一块敲一敲、闻一闻，但是她不会买。

我们去洗车，刷子把我们嗖嗖地刷了个遍，但是水不会流进我们关紧的窗户，这真有趣。

我注意到世界上的人几乎总是饱受压力而且没有时间。即使是外婆也经常那么说，可是她和二外公没有工作，所以我不知道有工作的人是怎样一边工作一边生活的。在房间里，我和妈有时间做每件事。我猜时间会像黄油那样变得很薄很薄，分给整个世界，马路和房子和游乐场和商店，所以每个地方只有一小点儿时间了，然后每个人就不得不紧赶慢赶地去找下一点儿时间。

---

[1] "流浪者"在英语里的表达是 street person。

每到一个地方我也盯着孩子们看,基本上大人们看起来都不喜欢他们,甚至是父母也不喜欢。他们说孩子们是"惹人喜爱的"、"太可爱了",他们让孩子们一遍遍地做同样的事情,然后他们就能拍一张照片,可是他们并不真的想和孩子们玩,他们宁肯喝着咖啡和其他大人们聊天。有时一个小孩在哭,而那个妈妈甚至都听不见。

图书馆里住着成千上万本书,我们一分钱都不用付。巨大的昆虫被挂了起来,不是真的,是纸做的。外婆在 C 下面找爱丽丝,她就在那里,形状不对,可是文字和图片是一模一样的,真怪。我给外婆看了最吓人的公爵夫人的图片。我们坐到沙发上好让她给我读《吹笛人》,我不知道他既是一本书又是一个故事。我最喜欢的地方是父母们听见石头里面的笑声。他们不停地大叫要孩子们回来,可是孩子们在一个美好的国家里,我觉得那应该是天堂。大山绝不会打开让父母们进去。

一个大男孩在一台电脑上捣鼓着哈利·波特,外婆说不要站得太近,还没轮到我。

一张桌子上有一个小世界,里面装着铁轨和大楼,一个小孩在玩一辆绿色的卡车。我站起来拿了一个红色的火车头,我用它撞了一下那个小孩的卡车,小孩咯咯地笑了。我加快了动作,于是卡车翻下了轨道,他又咯咯地笑了。

"分享很好,华克。"说话的是一个坐在扶手椅里的男人,他在看一样像是保罗舅舅的黑莓的东西。

我想那个小孩肯定是华克。"再来一次。"他说。

这次我把我的火车头平放在小卡车上面,然后我拿起一辆橘色的公车,把它们俩都撞翻了。

"轻一点,"外婆说,可是华克在说"再来一次",还在蹦着跳着。

另一个男人走进来,吻了吻第一个男人,接着又吻了华克。"和你的朋友说拜拜。"他对华克说。

那是我吗?

"拜拜。"华克挥了挥他的手。

我想我要给他一个拥抱。我的动作太快了,把他撞到了放火车的桌子上,他大哭起来。

"我太抱歉了,"外婆不停地说,"我外孙不是——他还在学规矩——"

"没伤着。"第一个男人说。他们夹着那个小男孩走开了,嘴里喊着一二三呜呜呜,让他在他们的手臂上晃荡着,他不再哭了。外婆看着他们,她看上去有点儿糊涂。

"记住了,"她在回白色汽车的路上说,"我们不拥抱陌生人。即使是好人。"

"为什么不?"

"我们就是不那么做,我们留着去拥抱我们爱的人。"

"我爱那个男孩华克。"

"杰克,你以前可从没见过他。"

今天早晨我在自己的烤薄饼上涂了一点儿糖浆。实际上这两样东西一起吃很不错。

外婆绕着我身体周围画线,她说在露台上画画没关系,因为下次下雨的时候粉笔就会被冲掉。我看了看云朵,如果它们开始下雨,在第一滴雨水打到我身上之前,我就会用超音速跑进屋里。"别把粉笔蹭到我身上。"我对她说。

"哦,别自寻烦恼了。"

她拉着我让我站直,露台上有一个小孩的形状,那是我。我有一个很大的头,没有脸,没有内脏,满是斑点的手。

"有你的快递,杰克。"那是二外公在叫,他是什么意思?

我走进屋子里,他正在割一个大盒子。他拉出来一件巨大的东西,说:"哦,这是第一件该进垃圾箱的东西。"

外婆把它打开来。"地毯,"我给了她一个大大的拥抱,"她是我们的地毯,我和妈的。"

二外公抬起他的双手,说:"和你挺配的。"

外婆皱着她的脸,"或许你该把它拿到外面去好好地拍一下,里奥……"

"不!"我大喊。

"好吧,我会用吸尘器,可是我不喜欢想着这上面有什么东西……"她用手指搓了搓地毯。

我必须把地毯留在卧室里我的气垫床上,我不能拽着她满屋子跑。所以我把她顶在头上坐着,像一顶帐篷,她的气味和触感和我记得的一样。我带着警察拿来的其他东西坐在下面。我给吉普车和遥控器特别深情的吻,融匀也是。我希望遥控器没有坏掉,那样它就能让吉普车跑起来了。纸球比我记得的更瘪了,红气球几乎没气了。太空船在这里,可是他的火箭炮筒丢了,他看上去不太好。没有碉堡也没有迷宫,也许他们太大了放不进盒子里。我拿回了我的五本书,甚至是丹尼。我把另一本丹尼拿了出来,从商场里拿来的那本新的,因为我以为他就是我的那本,可是新的那本更有光泽。外婆说每本书在世界上都有成千上万册,那样就有成千上万个人能在同一时刻读到同一本书了,这让我头晕了。新丹尼说:"哈喽,丹尼,很高兴认识你。"

"我是杰克的丹尼。"老丹尼说。

"我也是杰克的了。"新的说。

"对,但事实上我才是杰克的第一个。"

然后老丹尼和新丹尼用书角痛击彼此,直到新丹尼的一页撕裂了,我停了下来,因为我曾经撕坏过一本书,妈生气了。她不在这里,她不会生气,她甚至不知道,我哭了又哭,我把两本书放进我的朵拉包里拉好,这样眼泪就不会掉在他们身上。两本丹尼紧挨着躺在包里,互相说抱歉。

我在气垫床下面找到了牙齿,我吮着他直到他变得像是我的一颗牙齿。

窗户在发出滑稽的声音,是雨滴。我走近一点,只要有玻璃挡在中间我就不是那么害怕。我把鼻子贴在上面,因为下雨窗户变得模糊不清,雨点融汇成长长的细流,沿着玻璃滑下来,滑下来,滑下来。

我和外婆和二外公三个人都坐在白色汽车里准备开始一次惊奇之旅。"可是你怎么知道该往哪边去?"我问外婆,她正在开车。

她在镜子里冲我使了个眼色,"这是只给你的惊喜。"

我看着窗外的新事物。一个女孩坐在一辆轮椅里,她的头向后靠在两个有衬垫的东西中间。一只狗嗅着另一只狗的屁股,真好笑。一只铁盒子,用来把信投进去。一只随风飘荡的塑料袋。

我觉得我睡着了一会儿,但是我不确定。

我们停在一个停车场里,停车线上都是灰扑扑的东西。

"猜猜看是什么?"二外公指着那些东西问。

"糖?"

"沙子,"他说,"兴致热起来了吗?"

"没有,我冷。"

"他的意思是,你猜出我们在哪里了吗?过去我和你外公在你妈和保罗小时候总是带他们来的地方。"

我看着远处,"高山?"

"沙丘。在两座沙丘之间的,蓝色的是什么?"

"天空。"

"不,下面的。底下比较深的蓝色。"

即使透过墨镜,我的眼睛还是疼。

"大海!"外婆说。

我跟在他们后面走过木头小路,我带着小桶。这和我想象过的不一样,风不停地把小石头吹到我眼睛里。外婆铺开一块大花毯,它很快就布满了沙子,可是她说没关系,这是一块野餐垫。

"野餐在哪里?"

"今年这个时候还早了点。"

二外公说我们为什么不下到水里去呢。

我的鞋子里都是沙子,一只鞋掉了下来。"就是这个主意。"二外公说。他把自己的两只鞋都脱了下来,把他的袜子放进去,他拎起鞋带晃荡着它们。

我把我的袜子也放到鞋子里。湿乎乎的沙子黏在脚上的感觉怪怪的,有些地方踩着有点儿痛。妈从没说过沙滩是这样的。

"我们走吧。"二外公说,他开始朝海跑过去。

我远远地待在后面,海里有顶着白色的巨大的不断升高的东西,它们咆哮着横冲直撞。大海的咆哮从不停息,而且它太大了,我们不该来这里的。

我回到坐在野餐垫上的外婆那里。她扭动着自己光光的脚趾,上面都是皱纹。

我们试着堆了一座沙堡,可是这种沙子不对,它不停地垮下来。

二外公回来了,他卷起来的裤子在滴水。"不想去踏浪吗?"

"那里都是巴巴。"

"哪里?"

"海里。我们的巴巴通过管子流到海里,我不想在里面走。"

二外公大笑起来,"你妈妈对管道的事情懂得不多,是吧?"

我想揍他,"妈什么都知道。"

"从马桶连出来的所有管道都会通到一个大工厂里去。"他坐在毯子上,他的脚上都是沙子。"那些家伙把所有大便都铲起来,除去每一滴水里的杂质,直到它干净得能喝,接着他们把它放回管子,再把它们灌到我们的水龙头里。"

"它什么时候回到海里?"

他摇了摇头,"我想海里只有雨和盐。"

"尝过眼泪吗?"外婆问。

"嗯。"

"好的，那就是大海的味道。"

我还是不想在里面走，即使它是眼泪。

但是我又跟着二外公回到靠海的地方去找宝贝。我们找到一个像蜗牛的白色贝壳，可是我把手指蜷曲着伸进去找的时候发现他已经不在里面了。"留着它。"二外公说。

"可是如果他回家来了呢？"

"嗯，"二外公说，"我想既然它把壳留在这里，它不会再需要了。"

也许一只鸟吃了他。或者是一头狮子。我把贝壳放进我的口袋，还有一只粉色的，和一只黑色的，和一支长长的危险的叫做竹蛏的贝壳。我可以带它们回家，因为谁捡到归谁，谁丢了谁倒霉。

我们在一家速食店吃了午饭，不是只供应晚饭的意思，而是任何时候都提供食物。[1] 我吃了一个贝果三明治，就是一种用莴苣和番茄做的热三明治，里面还藏着培根。

开车回家的路上我看见游乐园，可是它们都不对了，秋千都在另一边。

"哦杰克，那是另外一个，"外婆说，"每个镇里都有一个游乐园。"

世界的很多地方看上去都是一种重复。

"诺琳告诉我你剪过头发了。"妈的声音在电话里很轻。

"对。可是我还有我的强壮。"我坐在地毯下面拿着电话，在黑暗中假装她就在这里。"现在我自己洗澡了，"我对她说，"我荡过秋千了，我知道钱和火和流浪者了，我还有了两本《挖掘机丹尼》

---

[1] 速食店在英文里是 diner。

和良心和有弹性的鞋子。"

"哇。"

"哦,我还看过海了,里面没有巴巴,过去你是在耍我,二外公说我们冲水的时候实际上是把巴巴冲到一个工厂里,所有的巴巴都被铲出来,水都被洗干净了。"

"你有那么多问题,"妈说,"而我没有全部的答案,所以我不得不编造一些。"

我听见她的抽泣声。

"妈,今晚你能来接我吗?"

"还不行。"

"为什么不行?"

"他们还在调整我的剂量,要找出我需要什么。"

我,她需要我。她难道不明白吗?

我想用融勺吃我的泰式炒面,可是外婆说那不卫生。

晚一点儿的时候,我在起居室里的频道冲浪,就是像一个冲浪者那么快地看过所有的节目,我听见自己的名字,不是真的而是在电视里。

"……需要听听杰克的说法。"

"我们都是杰克,就某种程度而言。"另一个坐在一张大桌子边的男人说。

"显然。"另一个说。

他们也都叫杰克吗,他们是一百万个中的两个吗?

"内在的孩子,被困在我们人格的 101 号房间里。"另一个男人点着头说。

我不记得我曾经在那个房间里。

"可是后来,荒谬的,在被释放后,发现我们自己孤零零地在人群里……"

"被现代世界过分泛滥的感官刺激带着团团转。"第一个说。

"后现代化。"

还有一个女人。她说:"可是毋庸置疑的是,在一个象征性的层面上,杰克是一个做为祭品的儿童,"她说,"被水泥封在地基里,安抚那些鬼神。"

唔?

"我能想到的更接近的原型是珀尔修斯——由一个被囚禁在高墙之内的处女所生,被放进一只木头箱子里随水漂流,受害人终以英雄之身回归。"其中一个男人说。

"当然卡斯帕尔·豪兹尔的宣言人尽皆知,他说自己在囚笼里过得十分惬意,但也许他的意思是十九世纪的德国社会不过是一个更大的囚笼。"[1]

"至少杰克还有电视。"

另一个男人大笑起来,"文化就像柏拉图所谓洞穴墙上的阴影。"

外婆走进来,咆哮着立即把它关上了。

"是和我有关系的。"我对她说。

"这些家伙在大学里浪费太多时间了。"

"妈说我一定要去上大学。"

外婆翻了个白眼,"到时候再说。现在穿上睡衣刷牙去吧。"

她给我读了《逃家小兔》,可是今晚我不想听它。我一直在想如果是兔子妈妈逃跑了,藏起来,而兔子宝宝找不到她又会怎么样。

外婆在挑一只足球买给我,那太让人兴奋了。我走去看一个塑料人,他穿着一件黑色的橡皮套装和拖鞋,然后我看见一大堆各种颜色的手提箱,比如粉色的和绿色的和蓝色的,然后是一架电梯。我只往上踏了一秒却不能退回去了,它载着我飞快地往下走,这是

---

[1] 德国著名的人物,野孩子。出身不详的豪兹尔,在1828年5月26日突然出现在德国纽伦堡,他所能记起的就是一直被关在一个黑屋子里,以水和面包度日,这件事引起了当时国际社会的轰动。

我乘过的最酷的也是最吓人的东西,酷吓,那是一个单词三明治,妈会喜欢的。到底的时候我跳了下去,我不知道怎么回到上面去找外婆。我数了五次我的牙齿,一次我数了十九而不是二十。到处都是写着同一句话的标语牌,距离母亲节只有三个星期了,难道她不应得到最好的礼物吗?我看着盘子和炉子和椅子,然后我滑了一跤,倒在一张床上。

一个女人说我不能躺在上面,所以我坐了起来。"你妈妈在哪里,小家伙?"

"她在诊所里,因为早些时候她想要去天堂。"那个女人在瞪着我。"我是个盆栽。"

"你是个什么?"

"我们被关在一个棚屋里,现在我们是饶舌歌星。"

"哦,我的上——你是那个男孩!就是那个——罗伦娜,"她叫起来,"快到这里来。你绝不会相信的。是那个男孩,杰克,电视上说的从棚屋里来的那个。"

另一个人过来了,"不是的。棚屋里的那个更小一点,还有扎在后面的长头发,还老是蜷着身子。"

"是他。"她说,"我发誓就是他。"

"不可能。"另一个说。

"没门。"我说。

她笑个不停,"我都不敢相信这是真的。我能要个签名吗?"

"罗伦娜,他不会知道怎么签他的名字的。"

"会的,我会的,"我说,"我什么都会写。"

"你不一样,"她对我说。"他是不是不一样?"她对另一个说。

她们只有从衣服上撕下来的旧标签,我为她们在很多标签上写了杰克让她们送给朋友,这时外婆跑了过来,胳膊下面夹着一只球,我从没见她这么生气过。她冲那两个女人嚷嚷着走失儿童程序什么的,她把我的签名都撕成了碎片。她一把拽过我的手。我们冲出商店的时候,大门咿呀咿呀地叫了起来,外婆把足球扔在地毯上。

在车里她没有在镜子里看我。我问:"为什么你把我的球给扔了?"

"它触动警报器了,"外婆说,"因为我没付钱。"

"你是在抢劫吗?"

"不,杰克,"她叫起来,"我像个疯子似地在大楼里到处乱跑着找你。"然后她的声音轻下来了,"什么都有可能发生。"

"比如地震吗?"

外婆在小镜子里盯着我看,"也许一个陌生人会掳走你,杰克,我是那个意思。"

一个陌生人就不是一个朋友,可是那两个女人是我的新朋友。"为什么?"

"因为也许他们想要一个属于他们自己的小男孩,好吗?"

这听上去可不怎么好。

"或者,甚至是为了伤害你。"

"你是说他吗?"老尼克,可是我不能说出这个名字。

"不,他不能从监狱里出来,而是像他那样的人。"外婆说。

我不知道这个世界上还有像他这样的人。

"那你能去把我的球拿回来吗?"我问。

她发动引擎开出了停车场,速度快得让轮胎都咯吱咯吱响。

我在汽车里越来越生气。

我们回到房子之后,我把所有东西都装进我的朵拉包里,除了我的鞋子放不进去,所以我把它们扔进垃圾桶里,我把地毯卷起来,把她拖在身后一路下了楼梯。

外婆走进门廊,"你洗过手了吗?"

"我要回诊所去,"我冲她大叫,"你不能阻止我因为你是一个,你是一个陌生人。"

"杰克,"她说,"把那条臭烘烘的毯子放回原来的地方。"

"你才臭烘烘。"我咆哮着。

她按着自己的胸口。"里奥,"她扭过头去说,"我发誓,我已经受够这些——"

二外公走上楼梯，把我拎了起来。

我丢下地毯。他把挡在路上的我的朵拉包踢开了。他在扛着我，我在尖叫和踢打因为这是可以的，这是一个特例，我甚至可以杀了他，我要杀了他杀了他——

"里奥，"外婆在楼下失声痛哭，"里奥——"

嘿嘿吼吼，他要把我撕成碎片，他要把我裹在地毯里然后埋了我然后虫子爬进来，虫子爬出去——

二外公把我丢到气垫床上，不过一点儿都不疼。

他坐到另一端，床像波浪一样地摇晃起来。我还在哭着，颤抖着，我的鼻涕沾在了床单上。

我不哭了。我摸着气垫床下的牙齿，我把他放进嘴里用力地吮着。他尝起来不再像任何东西了。

二外公的手放在床单上，就在我的旁边，手指毛茸茸的。

他等着我去看他，"雨过天晴，风平浪静了吗？"

我把牙齿移到牙床上，"什么？"

"想去沙发上吃个派看比赛吗？"

"好。"

我捡起从树上掉落的树枝，即使是又大又重的那些。我和外婆用绳子把它们扎成小捆，等着城里来拿。"城里怎么会——"

"城里来的人，我是说，那些人就是干这个的。"

等我长大了，我的工作会是一个巨人，不是吃人的那种，也许是把掉进海里的小孩子捡起来带回陆地上的那种。

我大喊着："蒲公英警报。"外婆挥了一下她的毛巾，因为没有地方放置所有东西了，它们漫天盖地地散开了。

我们累了就躺在吊床上，外婆也是。"你妈还是个婴儿的时候，我也这么和她坐在一起。"

"你给她吃一点儿吗？"

"一点儿什么？"

"你乳房里的。"

外婆摇摇头，"过去她用奶瓶吃奶的时候总是想掰开我的手指。"

"那个肚皮妈妈在哪里？"

"那个——哦，你知道她吗？恐怕我不知道。"

"她有另一个孩子了吗？"

外婆什么都没说。然后她说，"不错的想法。"

我穿着外婆的旧围裙在厨房桌子上画画，外婆的围裙上有一只鳄鱼，还有我吃了河里的短吻鳄。我画的不是真正的图片，只是一些斑点和条纹和螺旋线，我用了所有的颜色，在画水塘的时候我甚至把它们混起来。我想把纸沾湿一点再把它叠起来，外婆教过我的，那样等我再打开的时候它就是只蝴蝶了。

妈的脸出现在窗户上。

她吐了吐舌头。

红色打翻了。我试着把它擦干净，可它全翻在我的脚上和地板上了。妈的脸不见了，我奔到窗户那里，但是她不在了。是我在做梦吗？我把红色弄在了窗户上和水槽里和料理台上。"外婆？"我叫起来，"外婆？"

然后妈就在我身后了。

我跑到离她很近的地方。她屈身过来拥抱我，可是我说："不，我身上都是颜料。"

她大笑起来，她摘下我的围裙丢在桌子上。她紧紧地抱着我，可是我一直试着不让我黏糊糊的手和脚碰到她。"我都快不认识你了。"她在我耳边说。

"为什么你会——"

"我猜是因为你的头发。"

"看,我用几根长的做了一个手镯,可是它老勾在别的东西上。"

"能给我看看吗?"

"当然。"

我把沾了颜料的手镯沿着我的手腕褪了下来。妈把它戴到自己的手腕上。她看上去不一样了,可是我不知道为什么。"抱歉我把红颜料沾到你的手臂上了。"

"都能洗掉的。"外婆说着走了进来。

"你没告诉他我要来?"妈问,给了她一个吻。

"我觉得最好不要,以免有什么问题。"

"不会有问题的。"

"能听到你这么说真好。"外婆擦了擦她的眼睛,开始清理颜料,"好了,杰克这些天都睡在我们房间里的充气床垫上,不过我可以给你在沙发上弄张床……"

"实际上,我们最好还是离开。"

外婆静静地站了一会儿,"你会留下来吃点晚饭吧?"

"当然了。"妈说。

二外公做了排骨意大利调味饭,我不喜欢骨头,不过我把米饭都吃了,还舔干净了叉子上的酱汁。二外公偷了一点儿我的排骨。

"捣蛋鬼,别捣蛋!"

他呻吟了一声,"哦,讨厌!"

外婆给我看一本很重的都是孩子的书,她说这是妈和保罗的小时候。我还在学着相信这些事情,然后我看到一个女孩坐在一片沙滩上,就是外婆和二外公带我去过的那个地方,她的脸就是妈的脸。我给妈看。

"没错,那就是我。"她说,翻了一页,其中一个是从一扇窗户里往外挥手的保罗,他在一只巨大的香蕉里,其实那是一个雕塑,他们两个人都在吃蛋筒冰激凌,还有外公,不过他看上去不大一样,外婆也是,照片里她的头发是黑色的。

"吊床在哪里?"

"我们总是躺在里面,所以也许没人想过要拍一张照片。"妈说。

"一张都没有肯定很可怕。"外婆对她说。

"一张什么?"妈说。

"杰克的照片,他是个婴儿的时候,他学走路的时候,"她说,"我的意思是,就为了以后能回忆起当时的他。"

妈的脸刷地一下白了,"我一天也没忘记过。"她看了看她的表,我不知道她有一只表,它的指针是尖的。

"他们要你几点回诊所?"二外公问。

她摇了摇头,"我没事了。"她从口袋里拿出一样东西晃了晃,是一把钥匙。"猜是什么,杰克,你和我有我们自己的公寓了。"

外婆叫了她的另外一个名字,"你觉得这是个好主意吗?"

"是我的主意。它在一家援助住所里,妈妈,那里二十四小时都有管理员。"

"可是你以前从没离家住过……"

妈在盯着外婆看,二外公也是。他爆发出一阵大笑。

"这不可笑,"外婆说,使劲捶着他的胸口,"她懂我的意思。"

妈带我上楼去打包我的东西。

"闭上你的眼睛,"我对她说,"有惊喜。"我带她走进卧室。"嗒-哒,"我等着,"有地毯还有很多很多我们的东西,警察把他们送回来了。"

"我看到了。"妈说。

"看,吉普车和遥控器——"

"我们带不了这么多破东西,"她说,"就把你真正需要的放到你的新朵拉包里去。"

"他们我全都要。"

妈叹了口气,"随你喜欢吧。"

什么是我的路?[1]

---

[1] 原文为 Have it your way。

"送来的时候有箱子装着。"

"我说了好的。"

二外公把我们的所有东西都放进了白色汽车的后备箱。

"我一定得去更新我的驾照了。"妈在外婆开车的时候说。

"你可能会发现自己有点儿生疏了。"

"哦,我干什么都生疏了。"妈说。

"为什么你——"

"就像铁皮人。"妈扭过头来对我说。她抬起手肘吱了一声,"嘿杰克,将来我们买一辆我们自己的车吧?"

"好耶。或者买一架直升飞机。一架超级快的直升飞机火车汽车潜水艇。"

"听上去像一次短途旅行了。"

我们在车里坐了好几个小时。"怎么这么久?"我问。

"因为那地方在城市的另一头,"外婆说,"差不多在另一个州了。"

"妈妈……"

天渐渐黑了。

外婆在妈说的地方停了车。这儿有块大招牌:援助住所。外婆帮我们把所有的箱子和包搬进棕色砖块建造的大楼里,除了我拖着的我的朵拉包。我们走进一扇大门里,一个叫做看门人的男人微笑着。"他要把我们锁进去吗?"我轻声问妈。

"不,只是不让其他人进来。"

还有三个女人和一个男人,他们是助管人员,我们很受欢迎,如果我们在任何时候需要任何帮助,只要按响楼下的铃就行了,按铃和打电话差不多。这里有很多层楼,每层都有几间公寓,我的和妈的在六楼。我拉了拉她的袖子,低声地说:"五。"

"那是什么?"

"我们能去五楼吗?"

"抱歉,我们没得选。"她说。

电梯门砰地一下关上了,妈打了个冷战。

"你还好吗？"外婆问。

"只是另一件需要适应的事情。"

妈需要把密码按进去才好让电梯晃动起来。它往上走的时候我的肚子感觉怪怪的。然后门打开了，我们已经在六楼了，我们都没感觉到就飞起来了。一扇小门上写着焚化炉，只要我们把垃圾丢进去，它就会一直往下掉啊掉啊掉，然后变成一阵轻烟升起来。门上不是数字而是字母，我们的是B，那是说我们住在六楼B室。六不像九是一个坏数字，实际上它是把九颠了个倒。妈把钥匙插进锁孔里，她开门的时候脸歪了一下，因为她的坏手腕。她还没全好。"家。"她说着推开了门。

如果我从没到过这里，它怎么会是家呢？

一间公寓就像一栋房子，只不过都被压成一层了。有五间房间，真幸运，一间是带浴缸的浴室，所以我们能泡澡而不是淋浴。"我们现在能洗一下吗？"

"我们先安顿好再说吧。"妈说。

炉子蹿起了火苗，和外婆家的一样。厨房边上的是起居室，里面有一个沙发和一个又低又矮的桌子和一个超级大的电视。

外婆在厨房里拆一只箱子，"牛奶，硬面包圈，我不知道你是不是又开始喝咖啡了……他喜欢这种字母谷物，前几天他拼出了'火山'。"

妈张开手臂抱住外婆，那让她停了一会儿。"谢了。"

"需要我出去买点别的什么吗？"

"不，我觉得你把什么都想到了，晚安，妈妈。"

外婆的脸扭成一团，"你知道吗——"

"什么？"妈等着，"是什么？"

"我也一天都没忘记过你。"

她们都不说话了，所以我去试了试几张床，看哪一张更有弹性。我翻跟头的时候听见她们说了很多话。我跑来跑去地打开又关上每样东西。

外婆回家后，妈教我怎么用门闩，那是一个只有我们能从里面打开或者关上的像钥匙一样的东西。

在床上我想起来了,我把她的T恤拉了起来。

"啊,"妈说,"我想已经没有了。"

"不,肯定有的。"

"那个,乳房是这样的,如果没有人来吃,它们就会想,好吧,没人还需要我们的奶了,我们可以停止制造它了……"

"骗人。我打赌我能找到一点儿的……"

"不,"妈说,抬起她的手挡在中间,"我很抱歉。都结束了。过来。"

我们紧紧地抱在一起。她的胸膛在我耳朵里怦怦地跳动着,那是她的心。

我撩起了她的T恤。

"杰克——"

我亲了亲右边的,说"拜拜"。我亲了左边的两次,因为它的奶味总是更重。妈用力地搂着我的脑袋,我说:"我不能呼吸了。"于是她放开了我。

上帝的脸爬了上来,映在我的眼睛里成了粉红色。我眨着眼睛让光线进来又出去。我等着,听着妈的呼吸,直到她醒过来。"我们会在这里、在这个援助住所里住多久?"

她打了个哈欠,"我们想住多久就住多久。"

"我想住一个礼拜。"

她伸了个懒腰,"我们先住一个礼拜,然后,然后我们再看。"

我把她的头发绕起来,像一根绳子,"我可以剪你的,然后我们就又一样了。"

妈摇了摇头,"我想我会留长发。"

我们拆行李的时候我发现一个大问题,我找不到牙齿了。

我找遍了我所有的东西，又到处转了一圈以防昨晚我把他掉在哪里了。我试着回忆起自己是在什么时候把他放在手里或者嘴里的。也许不是昨晚而是前一晚我在外婆家里吮过他。我冒出一个可怕的念头，也许我在睡梦中不小心把他吞下去了。

"我们吃下去的不是食物的东西会怎么样？"

妈在把袜子放进她的抽屉里，"比如什么？"

我不能告诉她我可能丢了她的一部分，"比如一小块石头什么的。"

"哦，那它很快就会掉出来。"

今天我们不乘电梯下去，我们甚至没换衣服。我们待在我们的援助住所里熟悉它所有的地方。"我们可以睡在这个房间里，"妈说，"不过你可以到另一间里去玩，那里阳光更充沛。"

"和你一起。"

"好吧，没问题，不过有时候我要做别的事，所以也许白天我们的卧室可以做我的房间。"

别的什么事？

妈给我们倒了麦片，数都没数。我谢了耶稣宝宝。

"我在大学里读过一本书，它说每个人都应该有一间属于自己的房间。"她说。

"为什么？"

"让他们在里面想事情。"

"我可以在一间有你的房间里想我的事情。"我顿了顿，"为什么你不能在一间有我的房间里想你的事情？"

妈做了个鬼脸，"我可以，大多数时候，可是能有一个只属于我的地方还是不错的，偶尔。"

"我不这么觉得。"

她长长地吁了一口气，"今天就让我们试一试。我们可以做一些名片，把它们贴在门上……"

"酷。"

我们在纸上写了各种不同颜色的字母，他们拼成了"杰克的房间"和"妈的房间"，然后我们用胶带把它们贴了起来，我们想用多少就用多少。

"我要去拉巴巴,我看了看里面,但是我没看见牙齿。"

我们坐在沙发上看着桌上的花瓶,它是玻璃做的,但不是透明的,它身上都是蓝色和绿色。"我不喜欢这些墙。"我对妈说。

"有什么问题吗?"

"太白了。嘿,你知道吗,我们可以去商店买软木砖然后粘上去。"

"没门。"过了一会儿,她说,"这是个全新的开始,想起来了吗?"

她说想起来,可是她想忘记房间。

那让我想起了地毯,我跑过去把她从箱子里取出来,我把她拖在身后,"地毯放在哪里,靠着沙发还是在我们的床边?"

妈摇了摇头。

"但是——"

"杰克,它是宜家里的便宜货,早就又脏又破了,过了七年这样的——我在这里都能闻到它。我不得不看着你在那块毯子上学着爬行,学着走路,它不停把你绊倒。有一次你在上面拉了巴巴了,另一次汤洒了上去,我永远也不可能真的把它弄干净。"她睁得大大的眼睛闪闪发亮。

"没错,而且我是在她上面出生的,我也在她里面死了。"

"没错,所以我最想做的是把它扔进焚化炉去。"

"不!"

"如果在你的生命里你曾经有一次为我想过而不是——"

"我有,"我大叫起来,"你不在的时候,我总是想着你。"

妈闭上了她的眼睛,不过只是一小会儿。"好吧,你知道吗,你可以把它留在你自己的房间里,但要卷起来放在衣柜里。好吗?我不想被逼着看见它。"

她往外面的厨房走去,我听见她弄出的噼里啪啦的水声。我拿起花瓶把它砸到墙壁上,它化作无数碎片。

"杰克——"妈站在那里。

我尖叫着,"我不想做你的小兔子。"

我跑进杰克的房间,被我拖在身后的地毯卡在门缝里,我把她拽进衣柜，用她围住自己，我在里面坐了很久很久，妈没有来。

我的脸上眼泪流过的地方都僵硬了，眼泪已经干了。二外公说他们就是那么制盐的，他们把海浪捉进小池塘里，然后太阳会把它们晒干。

传来一阵可怕的扑哧扑哧扑哧的声音，然后我听见她在说话，"嗯，我猜，时间正好。"过了一会儿我听见她在衣柜外面，她说："我们有客人了。"

是克莱医生和诺琳。他们带来一种叫做外卖的食物，有面条和米饭和一种滑滑的黄色的美味的东西。

花瓶的碎片都不见了，妈一定是把它们放进焚化炉了。

有一台给我们的电脑，克莱医生在组装，这样我们就能玩游戏和写邮件了。诺琳教我怎么用变成画笔的鼠标直接在屏幕上画画。我画了一张我和妈住在援助住所里的画。

"这些白乎乎的东西是什么呀？"诺琳问。

"那是太空。"

"外太空？"

"不是，里面的太空，空气。"

"哦，名气是第二种创伤，"克莱医生在对妈说，"你对自己的新身份做过进一步的考虑吗？"

妈摇了摇头，"我不敢想……我是我而杰克是杰克，对吧？我怎么能突然开始叫他迈克尔或者赞恩什么的呢？"

为什么她要叫我迈克尔或者赞恩？

"哦，那么至少换一个姓，"克莱医生说，"那样他开始上学以后就不会吸引太多注意力了。"

"我什么时候开始上学？"

"你什么时候准备好了，就什么时候开始上学，"妈说，"别担心。"

我觉得我永远都不会准备好的。

晚上我们洗了个澡，我躺在水里，把头枕在妈的肚皮上，几乎睡着了。

我们练习了待在两个房间里,大喊着对方的名字,可是不太大声,因为还有其他人住在这幢援助住所里,住在不是六楼 B 室的地方。我在杰克的房间里而妈在妈的房间里,这还不算太坏,只是有时候她在其他房间里,可我不知道是哪间,我不喜欢那样。

　　"没事的,"她说,"我总是能听见你的。"

　　我们吃了更多的外卖,是在我们的微波炉里又热过一次的,那是一个工作得超级快的小炉子,靠的是看不见的死亡射线。

　　"我找不到牙齿了。"我对妈说。

　　"我的牙齿?"

　　"对,我留着的你掉的那颗坏牙,你走了以后我一直带着他,可是我想他丢了。除非可能是我把他吞下去了,可是他还没有滑出来滑到我的巴巴里。"

　　"别再烦恼了。"妈说。

　　"但是——"

　　"人们在世界上要走过那么多地方,任何时候都有人在丢东西。"

　　"牙齿不只是东西,我必须留着他。"

　　"相信我,你不必的。"

　　"但是——"

　　她搂住了我的肩膀,"再见,坏掉的旧牙齿。故事完了。"

　　她快要笑出来了,可是我没有。

　　我想也许我确实不小心把他吞下去了。也许他不会滑出来滑到我的巴巴里,也许他会永远藏在我身体里的某个角落。

　　夜里,我轻轻地说:"我还没睡着。"

　　"我知道,"妈说,"我也是。"

　　我们的卧室是妈的房间,它在援助住所里,而援助住所在美国,而美国在世界上,而世界是一个直径百万英里的蓝绿色的不停转动的球。在世界的外面是外太空。我不知道为什么我们不会掉下来。妈说是因为重力,那是一种把我们固定在地面上的看不见的力量,可我感觉不到它。

上帝的黄脸升起来了,我们看着窗户外面。"你注意到了吗,"妈说,"每天早晨它都会早一点?"

我们的援助住所有六扇窗户,它们都展示着不同的画面,不过有些东西是一样的。我最喜欢的是浴室,因为能看到一个建筑工地,我能看到下面的吊车和挖掘机。我对他们喊了丹尼的那几句话,他们喜欢那个。

我在起居室里穿我的搭扣鞋,因为我们要到外面去。我看了看原来放着花瓶的地方,后来我把它摔碎了。"我们可以在周日优待时再要一个。"我对妈说,然后我想起来了。

她的鞋子上有鞋带,她正在绑。她看着我,没生气,"你知道的,你再也不用见到他了。"

"老尼克。"我说了那个名字,想看看它听起来是不是让人害怕,它确实可怕,但不严重。

"我还要再见一次,"妈说,"等我去法庭的时候。不会长年累月的。"

"为什么你必须去?"

"莫里斯说我可以通过视频连线,不过我还是想当面看着他卑鄙的小眼睛。"

那是哪一只眼睛?我试着回忆起他的眼睛。"也许他会问我们要周日优待,那会很滑稽的。"

妈笑了一下,不是友善的那种。她在照镜子,把黑色的线条画在她的眼睛周围,把紫色涂在她的嘴唇上。

"你像个小丑。"

"这只是化妆,"她说,"这样我会更好看一点。"

"你总是很好看。"我对她说。

她在镜子里冲我笑了笑。我抬起鼻子,把手指插进耳朵里扭动着。

我们牵着手,可是今天的天气很暖和,所以手都出汗了。我们看着商店的橱窗,但是我们不进去,我们只是散步。妈不停地说这些东西贵得可笑,或者不过是便宜货。"他们在里面卖男人和女人和儿童。"我对她说。

"什么?"她转了个身,"哦,不,看,那是一家服装店,所以它写着男人、女人、儿童,那只是给所有这些人的衣服的意思。"

我们要过马路的时候就按按钮,等那个银色的小人出现,他会保证我们的安全。我看见一个貌似坚硬的东西,可是孩子们在里面踩着跳着弄湿了身上,它是一个喷水槽。我们看了一会儿,但是不太久,因为妈说我们会显得很怪的。

我们玩了"我是间谍"的游戏。我们买了全世界味道最棒的冰激凌,我的是香草口味的而妈的是草莓口味的。下次我们可以吃不同的口味,有好几百种呢。一大块冰冷的东西顺着我的喉咙滑下去,我的脸隐隐作痛,妈教我把手盖在鼻子上吸进温暖的空气。我已经在世界上待了三个半星期了,我还是不知道什么东西会弄痛我。

我有一些二外公给我的硬币,我给妈买了一个发夹,上面有一只瓢虫,不过是一只假瓢虫。

她一遍遍地说谢谢。

"你可以一直戴着它,即使你死了,"我对她说,"你会在我之前死吗?"

"就是那么安排的。"

"为什么就是那么安排的?"

"噢,你一百岁的时候,我就一百二十一岁了,我想到那时我的身体早就用坏了。"她在笑,"我会在天堂里准备好你的房间。"

"我们的房间,"我说。

"好的,我们的房间。"

然后我看到一个电话亭,我走进去假装我是在换制服的超人,我隔着玻璃窗朝妈挥手。我看见一些印着笑脸、写着"丰满的十八岁金发女郎"和"菲律宾女郎"的小卡片,它们是我们的,因为谁捡到归谁,谁丢了谁倒霉,可是我给妈看的时候她说它们是脏东西,让我把它们扔到垃圾桶里去。

有一会儿我们迷路了,然后她看见了街道的名字,援助住所就在那里,所以我们没有真的迷路。我的脚累了。我猜世界上的人们肯定一直觉得累。

在住所里我光着脚走路,我永远都不会喜欢鞋子的。

住在六楼C套里的是一个女人和两个大女孩,比我大但不是真的大人。那个女人总是戴着墨镜,即使在电梯里也是,她还拄着拐杖,走起路一跳一跳的,我觉得那两个女孩不会说话,不过我朝其中一个挥了挥我的手指,她笑了。

每天都有新事物。

外婆给我带了一组水彩套装,盒子里有十支椭圆形的颜料,上面盖着一个透明的盖子。每用过一支我都把小刷子漂洗干净,这样它们就不会混起来,水变脏了我就再换。我第一次拿着画去给妈看的时候,颜料从上面滴下来,所以那之后我们就把画平铺在桌子上晾干。

我们去了吊床房子,我和二外公一起玩了神奇的乐高,我们拼出了一座城堡和一辆开得飞快的摩托车。

外婆会来看我们,可是现在只能在下午,因为早晨她在一家商店里工作,人们在自己的头发掉光以后去那里买假发和假胸部。妈和我去偷看过她,隔着商店的大门,外婆看上去不像外婆。妈说每个人都有几个不同的自己。

保罗带着一个给我的惊喜来到我们的援助住所,是一只足球,就像外婆在商店里丢掉的那只。我和他一起去下面的公园,妈没去,因为她要去一家咖啡店见她的老朋友们。

"棒极了，"他说，"再来一次。"

"不，你。"我说。

保罗重重地踢了一脚，球撞在墙上弹开了，落在一丛灌木里。"去捡它。"他大喊。

轮到我踢球的时候，它滚进了池塘，我哭起来。

保罗用一根树枝把它捡了出来。他把它踢得远远的，"想让我看看你能跑得多快吗？"

"我们在床的周围有跑道，"我对他说，"我可以，我能在十六步里来回三次。"

"哇。我打赌现在你能跑得更快了。"

我摇了摇头，"我会跌倒的。"

"我可不这么觉得。"保罗说。

"这几天我总是跌倒，这个世界到处都是坑坑绊绊的。"

"没错，可是这片草地真的很软，所以即使你摔了也不会伤到自己。"

布朗温和狄安娜来了，我用我锐利的双眼发现了她们。

每天都比前一天更热，妈说四月份有这种天气真是不可思议。

然后下雨了。她说买两把雨伞出门让雨点打在伞上会很有趣的，而且我们完全不会淋湿，可是我不相信。

第二天又放晴了，所以我们去了外面，路上有水坑，不过我不怕它们，我穿着我的弹性鞋踩进去，水透过鞋子上的洞溅湿了我的脚，那没事。

我和妈达成协议，我们每件事都要尝试一次，那样我们就能知道自己喜欢的是什么。

我已经喜欢上带着我的足球去公园喂鸭子了。我也的确喜欢游乐园，除了那个男孩跟在我后面滑下滑梯在我背上踢了一脚的时候。我喜欢自然历史博物馆，除了那些只有骨头的死恐龙。

在卫生间里我听见人们在说西班牙语，只是它听上去一点儿都不像西班牙语，妈觉得那是中文。她说有成百上千种不同的外语可以用来交谈，那让我头晕了。

我们去了另一个都是绘画的博物馆，有点儿像我们用燕麦片画的杰作，不过要大得多，而且我们还能看见画上黏稠的斑迹。我喜欢穿过挂着它们的房间，可是后面还有很多别的房间，我躺在长椅上，一个穿制服的男人走了过来，他挂着一张不友好的脸，所以我逃跑了。

二外公带着一件巨大的给我的东西来到住所，是一辆他们留着要给布朗温的自行车，可是先给了我，因为我更大。自行车轮子的辐条都闪闪发光。我在公园里骑车的时候必须戴上一顶头盔，还有护膝和护腕，以免我会摔下来，可是我没有摔下来，我有平衡感，二外公说我是个天生的骑手。我们第三次去的时候，妈让我不用戴那些护膝了，再过几周她会把平衡器拆掉，因为到时我就不再需要它们了。

妈发现一场音乐会，那是在一个公园里，不是我们附近的公园而是我们必须乘公车去的一个公园。我非常喜欢乘公车，我们坐在上层，看着下面街上行人各种毛茸茸的脑袋。我不大喜欢音乐会，它太吵了。规矩是音乐人可以弄出噪音而我们不能发出哪怕一点儿响声，除了在结束的时候拍手。

外婆问妈为什么不带我去动物园，可妈说她不能忍受那些笼子。

我们去了两座不同的教堂。我比较喜欢那座有彩色玻璃的，但风琴太大声了。

我们还去看了一出戏，那是化了妆的大人们像孩子一样做游戏，其他人则在一边看着。它在另一个公园里，它的名字是"仲夏夜之梦"。我坐在草地上，手指放在我的嘴上提醒它不要说话。几个小精灵在为了一个小男孩打架，他们说了很多话，他们互相接吻拥抱。有时小精灵消失了，穿黑衣服的人把道具移来移去。"就像我们在房间里。"我轻轻地对妈说,她差点笑了出来。

可是后来坐在我们边上的人们开始大叫"就是现在,妖精们"和"提坦尼亚万岁",我生气地嘘了几声,然后我大声嚷嚷着要他们安静。妈拉着我的手退到有树的地方,告诉我这部分叫做观众参与,这是被允许的,这是一个特例。

回到住房的家里,我们写下我们已经试过的事情,清单越来越长。然后是等我们更勇敢一点儿以后要尝试的事情。

  坐飞机上天
  请几个妈的老朋友来吃晚饭
  开车
  去北极
  去学校(我)和大学(妈)
  找一间不在援助住所里的我们自己的公寓
  发明一样东西
  交新朋友
  住在另一个不是美国的国家里
  到另一个孩子的家里去玩,就像耶稣宝宝和施洗者圣约翰
  去上游泳课
  晚上妈去跳舞而我在二外公和外婆家的气垫床上
  工作
  去月球

最重要的是得到一只名叫拉奇的小狗,每天我都做好了准备,可是妈说这会儿她要对付的事情够多了,也许等我六岁的时候。

"我会有一只插了蜡烛的蛋糕吗?"

"六根蜡烛,"她说,"我保证。"

晚上躺在我们不是床的床上,我摸着被子,它比羽绒被更松软。四岁的时候我并不了解世界,我以为它不过是个故事。然后妈告诉我它是真的,我以为我什么都知道了。可是现在我一直在世界

上,其实我知道的并不多,我总是很迷惑。

"妈?"

"嗯?"

她闻上去还是她,可是她的乳房不一样了,现在她们只是乳房了。

"你会偶尔希望我们没逃出来吗?"

我什么都没听见。然后她说:"不,我从没么想过。"

"真是反常,"妈在对克莱医生说,"这些年来我都在渴求陪伴。可是现在我却没兴趣了。"

他在点头,他们啜饮着热气腾腾的咖啡,现在妈也像其他大人一样喝它,为了活下去。我还是喝牛奶,不过偶尔也喝巧克力牛奶,它尝起来像巧克力,但那是可以的。我和诺琳坐在地板上玩拼图,是一幅超级难的有二十四片的火车。

"大部分的日子……对我来说,有杰克就够了。"

"'灵魂挑选自己的伴侣,然后关上了门。'"那是他念诗的嗓音。

妈点点头,"没错,但这不是我记得的自己。"

"你必须改变才能生存。"

诺琳抬起头,"别忘了,你总是会改变的。进入二十岁,生一个孩子——你不会总是原来那样。"

妈默默地喝着她的咖啡。

有一天,我想知道那些窗户能不能打开。我试了试浴室里的那扇,我拧开把手,推开玻璃。我害怕空气,但是我试着勇怕,我倾身向外,把我的手从窗户里伸了出去。我一半在里面一半在外面,这是最刺激的——

"杰克!"妈拽着我T恤的后面把我拉了进来。

"嗷。"

"这里是六楼,如果你掉下去,你会摔碎头骨的。"

"我没掉下去,"我告诉她,"我是同时在里面和外面。"

"你同时还是个疯子。"她对我说,不过她有点儿笑意了。

我跟着她走进厨房。她在一只碗里打蛋做法国吐司。蛋壳被敲碎了,我们只要把它们扔进垃圾桶里,拜拜。我不知道他们会不会变成新的蛋。"我们到了天堂以后还会回来吗?"

我觉得妈没听到我的话。

"我们还会在肚子里长大吗?"

"那叫转世投胎。"她在切面包,"有些人认为我们也许会变成驴子或者蜗牛回来。"

"不,人类会回到同样的肚子里。如果我还在你的肚子里长大——"

妈点了火,"你想问什么?"

"你还会叫我杰克吗?"

她看了看我,"好的。"

"保证?"

"我会永远叫你杰克。"

明天是劳动节,就是说夏天要来了,还会有一场游行。我们可能会去,不过就是看看。"劳动节是只有在世界上的吗?"我问。

我们坐在沙发上,吃着碗里的松脆燕麦片,不要洒出来。"你什么意思?"

"房间里也有劳动节吗?"

"我猜是这样的,"妈说,"不过那里没人会庆祝它。"

"我们可以去那里。"

她把自己的勺子"哐啷"一声丢进碗里,"杰克。"

"我们可以吗?"

"你是真的真的很想去吗?"

"对。"

"为什么?"

"我不知道。"我告诉她。

"你不喜欢外面吗?"

"喜欢。但不全是。"

"好吧,不,可是差不多吧?你喜欢它比房间更多吧?"

"差不多。"我吃完自己剩下的燕麦片和妈留在她碗里的那些。"我们能找一天回去吗?"

"不要。"

我摇摇头,"就去待一会儿。"

妈把她的嘴唇压在手上,"我觉得我做不到。"

"你当然做得到。"我顿了顿,"那危险吗?"

"不,可是仅仅有这个念头,它给我的感觉好像……"

她没说好像什么。"我会牵着你的手的。"

妈看着我,"或者你自己去怎么样?"

"不。"

"和别的什么人,我的意思是,和诺琳?"

"不。"

"或者外婆?"

"和你。"

"我不能——"

"我为我们两个人选择。"我对她说。

她站了起来,我以为她生气了。她到妈的房间里去给什么人打电话。

上午晚一点儿的时候,看门人按了铃说有辆警车在等我们。

"你还是欧警官吗?"

"我当然是,"欧警官说,"好久不见。"

警车的窗户上有一些小斑点,我想那是雨滴。妈在咬她的大拇指。"坏主意。"我对她说,拉开她的手。

"没错。"她把大拇指重新放到嘴里咬了起来。"我希望他死了。"她的声音很轻。

我知道她说的是谁,"可是不在天堂里。"

"是,在天堂外面。"

"敲敲敲,可是他进不去。"

"没错。"

"哈 - 哈。"

两辆救火车响着警笛过去了。"外婆说还有更多的他。"

"什么?"

"像他那样的人,在世界上。"

"啊。"妈说。

"是真的吗?"

"对。可是棘手的事情是,有更多的人在两者之间。"

"哪里?"

妈直愣愣地盯着窗户外面,可是我不知道她在看什么。"在好和坏之间,"她说,"它们两个拧在一块儿。"

窗户上的小点汇成了小溪。

我们停下了,我知道我们到了,是因为欧警官说"我们到了"。我不记得妈是从哪栋房子里出来的,在我们大逃亡的那天夜里,这些房子都有车库。它们之中没有哪栋看起来像是一个特别的秘密。

欧警官说:"我应该带雨伞来的。"

"只是小雨,"妈说。她出去了,朝我伸出手。

我没有解开安全带,"雨会掉在我们身上——"

"让我们把它了结掉,杰克,因为我不会再回来了。"

我低着头半闭着眼睛,妈牵着我往前走。雨打在我身上,打湿了我的脸,我的夹克,我的手也有点湿了。不疼,只是感觉怪怪的。

当我们慢慢走近那扇房门时，我认出了那是老尼克的房子，因为上面拉着一条黄色的带子，用黑色的字母写着"犯罪现场切勿穿越"。一张画着吓人狼脸的大贴纸上写着"当心恶犬"。我指了指它，但妈说："那只是唬人的。"

哦对，那只骗人的狗在妈十九岁那天也是那么干的。

一个我不认识的男警察从里面打开了门，妈和欧警官必须低着头从黄丝带下面钻过去，我只要稍稍侧个身就行了。

房子里有很多房间，放着各种各样的东西，比如宽大的椅子和我见过的最大的电视。不过我们径直走过去了，后面还有另外一扇门，然后是草地。雨还在下，但是我没有闭上眼睛。

"周围十五英尺内都拉起了围栏，"欧警官在对妈说，"邻居们竟然不以为异。'一个人应该享有隐私权'，诸如此类的。"

四周都是灌木丛，还有一个洞，周围是更多拉在木棍上的黄色胶带。我想起一些事情，"妈，这里就是——"

她站在那里看着，"我觉得我做不到。"

可是我在往那个洞走过去。泥土里有棕色的东西。"它们是虫子吗？"我问欧警官，我的心脏怦怦地跳动着。

"只是树根。"

"婴儿在哪里？"

妈在我边上，她呻吟了一声。

"我们把她挖出来了。"欧警官说。

"我不希望她再待在这里。"妈说，她的声音沙沙的。她清了清喉咙问欧警官，"你是怎么找到她在哪里的——"

"我们有感温探测器。"

"我们会给她找一个更好的地方。"妈对我说。

"外婆的花园？"

"你知道吗，我们可以——我们可以把她的骨头变成骨灰，撒在吊床下面。"

"她会再长回来做我的妹妹吗？"

妈摇摇头。她的脸上布满了泪痕。

更多的雨打在我身上。这有点像淋浴，更温和的。

妈转了个身，她在看着院子角落里的一间灰色的棚屋。"就是那个。"她说。

"什么？"

"房间。"

"不对。"

"就是它，杰克，你从来没看过它的外面。"

我们跟着欧警官，踩过更多的黄色胶带。"注意看，中央空气调节器隐蔽在这些灌木丛里，"她对妈说。"而入口在后面，足以避开任何视线。"

我看见银色的金属，是门，可是他的这一面我从来没见过，他是半开着的。

"要我和你们一起进去吗？"欧警官说。

"不。"我大叫起来。

"好的。"

"就我和妈。"

可是妈放开了我的手，她弯下腰来，发出一声诡异的声音。有奇怪的东西在草地上，在她的嘴上，是呕吐物，我能闻到。她又中毒了吗？"妈，妈——"

"我没事。"她用欧警官递给她的一张纸巾擦了擦嘴。

"如果你想——"欧警官说。

"不，"妈说着又牵起了我的手，"走吧。"

我们走进门里，一切都不对了。房间变小了变空了，而且有一股怪味。地板上光秃秃的，那是因为没有地毯了，她在我的衣柜里，在我们的住所里，我忘了她不能同时也在这里。床在这里，可是她的上面没有床单。摇椅也在，还有桌子和水槽和浴缸和碗橱，盘子和刀叉放在碗橱的顶上，还有矮柜和电视机和戴着紫色蝴蝶结的天线兔，还有架子和我们的两把叠起来的椅子，可是他们都不一样了。他们什么都没对我说。"我觉得这不是它。"我轻轻地对妈说。

"没错，是它。"

我们的声音听起来不像我们自己的。"它缩小了吗？"

"不，它一直是这样的。"

意大利面风铃不见了，我画的蓝章鱼、伟大杰作和所有的玩具、碉堡、迷宫都没有了。我到桌子下面找，但那儿没有蜘蛛网。"这里变暗了。"

"哦，今天是雨天。你可以把灯打开。"妈指了指台灯。

可是我不想去碰。我靠近了去看，我想要看见它过去的样子，我找到了门边上我生日的时候刻下的数字，我靠着站好，摊开我的手放到头顶上，我比那个黑色的"5"高了。所有的东西上都有一层浅浅的黑影。"那是我们皮肤的灰尘吗？"我问。

"指纹粉末。"欧警官说。

我弯下腰去看床底的蛋蛋蛇，他蜷缩着像在睡觉。我看不见他的舌头，我小心翼翼地把手伸进去，直到摸到刺刺的针尖。

我站直身体，"植物在哪里？"

"你已经不记得了吗？就在这里。"妈说，她拍了拍矮柜的中间，我看见一个比其他地方颜色更深的圈。

床边有跑道的痕迹。地板上磨出的小洞是过去我们在桌子下面搁脚的地方。这下我觉得这真的是房间了。"可是不再是了。"我对妈说。

"什么？"

"现在它不是房间了。"

"你觉得不是了？"她嗅了嗅，"过去它闻上去更腐臭。当然现在门打开了。"

也许就是因为这个缘故吧。"也许门打开了，它就不是房间了。"

妈勉强笑了一下。"你想——"她清了清喉咙，"你想要让门关上一会儿吗？"

"不。"

"好吧。现在我得走了。"

我走到床墙那里，用一根手指摸了摸它，软木摸上去什么感觉都没有。"白天可以说晚安吗?"

"唔?"

"我们不在晚上也能说晚安吗?"

"我想应该说再见。"

"再见墙。"然后我对其他三面墙也说了,然后是"再见地板"。我拍了拍床,"再见床。"我把头伸进床底下说"再见蛋蛋蛇"。在衣柜里我轻轻地说"再见衣柜"。暗处有一张我的画,是妈在我生日那天画的,我看上去很小。我挥手示意她过来,指着那幅画让她看。

我吻了她脸上眼泪流过的地方,那就是海的味道。

我把我的画取下来夹进外套里,拉上拉链。妈快到门口了,我走了过去,"把我举起来?"

"杰克——"

"求求你。"

妈把我背到她身上,我向上伸出手。

"再高一点儿。"

她抓着我的腰,把我举得更高更高更高,我碰到了房顶开始的地方。我说:"再见房顶。"

妈把我放下来,咚。

"再见房间。"我朝天窗挥了挥手。"说再见,"我对妈说,"再见房间。"

妈说了,可是没有发出声音。

我又回头看了一眼。它像一个坑,一个发生过什么的洞。然后我们从门里走了出来。

致　谢

　　感谢我挚爱的克里斯·鲁尔斯顿和我的经纪人卡罗琳·戴维森对于我的初稿所做的回应，感谢卡罗琳（在维多利亚·X.科维和劳拉·麦克杜格尔的协助下）和我的美国代理凯西·安德森从第一天起就为这本书呕心沥血。我还要感谢小布朗出版社的朱迪·克莱恩，皮卡多尔出版社的萨姆·汉弗莱斯，加拿大哈泼柯林斯出版社的艾里斯·图佛勒莫充满智慧的编辑工作。另外，还有我的朋友们：德布拉·韦斯特盖特、利兹·维科克、阿里亚·瓦伊尼奥-马蒂拉、塔玛拉·苏格纳斯瑞、埃莱娜、鲁尔斯顿、安德烈娅·普拉姆、尚塔尔·菲利普斯、安·帕蒂、西内亚德·麦克布雷亚尔提、阿里·多弗，感谢你们从孩子的成长到情节发展所提供的各种建议。最后，我尤其要感谢我的姐夫杰夫·迈尔斯，他对于"房间"的实用性给出了发人思考的犀利意见。

故事是另一种真实

李玉瑶

如果说，2010年之前爱玛·多诺霍对中国读者来说还非常陌生的话，来到2012年大家就不得不对她举目关注。她的最新力作《房间》自2010年8月出版后立刻一跃成为国际销售冠军，并且赢得了当年的休斯·休斯爱尔兰图书奖、加拿大地区的罗杰斯作家信托最佳小说奖以及加拿大-加勒比海地区的英联邦作家奖。美国图书馆协会授予它阿历克斯奖（此奖项专授予对十二至十八岁读者有特殊吸引力的成人图书），加拿大图书协会也提名它成为加拿大年轻成人图书奖（Canadian Young Adult Book Award）的荣誉图书，并入选2010年度《纽约时报》十大好书。《房间》的有声书版本也一举赢得了2010年度《出版人周刊》的"听好奖"。该书先后以极高的呼声入选布克奖、橘子奖的短名单，尽管铩羽而归，却赚得众多眼球与销量。之前的小众作家摇身成为明星大家。

爱玛·多诺霍是谁？

爱玛·多诺霍，1969年出生于爱尔兰的都柏林，是家中八个孩子里最小的一个。其父为爱尔兰著名学者及文学评论家丹尼斯·多诺霍，母亲是位音乐家。爱玛从小就痴迷于文字。"我七岁就开始写东西。写作让我非常迷恋，除此之外，再没想过做别的。"她早年就读于都柏林的天主教女修道院学校，十岁到纽约住了一年。1990年，她以优异成绩获得都柏林大学英语法语文学学士学位，后留学英国剑桥大学，1997年获得英语文学博士学位。从二十三岁开始，她就作为专职作家进行写作而谋生。在经过多年的英国、爱尔兰和加拿大的三地奔波后，1998年她移居加拿大，并在 2004 年加入加拿大籍。

从二十五岁出版第一部长篇小说《快炒》（Stir-Fry，1994）以来，如今刚四十出头的多诺霍，绝对算得上一位非常高产的作家。《头巾》（Hood）出版于 1995 年，她不动声色地解释着两个女人之间复杂的关系。该书为她赢得石墙图书奖（Stonewall Book Award）。《宽松的长袍》（Slammerkin）出版于 2000 年，基于十八世纪一桩真实的女仆杀主事件，历史细节翔实，且提出了多个关于当今社会妇女地位的议题。出色的角色特性描述、一针见血的意象和她对语言的雕琢，都确切地把握了时代的精神，富有雄辩色彩，引人入胜。《生者面具》（Life Mask，2004）讲述了发生在十八世纪九十年代的伦敦的一段不伦三角恋爱。作者用非凡的天赋，将详尽的调查化为可信的角色和叙述，表现出一个生机勃勃的世界，沸腾着被压抑的感情。2007 年出版的《着陆》（Landing），读者会很快被其中迷人的可望而不可即的关系所吸引，多诺霍娴熟地指出每个女人所赋有的人性。取材于 1864 年震惊英国的科德灵顿离婚案而创作的《封口信》（The Sealed Letter，2008）中，多诺霍则用典雅的笔触，勾勒出一幅饱满的画卷，展示了维多利亚时期女性（贵妇、贫家女、工作妇女、家庭妇女、女权主义者、荡妇）和男性（军官、律师、大臣、浪荡子，甚至还有业余侦探）日常生活的方方面面。整部作品情节曲折，色彩斑斓，惯用暗讽，推理性强，结构精到，富有神秘色彩。

她还出版了三部短篇集。《生兔子的女人》（The Woman Who Gave Birth to Rabbits，2002）是一部历史小故事系列；《亲吻女巫》（Kissing the Witch，1997）则是重构童话故事合集；出版于 2006 年的《敏感话题》（Touchy Subjects）一书收录了多诺霍多年来创作的十九篇短篇小说，主要涉及五个主题：孩子、家庭生活、陌生人、欲望、死亡。十九个故事分别围绕其中一个主题展开，但又不可避免地牵连到其他主题，正如现实生活原本就不可能是单一化的。

爱尔兰人用"女同小说家"来描述她，似乎敢于处理有争议的题材是谈论多诺霍时绕不过去的话题。"我的很多创作是随心的，我总是有愿望就表达，即使是一些有争议的题材也乐于与读者分享自己的观点。"她同时是个写作的多面手，这一点体现在她多变的写作风格上。她的小说风格迥异，以至于读者都怀疑它们是否出自同一作家。多诺霍不是一板一眼地讲故事，她的文笔清晰明畅，故事发展的节奏拿捏得恰到好处。她就像一个懂得如何调动读者胃口的"厨子"，她掌勺的"菜"，煎炒蒸炸炖俱备，酸甜苦辣咸全有。最值得一提的是，多诺霍具有出众的幽默才能，她总能让读者在有限的篇幅里领略到无限的快乐。

多诺霍还写作了一些舞台剧和广播剧。她的第一部剧本《我知我心》，创作灵感来源于一本重新解码后的日记，日记作者安娜·李斯特是英国摄政时期的一位约克郡妇女。这个剧本于1993年由都柏林玻璃房剧团初次公演，并发表于由凯西·里内编辑的《所见与所闻：爱尔兰女性作家的六部新剧》一书中。玻璃房剧团和爱尔兰文学理事会委托多诺霍写了一部有关十九世纪八十年代杂耍艺人的歌剧，名为《女士们，先生们》。该剧于1996年初次公演，1998年由新岛出版社出版。多诺霍还亲自将《亲吻女巫》改编为剧本，2000年6月9日在旧金山魔幻剧院公演，并于2002年3月首次在加拿大出版。

她的广播剧有：1996年为爱尔兰RTE广播公司写的《罪过》，讲述十七世纪的爱尔兰审判巫师的故事；2000年为BBC广播公司四频道写的《勿死得困惑》，这是一个发生在某爱尔兰小镇的浪漫喜剧；还有五集系列短剧《前夫前妻》(2001)和《人与其他动物》(2003)。

爱玛·多诺霍还是一位知名的文学史学家。她的文学史作品包括《妇女的受难：1668—1801年的英国女同性恋文化》(1993)，《我们是麦克尔·菲尔德》(1998)。她还编辑了两部诗选《莎孚会怎么说》(1997年在美国出版的时候，标题为《女性诗歌》)以及《女同性恋短篇故事书丛》(1999)。

她曾经是西安大略大学和约克大学的住校作家，《爱尔兰时报》的文学奖评委，并且是爱尔兰国家剧院的股东。她如今仍是加拿大作家联合会以及加拿大剧作家同业会的成员。

目前,她与伴侣以及两个孩子一起生活在加拿大安大略省的伦敦市,她的伴侣是一位女性研究领域的学者。

《房间》:故事 OR 真实

这是爱玛·多诺霍第三次从真实事件获取创作灵感的:2008年奥地利的弗里泽尔案。四十二岁的中年妇女伊丽莎白·弗里泽尔向警方报案称,六十多岁的亲生父亲将她囚禁在地窖中长达二十四年,父亲不断虐待和强奸她,这段乱伦关系致使其先后生下七名子女、造成一次流产。这桩震惊世界的伦理案一经曝光,舆论哗然,由此引发社会对家族内部性犯罪和乱伦问题的关注,并扩展了对妇女儿童保护领域的认识。多诺霍受到强烈震动,决心以文学的方式描绘这一事件所涉及的社会伦理命题和扭曲环境下人的精神景况。正因为此,《房间》成为多诺霍最具争议和突破性的一部作品。有人指责《房间》取材于弗里泽尔案是对当事人的利用与伤害。作家表示,的确是这桩奇案触发了她决定从一个小孩的视角写一个被囚禁的故事,但两者的关系仅此而已,至于说《房间》是以这一真实事件为原型,完全是言过其实了。爱玛说自己真的经常——但不总是——以真实事件作为小说的元素。不过,她有自己的标准来决定笔下的故事是完全按照真实来叙述,还是依靠想象。这取决于哪种方式更适合叙述本身。"有些故事跟真实事件很接近,你就可以基于这个真实来创作。如果故事中的人物一文不名,我就可以给他一个完全虚构的情境。"譬如《房间》。

这部作品建立在两个苛刻的限制条件的基础上,我们一翻开这本书,就已身处这些限制当中。其一是视角有限的叙述者,一个名叫杰克的五岁男孩。我们只知道杰克所知道的,这种戏剧性效果是最为直接即时的。"我想更多的是表现母爱,不想写过多消极的故事。"这是作者选择杰克为叙述者的原因。杰克的声音屏蔽了恐怖,充满了童真。"我想表现的就是一个具有普遍性的故事,讲述母子之间的关系。为人父母,就是要给孩子们带来光明和希望,我不想让孩子们知道很多'恶',而且他们也没有耐心听这样的故事。"杰克的声音是这部小说最为成功的部分之一:她创造了近年来最令人揪心的孩童叙述者——他的声音无处不在,原初纯粹。多诺霍重组了语言,以此再现了一个孩子在学习过程中所流露出的甜美姿态而又没有使他显得扭捏作态或者太过可爱。杰克是可爱的仅仅因为他本身就是可爱的。房间里主要物品的英文单词开头都用了大写字母——Rug, Bed, Wall——个极妙的选择,因为对杰克来说,他们都是有名字的活物。在一个只有母亲作为唯一陪伴者的世界中,床和其他东西一样都是他的朋友。他一往直前、大刀阔斧地运用他小世界的语汇来创造意义,一针见血且富有冲击性。由此可见,杰克是普通孩子的"加强版",他把无限的神奇与意义赋予他的每一个行为。通过对话和在精巧设置的偷听中所给出的暗示,多诺霍不用强硬的手段或者沉重的阐述就让我们进入到杰克的世界中。

其二是杰克在现实世界中的局限,一个他和他母亲居住的长宽只有十一英尺的房间。我们沉浸于迷惘之中:为什么这些角色会出现在这样一个地方。杰克似乎乐于在这种高度戒备的日常生活中安定下来,在这个每时每刻都能见到他母亲的环境中。这个让母亲和孩子过着如苦行僧一般生活的古怪居所,如同长发公主的高塔,或是安妮·弗兰克的配楼。有趣的是,杰克并未感到自己身处困境,因为他有一位坚强自持的母亲。带着决然的勇气、一点点狡诈以及具有强大力量的母爱,她在不可能的禁闭环境里尽量让杰克健康成长,她为他创造了一个有序的、生动鲜活的生活方式,编织出一个完整而自足的世界。多诺霍通过描写人物的日常生活使小说中的物理空间活泼起来。她运用想象,虚构出房间的每一处细节,并设计了杰克与母亲的日常作息:做运动,在自己设计的跑道上奔跑追逐;看电视但适度有限,因为电视"会腐蚀我们的大脑";他们用房间有限的材料制作玩具,用卫生纸卷筒做成迷宫,用针线将鸡蛋壳串起来做成一条蛋蛋蛇……多诺霍不仅创造了一系列新鲜的事物和情节,而且回溯到我们认识世界、牙牙学语的开始,用一个五岁小孩而非成人的语汇把这一切描述出来。

可房间是母亲的监狱,一个已经囚禁了她整整七年的监狱。漫长、孤独而可怕的七年。我们被她的应对方式所吸引——就像我们同样被安妮·弗兰克的勇敢所吸引——并惊叹于她的适应能力。而杰克不需要去适应,这对他来说是正常的。房间的功能就像一个巨大的子宫,这个空间在许多方面就如同母体的真实延伸,一个完全亲密而充满关爱的有限区域。杰克心中并没有屈辱和仇恨,言行间充满天真与幽默。只有在我们意识到母亲的存在时,作者才试图描写和挖掘扭曲环境下人的精神生活,在童真笔调的衬托下,成人世界的阴郁和苦痛也愈发明确、深入。

最终故事有了一个转折,这个转折令人兴奋,同时亦让人痛苦得手心冒汗:这些外在、鲜活、社会化而令人兴奋的巨大资源以及杰克眼中再创造的这些熟悉的东西。看着他学习是令人欢欣鼓舞的,而多诺霍通过对细节的注重、情感的掌握以及语言的节制精彩地揭示了结局。杰克适应世界的过程,美好顺利得让人难以置信(作者自己亦承认,现实世界里这个过程其实艰难得多),违反和颠覆了小说之前给人的写实印象。杰克完美得像一个从童话里走出来的勇敢顽强、惹人怜爱的小生命。多诺霍说:"讲述一个有点恐怖的故事的真正价值,在于照亮那些正常的和普遍的。我们都始于一个非常小的地方(子宫),而后出现在一个更大的世界,然后在孩童时代,我们逐渐从一个狭小的社会环境进入一个复杂到令人迷惑的、甚至国际化的环境里。所以杰克的旅程是所有人的旅程,只是加快了速度。"多诺霍有意无意打破写实与理想化的界限,游走于荒谬与常态、逻辑与梦幻之间,创造出独特的小说格局。

《房间》无疑也是多诺霍写作上的一次大转折。这与多诺霍自身身份的转变不无关系。写作《房间》时,多诺霍已是两个孩子的母亲。"孩子的生活就像一面镜子,我们看来觉得古怪的很多行为,总被他们以平常化的口吻讲述出来。孩子们是天真、快乐的,所以我希望能通过孩子赋予这个悲惨的故事新的视角。"多诺霍说,"写这样一个作品的难点在于,作品中母亲从头至尾都是一个善意的谎言，以美丽的话向孩子描述这个世界，为了保护孩子，这个母亲比我年轻，更有力量，她是在百分之百地保护自己的孩子，而我自己没法像这位母亲一样纯粹地付出。"

这部小说在深邃的黑暗与近乎喜剧的亢奋情绪之间自如穿梭，既恐怖到极点，却也高明到极点，最令人信服地刻画了爱。这是一本能够从多个视角解读的小说——心理学、社会学、政治学。它用一种完全独特的方式来探讨爱，自始至终都用一种新鲜、开阔的视野来看待这个我们所生活的世界。